D1115397

María de Zayas y Sotomayor:
Novelas ejemplares y amorosas
o Decamerón español

Selección, prólogo y notas de Eduardo Rincón

El Libro de Bolsillo
Alianza Editorial
Madrid

Primera edición en «El Libro de Bolsillo»: 1968
Segunda reimpresión en «El Libro de Bolsillo»: 1990

© de la selección y prólogo: Eduardo Rincón
© Alianza Editorial, S. A., Madrid, 1968, 1980, 1990
    Calle Milán, 38; 28043 Madrid; teléf. 200 00 45
    I.S.B.N.: 84-206-1109-3
    Depósito legal: M. 34.841-1990
    Papel fabricado por Sniace, S. A.
    Impreso en Fernández Ciudad, S. L.
    Catalina Suárez, 19. 28007 Madrid
    Printed in Spain

I

Moría el primer tercio del siglo XVII, y entre los diez años que separan la muerte de Lope de Vega, el genio brillante de un siglo, de verso fácil y aéreo, y la de Francisco de Quevedo, satírico, crítico, pensador agudo y espejo dramático de su época que no perdonó defecto ni lacra que no reflejara —virtudes de sinceridad que le valieron cárcel y destierro—, maduraba un genio, menor si se quiere, pero no tanto como para haber sido casi olvidado, para haber quedado prácticamente desconocido del gran público: María de Zayas y Sotomayor, poetisa y novelista. Lope de Vega, decíamos, muere en 1635; Quevedo sale de prisión en 1643 y muere en 1645; y en ese intermedio de diez años —poco más en realidad, de 1634 a 1646— escribe María de Zayas sus Novelas ejemplares y amorosas. *Terminada la primera parte en 1634, según atestiguan las licencias otorgadas para su publicación en 1637 en Zaragoza, la segunda lo será en 1646 y se publicará en 1647 en Barcelona.*

*Que fue obra popular en su época, y aun después, en
los dos siglos posteriores, lo demuestra la serie de ediciones, que se repiten con una continuidad que muy pocos
o ningún autor de entonces, si no contamos a Quevedo,
Cervantes y Alemán, consiguieron. Actualmente sabemos
de ediciones de 1637, 1638 —primera parte—, 1647
—segunda parte—, y ya las dos partes unidas en 1648,
1649, 1656, 1658, 1659 —la que nos ha servido para
realizar la actual edición—, 1664, 1705, 1724, 1729,
1734, 1786... A partir de aquí, ya entrando en el siglo XVIII, las ediciones de esta obra se hacen más raras,
y posteriormente no existen sino ediciones parciales, ex-
cepto la de la Biblioteca Universal en 1885 y la de Clásicos Españoles en 1948. Que la obra obtuvo un gran
éxito desde un principio lo atestigua —además de las
palabras de María de Zayas cuando comenta, en la edición de 1638, que «si unos las desestimaron, cientos las
aplaudieron y todos las buscaron y las buscan, y han gozado de tres impresiones, dos naturales y una hurtada»—
el hecho de que recibiera el título de Decamerón español.
Que su mismo éxito suscitó críticas también lo demuestran otras palabras de la autora cuando, al final de la
segunda parte de sus Novelas, dice: «... se fueron todos
a sus casas, llevando unos qué admirar, todos qué contar
y muchos qué murmurar del sarao; que hay en la corte
gran número de sabandijas legas que su mayor gusto es
decir mal de las obras ajenas; y es lo mejor que no las
saben entender.»*

*Sin embargo, ni la época ni la personalidad de María
de Zayas, ni el país en que nacía la obra, hacía posible
el que esta escritora diese a luz un nuevo Decamerón.
Si es verdad que en las Novelas, tanto en la primera como
en la segunda parte, la ilación es realizada al modo «boc-
cacciano», uniendo las historias por medio del artificio
de la tertulia reunida, que anima cada noche uno de los
concurrentes, hombre o mujer —método, por otra parte,
bien corriente y conocido y cuyos antecedentes pueden en-
contrarse en la literatura oriental más antigua—, no es verdad que ni el estilo, ni los temas, ni la intención, ni el trato*

que reciben los argumentos puedan calificarse de tal. Yo
más bien creo que influyó en gran parte para recibir este
título, que si fue honor en un momento dado fue también desgracia que implicó prevención beata y moralista
en otros, el hecho de que María de Zayas, con estilo y
fuerza de verdadera escritora, de verdadera novelista, no
se asustó ni del realismo de algunos de sus asuntos ni de
la crudeza necesaria para escribirlos, además de que su propensión a la tragedia y a la ironía, a lo fantástico y a lo
sicológico —que de todo hay en esta gran escritora—, la
ayudaron a crear una serie de novelas que están muy
lejos, diría yo, de la literatura ñoña y lánguida que ya
empezaba a cultivarse. María de Zayas guardaba aun en
la punta de la pluma la sal y la fuerza que dieron a Lope,
a Quevedo, a Cervantes, al anónimo autor del Lazarillo
y a tantos otros, el genio inimitable de sus obras, genio
heredado quizá, por una rara hechicería de las que tanto
amaba describir María en sus Novelas, del Arcipreste de
Hita, los Manrique y Santillana, o de aquel de Talavera
de quien alguien dijo que había sido tan buen arcipreste
en prosa como lo fue el de Hita en verso.

Pero si el Arcipreste de Talavera se hizo famoso con
su Corbacho denostando a las mujeres, María de Zayas
lo ha sido por lo contrario, ya que una de las cosas que
nos extrañan menos en su obra es la apasionada defensa que de ellas hace, aun cuando las vitupere como
personajes individuales, su obsesivo deseo de defenderlas,
de denunciar la opresión que sufren por parte de los
hombres y el trato que reciben. Así, las novelas de la
segunda parte llevan el título de Desengaños, «dirigidos
para los que engañan (los hombres) y para las que se
dejan engañar». No creamos por esto que en las Novelas
de María de Zayas las protagonistas femeninas son siempre, ni mucho menos, víctimas inocentes, o simplemente
víctimas, de los hombres. Burlándose, y quizá con cierto
deseo de venganza —El castigo de la miseria, El prevenido engañado—, olvida un poco el propósito «ejemplar»
y moralizador que pudiera deber hacerse primar sobre
todo lo demás para hacerse satírica, crítica implacable de

*los vicios y prejuicios de los hombres. Pero para ello, y
es lo curioso, no les antepone la heroína llena de virtudes
y de pureza que es imagen manida de este tiempo, sino
personajes femeninos que han acumulado en sí todas las
picardías que los mismos hombres les han enseñado u
obligado a aprender con su conducta y sus nada equitati-
vos códigos de honor; o bobas, bellas bobas, como una
de las protagonistas de El prevenido engañado, como
creen algunos hombres que deberían ser las mujeres
ideales.*

*Es precisamente en estas novelas, o en aquellas otras
en las que la imaginación romántica —sí, romántica— y
dramática de María de Zayas se desata —La inocencia
castigada, por ejemplo—, donde está lo mejor de su obra.
Pero si la picaresca aparece en sus novelas, no es, sin
embargo, el elemento esencial. Como no lo es, aunque
parezca contradicción, el amor, las relaciones amorosas y
sus problemas, cosas que están presentes en todas sus
novelas y forman el nudo argumental que sostiene y cie-
rra todas ellas. Más bien me parecen elementos esenciales
la tragedia y la fantasía, la intención analítica y morali-
zadora —no tanto moralizante, atención—, que la lleva
a exponer toda una serie de ideas y reflexiones propias,
que no son precisamente las usadas y manidas de su
época. Reflexión moral, ideas dramáticas y sicología que
se desprenden del acontecer de lo que narra, de esas historias de amor o de relaciones amorosas que no son en sí
mismas protagonistas únicos, esenciales, principio, medio
y fin de lo que se narra.*

*Por otra parte, el que el amor y sus problemas tengan
una parte tan importante en las Novelas ejemplares de
María de Zayas es producto natural de su época. Pero
lo que distingue su obra de la de una gran parte de los
demás novelistas del momento es el realismo con que se
afrontan estos problemas, realismo que a veces nos sor-
prende y que siempre nos encanta por su audacia. Hay en
María de Zayas un conocimiento del amor, de la pasión,
que sobrepasa indudablemente la experiencia que puede
lograrse a través de la lectura; un conocimiento que tan*

*sólo puede haberse obtenido de una experiencia directa
—y seguramente trágica, infeliz y dolorosa—, vivida, que
resulta para nosotros inexplicable no sólo por la falta de
conocimientos sobre su vida, sino porque los pocos que
intuimos o suponemos desdicen en cierto modo la posi-
bilidad de que tal experiencia exista. No parece que lle-
gara a casarse; y siendo mujer y admirada por sus dotes
intelectuales, jamás encontró quien loara su belleza, lo
que resulta un tanto extraño en aquella época, a poca
que hubiera tenido. ¿Será mucho aventurar que debió
ser más bien fea o, al menos, para decirlo con mayor dulzura, poco ·agraciada? Resulta, sin embargo, difícil con-
cebir que quien supo describir el amor, las relaciones amorosas, con tal realismo y demostración de tener un conocimiento vivo de él y de ellas no hubiera estado nunca
enamorada, no hubiera gustado nunca la pasión.*

*Adentrándonos en un análisis somero de la obra, pode-
mos señalar la existencia en ésta de varios factores dignos
de admiración: romanticismo anticipado, fantasía, penetración sicológica, escepticismo que a veces se tiñe de cinismo suave, un poco melancólico, al que el humor y la
sátira «quitan hierro».*

*Romanticismo, decimos, porque ¿de qué otra forma lla-
mar a esa propensión a lo fantástico que hace que una
buena parte de sus novelas se desarrollen en medio de
un ambiente de hechicería y encantamiento, aunque vea-
mos tras la descripción seria de los casos la sonrisa cómplice de la novelista? Romanticismo, porque lo fantástico
es usado como peldaño para ascender al escenario de la
tragedia, como en* La inocencia castigada; *o para ade-
lantarse en dos siglos a las historias fantásticas de un
Barbey d'Aurevilly, por ejemplo, como ya vio Pardo Bazán al señalar la similitud existente entre* El desengañado
amado y La vieillie maîtresse; *o para lograr la ·prefigu-
ración faustiana que consigue en el penúltimo* Desengaño,
La perseguida triunfante, *donde el personaje del Doctor
nos resulta una mezcla de Fausto y Mefistófeles y el protagonista, Federico, una especie de Fausto y Werther,
mezcla de pasión insana e ingenuidad amorosa dirigida*

por el Mefistófeles-Doctor. Romanticismo, en fin, en esa
visión que quizá sirvió más tarde a Francisco de Goya
para realizar uno de sus célebres Caprichos, el de la mujer
amante que va a despojar a los cadáveres de sus dientes
para conseguir un hechizo que la devuelva el amor de su
esposo.

Por lo que respecta a la penetración sicológica, no hay
duda de que nos encontramos también ante una precursora. Su tendencia al análisis sicológico de sus personajes,
por primario que éste resulte, es algo fuera de su tiempo, y puede decirse que en este aspecto se adelanta a lo
que todavía tardaría más de un siglo en aparecer en la
literatura universal. Dar citas en apoyo de esto que decimos exigiría multiplicarlas, cosa que no nos permite el
reducido marco de un prólogo; pero fíjese el lector, a
medida que vaya leyendo, cómo a través de las reflexiones de los protagonistas, sobre todo y casi esencialmente
de los femeninos, aparecen ya dibujados caracteres sicoló-
gicos, o al menos esbozos de una descripción sicológica
de estos personajes.

Y escepticismo, un escepticismo que la hace caer a
veces en una especie de cinismo teñido de melancolía:
«más vale ser cauta que casta», que vale más guardar la
opinión que guardarse, obligan a exclamar las desdichas
a una de sus heroínas; teñido de humorismo, cuando
explica de un caballero que murió de amor, ayudado, dice,
de un tabardillo, que se lo llevó a la tumba en poco más
de tres días.

Se ha hablado de la intuición freudiana de María de
Zayas, apoyándose para ello, entre otras cosas, en la frase
que hace decir a la protagonista de La inocencia castigada,
cuando al recordar su estancia en casa de don Diego, víc-
tima del encanto del Moro, exclama: «¿Qué es esto, desdichada de mí, cuándo he dado yo lugar a mi imaginación para que me represente cosas tan ajenas de mí, o
qué pensamientos ilícitos he tenido yo con ese hombre
para que de ellos hayan nacido tan enormes y deshonestos efectos?» Sí, quizá pueda llamarse a esto intuición
freudiana, aunque yo diría que es ante todo una demos-

tración más de la extraordinaria capacidad de análisis y
penetración sicológica de que era capaz María de Zayas.
Podrían entresacarse otros muchos ejemplos como éste
estudiando bien sus Novelas.

Yo estoy seguro de que quien las lea y lo haga dete-
nidamente se sentirá, como yo me he sentido, apasionado
por ellas; y apasionado, como yo me confieso, aunque no
creo que esto me haya llevado a excederme en los elogios
y en la apreciación de las extraordinarias dotes literarias
de doña María de Zayas, apasionado, digo, por la magní-
fica figura de su autora.

II

Dice doña Emilia Pardo Bazán, otra gran escritora española a la que tampoco se ha valorado como lo merecían
sus dotes —que si ha sido, es verdad, muy loada, no ha
sido, también es verdad, muy leída, que es lo que quiere
todo escritor—, que el «que doña María de Zayas no escribiese fábulas más largas que las contenidas en su feliz
imitación del Decamerón» no implica «que fuese incapaz
de escribirlas», como han querido ver algunos críticos.
«Supongamos que Cervantes sólo hubiera compuesto y
publicado sus Novelas ejemplares —continúa doña Emilia—. ¿Creeríamos que encerraba en sí la tela del Quijote?
Hoy que conocemos el Quijote nos parece ver claramente
en las Novelas ejemplares cifra y revelación de todo cuanto
ingenio, profundidad y donosura campean en aquella obra
maestra del entendimiento humano; y es de advertir que
algunas de las novelas cortas de doña María de Zayas
pueden sostener sin desdoro la comparación con otras
del manco insigne.»

Sí, creo que esto es cierto hasta un determinado punto.
Pero tengo que confesar que aquí doña Emilia Pardo
Bazán se muestra quizá más apasionada de lo que yo mismo me declaraba antes. Y no lo digo cediendo a una especie de tabú que me haga considerar las obras de Cervantes insuperables —pero sí difícilmente superables—,
sino, como verá el lector, con razones. Si la imaginación

de María de Zayas se muestra a la altura de la de Cervantes en muchas de sus Novelas, *no ocurre lo mismo con su técnica de novelista ni con su estilo, desigual las más de las veces e incluso a veces incorrecto: oraciones demasiado largas, que dificultan la puntuación, incorrecciones y descuidos gramaticales, repeticiones innecesarias, son moneda corriente en el estilo de María de Zayas; no son nada corrientes en el estilo límpido y maravilloso de Cervantes. Sí hay, creo yo, que es mucho más moderna que Cervantes, modernidad que no se justifica con los pocos años que les separan, y que posee, a mi juicio, algo de lo que Cervantes se despreocupa un poco —además de ese raro poder de análisis sicológico, tan fuera de su época, y de esa propensión a ser romántica, que hacen de ella una precursora, como decía antes—, y es una facilidad para la descripción que nos asombra a veces (y no es que Cervantes careciera de ella), preocupada por captar cuantos paisajes, tipos y sucesos desfilan ante sí. Había viajado mucho seguramente —España, Italia—, y había sabido recoger en sus viajes un material precioso para sus novelas; y es esa preocupación la que le hace llenarlas de agudas observaciones sobre todo —trajes, paisajes, hechos y costumbres—, la que la hace describir en una genial imagen la forma en que va vestida una de sus protagonistas al decir que llevaba unas enaguas tan cortas que «apenas la llegaban a las gargantas de los pies».*

Pero que doña María de Zayas no fuese capaz de escribir el Quijote, *nos sigue diciendo doña Emilia —«Quijote hay uno, uno nada más»—, no quiere decir «que para la autora de* El castigo de la miseria *fuera empresa tan ardua escribir* El Bachiller de Salamanca *o* La pícara Justina». *Quizá sí o quizá no. Pero poco importa esto, porque ¿hubiera podido escribir Cervantes algunas de las novelas de doña María?*

Quiero seguir citando in extenso *las palabras de doña Emilia Pardo Bazán sobre María de Zayas, porque creo que pocas cosas pueden ser más elocuentes e interesantes al tratar de ella que el juicio que haya podido merecer a*

otra escritora que, como la primera, en tanto se asemeja
a la segunda.

«Quien lea las Novelas de doña María comprenderá al
punto que ni observaba mal ni se expresaba medrosa la
ilustre señora madrileña. Si la comparamos a los novelistas de su misma época, no veremos que en sinceridad,
desenfado y malicia la superen. Tal vez esta nota franca,
seca, algo cínica, fruto y síntoma de un estado de conciencia general más bajo y grosero que el actual, como en efecto era el siglo XVII, esa nota que caracteriza a los escritores picarescos, resuene más distinta en los escritos de
Lisis que en los de ninguno de sus coetáneos...»

«Lo que distingue a las Novelas de María de Zayas entre las de los demás autores picarescos también clásicos
y venerados por su donaire y sanidad de lengua es que
la ilustre dama pinta las costumbres de una esfera social
que podemos llamar aristocrática. Sus personajes son, por
lo general, hidalgos, caballeros, dueñas y doncellas de
lucido estado, cuando no duques, príncipes y reyes, en
vez de los hampones y rufianes, chichiznaques, bajamane-
ros, lendrosos, pelonas, fisgueras, truecaburras y viejas
haldudas y Celestinas alcoholadas de los otros narrado-
res. Con doña María salimos de las almadrabas, tabernas
y academias de Monipodio y entramos en los salones y
retretes de la pulida dama, en la dorada cuadra de palacio. Doña María no pinta al pueblo, y por lo mismo sus
obras son un documento precioso, pues demuestran a
todo el que se tome la molestia de cotejarlas con las po-
pulares de entonces que el espíritu picaresco y de bellaquería no era un fenómeno peculiar de las clases infe-
riores, sino que se encontraba difuso en todas las esferas
sociales, como inevitable reacción y protesta contra ciertas exageraciones del espíritu caballeresco; probándose
una vez más que el camino más seguro para dar en bestia
es querer ser ángel, y que Sancho y don Quijote, símbolos
eternos, son a la vez dos fases del Jano social de su
siglo; personaje singular el hidalgo idealista, y personaje
común, masa anónima, el zafio y agudo villano.»

«Nuestro recato exterior ha progresado tanto —sigue

diciendo con sorna doña Emilia en este prólogo que trans-
cribimos— desde el siglo XVII acá que temo, al presen-
tar nuevamente a doña María de Zayas, que se la juzgue
mal por culpa de algunas frases vivas y algunas escenas
poco veladas, aunque nunca realmente licenciosas, que se
pueden encontrar en sus escritos. De mí sé decir que doña
María me deja en el paladar el gratísimo sabor del Jerez
oro, aromático y neto. Su ingenuidad, templada por la
discreción, su agudeza y vivacidad propiamente femeniles,
su aplomo y señorío de distinguida dama y su completa
ausencia de sentimentalismo y gazmoñería, me cautivan
y enamoran. Veo en ella a la mujer todavía muy penetra-
da de la sana y fuerte cultura que se debió a la iniciativa
valerosa de la gran Isabel y resuelta a protestar contra el
infeliz descenso del nivel femenino, descenso que ya se
anunciaba bajo los últimos Austrias y que se consumó
totalmente bajo los reyes de la casa de Borbón. La corrup-
ción, tristeza y decadencia de España tenían que trascen-
der a la vida femenina en la misma proporción que a la
general, y el signo infalible de los retrocesos históricos,
totales o parciales, el desprecio y relajamiento de la mu-
jer, asomaba tan sin rebozo, que doña María de Zayas,
ni ciega ni sorda, podía escribir con entera verdad: 'En
la era que corre estamos en tan adversa opinión con los
hombres, que ni con el sufrimiento los vencemos ni con
la conciencia los obligamos'.»

III

Naturalmente, no es cuestión de discutir aquí lo que
de acertado o erróneo haya, para mi opinión, en las de
doña Emilia Pardo Bazán. Como decía más arriba, sólo
he querido reflejarlas por ser suyas, y más siendo mujer
y luchadora por los derechos de éstas, y escritora tan cercana a doña María de Zayas en tantos aspectos.

Que doña María de Zayas estaba preocupada —obsesio-
nada, dice Agustín G. de Amezua— con este problema,
con el problema de los derechos de la mujer y su posi-
ción en la sociedad de su tiempo, lo demuestra bien la

insistencia con que una y otra vez pone en boca de sus personajes femeninos amargos párrafos de denuncia de la situación en que se encontraban, o panegíricos en defensa de su dignidad, reflexiones sobre la situación social de su sexo. Así refleja la opinión de los hombres sobre las mujeres, corriente hoy aun en muchos, por desgracia, por boca de don Fadrique en El prevenido engañado:

«Yo os prometo, señora —dijo don Fadrique—, que por lo que he visto y a mí me ha sucedido, vengo tan escarmentado de las astucias de las mujeres discretas, que de la mejor gana me dejara vencer de una mujer necia, aunque fea, que no de las demás partes que decías. Si ha de ser discreta una mujer, no ha menester saber más que amar a su marido, guardarle su honor y criarle sus hijos, sin meterse en más bachillerías.» A lo que contesta la duquesa: «¿Y cómo sabrá ser honrada la que no sabe en qué consiste el serlo?»

Si bien es verdad que prima sobre todas las cosas —lo que es natural en la mentalidad moral de esa época— el concepto del honor al tratar de la mujer en sus relaciones con el hombre, no por ello se deja menos ver el concepto de la mujer objeto de placer, contra el que se eleva doña María, reclamando un mayor respeto a su dignidad, a sus facultades intelectivas, a su personalidad. Como último ejemplo, quiero señalar las palabras de Laura, la protagonista de La fuerza del amor, *cuando en la lamentación que ha de llevarla al desenlace final de su drama nos dice:*

«... ¿por qué, vanos legisladores del mundo, atáis nuestras manos para la venganza, imposibilitando nuestras fuerzas con vuestras falsas opiniones, pues nos negáis letras y armas? ¿Nuestra alma no es la misma que la de los hombres? Pues si ella es la que da valor al cuerpo, ¿quién obliga a los nuestros a tanta cobardía? Yo aseguro que si entendiérais que también había en nosotras valor y fortaleza, no os burlaríais como os burláis; y así, por tenernos sujetas desde que nacimos, vais enflaqueciendo nuestras fuerzas con temores de la honra, y el entendimiento

*con el recato de la vergüenza, dándonos por espadas rue-
cas, y por libros almohadillas.»*

Ejemplos como éste, quizá menos valientes y claros
pero también interesantes, abundan en toda la obra de
María de Zayas. Pero no sería ya prudente cansar al lector citando otros nuevos. Dejémoslo aquí, que tiene el
lector la obra para sacarlos él mismo, al tiempo que se
recrea con la imaginación y el garbo que a través de toda
ella despliega doña María.

Sería interesante poder dar una semblanza de la figura
de la escritora, unos datos, aunque fueran someros, sobre
su vida. Pero, por desgracia, esto es algo prácticamente
imposible. Los datos que poseemos son tan pocos que lo
que intuimos a través de su obra nos da un conocimiento
mucho mayor que lo que conocemos por su biografía.
Sabemos que fue hija de un caballero llamado don Fernando de Zayas, y que doña María nació en Madrid el
año 1590. Vivió, quizá, unos años en Valladolid, de 1601
a 1606, lo cual parece confirmar lo que ella misma dice
en una de sus novelas, Al fin se paga todo, que se desarrolla en esta ciudad, y cuyos sucesos dice que conoció
de boca de quienes los habían vivido. Más tarde vivió
en Nápoles, donde parece ser que su padre estuvo al servicio del conde de Lemos; las cuidadosas descripciones que
hace de algunos lugares de esta ciudad en La fuerza del
amor y alguna otra de sus novelas parecen también confirmar esto. También vivió en Zaragoza, donde editó por
por primera vez sus Novelas, y quizá en Barcelona, aunque esto resulta ya mucho más difícil no sólo de probar,
sino incluso de conjeturar.

Que era bien considerada como escritora lo demuestra
no sólo la publicación de poemas suyos preludiando obras
de muchos escritores de la época, sino también los elogios
que éstos la dirigen, entre los cuales cabe destacar la Sil-
va VIII que Lope de Vega le dedica en su Laurel de
Apolo:

> ¡Oh dulces Hipocrénides hermosas!
> Los espinos Pangeos

apřisa desnudad, y de las rosas
tejed ricas guirnaldas y trofeos
a la inmortal doña María de Zayas,
que sin pasar a Lesbos ni a las playas
del vasto mar Egeo
que hoy llora el negro velo de Teseo,
a Safo gozará Mitilenea
quien ver milagros de mujer desea;
porque su ingenio vivamente claro
es tan único y raro,
que ella sola pudiera
no sólo pretender la verde rama
para sola ser sol de tu ribera
y tú por ella conseguir más fama
que Nápoles por Claudia, por Cornelia
la sacra Roma, y Tebas por Targelia.

No sabemos tampoco si fue casada o soltera, ni cuáles
son sus pasos o sus obras, si es que las realizó, después
de 1647, fecha de la publicación de la segunda parte de
sus Novelas. Por no tener seguridad en los datos sobre su
vida, ni siquiera los tenemos sobre la fecha de su muerte,
que se da como siendo la de 1661, en la que murió en
Madrid una María de Zayas —apellido muy corriente en
esta villa, sobre todo en la época—, que pudo y debió
ser ella; pero nada nos dice que no estemos equivoca-
dos. Serrano Sanz descubrió otra partida de defunción
de una María de Zayas, muerta en Madrid también, en
1669; pero ésta parece poder asegurarse que no fue nuestra escritora, ya que a la hora de otorgar testamento
mandó firmar en su nombre porque ella no sabía hacerlo. Señala Agustín G. de Amezua en su prólogo a la
edición de sus Novelas que quizá siguió el camino de la
protagonista de éstas, Lisis, la dueña de la casa donde
se celebraban las reuniones en las que se cuentan estas
historias, la cual, desengañada de los hombres, decidió
entrar en religión. Bien pudiera ser, aunque más me
parece artificio literario que sentimiento arraigado en
la autora, por el carácter que podemos intuir a través

*de sus obras. Pero todo esto son tan sólo conjeturas, y
como tal las damos al lector.*

Unas últimas palabras para señalar algunas cosas con
referencia a la edición que presentamos. He escogido
estas seis novelas por parecerme que eran las más representativas, no sólo del estilo de María de Zayas,
sino también de su imaginación y temperamento. Quizá
haya otras que estén mejor escritas, pero que indudablemente, al menos en mi opinión, resultan mucho menos
interesantes y representativas. He dado las historias es-
cuetas, eliminando los preliminares y finales, donde se
cuentan las incidencias de la tertulia y lo que a los personajes de ésta va sucediendo; y esto no sólo por creer
que tiene un menor interés, sino sobre todo porque para
ello hubiera sido necesario hacer la edición completa de
sus Novelas.

El texto ha sido realizado a partir de la edición que
hizo Melchor Sánchez en Madrid en 1659, los datos de
la cual —los más interesantes— damos al final de este
libro, junto con las Notas, y un Cuadro Cronológico que,
a falta de fechas sobre su vida, he basado principalmente
sobre su obra.

Respecto a la versión, sólo puedo decir que he querido guardar en ella la mayor fidelidad al texto, corri-
giendo exclusivamente la ortografía —modernizándola,
siempre que no restara demasiado carácter a la prosa—,
y la puntuación y redacción cuando el texto resultaba
demasiado oscuro, intentando con ello servir la obra a
los lectores con la mayor fidelidad posible. Lo contrario, he juzgado quizá equivocadamente, hubiera sido me-
jorarla a costa de su carácter, del sabor arcaico —no
tanto como pudiera suponerse—, de la sal y la gracia
ingenua en el decir que tenía, y mucha, doña María
de Zayas. Finalmente, he de decir que para realizar el
trabajo he cotejado el mío con el de las ediciones reali-
zadas por doña Emilia Pardo Bazán, y sobre todo —ya
que ésta hace demasiadas correcciones en el texto y mu-
tila la mayor parte de los poemas— con la edición de

*don Agustín G. de Amezua, la única completa que existe
realizada en estos últimos años, que yo sepa.*

*Si con esta edición conseguimos que el gran público
lea y aprecie el valor de la obra de esta gran escritora
de nuestro Siglo de Oro, habremos rendido un merecido homenaje a la memoria de doña María de Zayas y
Sotomayor, una de las contadas novelistas de su siglo
en la literatura universal.*

Eduardo Rincón

El castigo de la miseria

A servir a un grande de esta corte vino de un lugar de Navarra un hijodalgo, tan alto de pensamientos como humilde de bienes de fortuna, pues no le concedió esta madrastra de los nacidos más riqueza que una pobre cama en la cual se recogía a dormir y se sentaba a comer; este mozo, a quien llamaremos don Marcos, tenía un padre viejo, y tanto, que sus años le servían de renta para sustentarse, pues con ellos enternecía los más empedernidos corazones.

Era don Marcos, cuando vino a este honroso entretenimiento, de doce años, habiendo casi los mismos que perdió a su madre de un repentino dolor de costado, y mereció en casa de este príncipe la plaza de paje, y con ella, los usados atributos, picardía, porquería, sarna y miseria; y aunque don Marcos se graduó en todas, en esta última echó el resto, condenándose él mismo, de su voluntad, a la mayor lacería que pudo padecer un padre del yermo, gastando los diez y ocho cuartos que le daban

con tanta moderación, que si podía, aunque fuese a costa
de su estómago y de la comida de sus compañeros, procuraba que no se disminuyesen, o ya que algo gastase,
no de suerte que se viese mucho su falta.

Era don Marcos de mediana estatura, y con la sutileza
de la comida se vino a transformar de hombre en espá-
rrago. Cuando sacaba de mal año su vientre, era el día que
le tocaba servir la mesa de su amo, porque quitaba de
trabajar a los mozos de plata, llevándoles lo que caía en
sus manos más limpio que ellos lo habían puesto en la
mesa, proveyendo sus faltriqueras de todo aquello que,
sin peligro, se podía guardar para otro día. Con esta miseria pasó la niñez, acompañando a su dueño en muchas
ocasiones dentro y fuera de España, donde tuvo principales cargos.

Vino a merecer don Marcos pasar de paje a gentilhombre, haciendo en esto su amo con él lo que no hizo
el cielo. Trocó, pues, los diez y ocho cuartos por cinco
reales y tantos maravedíes; pero ni mudó de vida, ni
alargó la ración a su cuerpo, antes como tenía más obligaciones, iba dando más nudos a su bolsa. Jamás encendió en su casa luz, y si alguna vez se hacía esta fiesta, era
que le concedía su diligencia y el descuido del repostero
algún cabo de vela, el cual iba gastando con tanta cordura
que desde la calle se iba desnudando, y en llegando a
casa dejaba caer los vestidos y al punto le daba muerte.
Cuando se levantaba por la mañana, tomaba un jarro
que tenía sin asa y salía a la puerta de la calle, y al primero que veía le pedía que remediase su necesidad, du-
rándole esto dos o tres días, porque lo gastaba con mucha estrechez. Luego se llegaba donde jugaban los muchachos, y por un cuarto llevaba a uno que le hacía la
cama, y si tenía criado se concertaba con él que no le
había de dar de ración más de dos cuartos y un pedazo
de estera en que dormir; cuando estas cosas le faltaban,
llevaba un pícaro de cocina que le hiciera todo y le ver-
tiese la extraordinaria vasija en que hacía las inexcusa-
bles necesidades; era éste al modo de un arcaduz [1] de
noria, porque había sido en su tiempo jarro de miel, que

hasta en verter sus excrementos guardaba la regla de la observancia. Su comida era un panecillo de un cuarto, media libra de vaca, un cuarto de zarandajas [2] y otro que daba al cocinero porque tuviese cuidado de guisarlo limpiamente. Y esto no era cada día, sino tan sólo los feriados, que lo ordinario era un cuarto de pan y otro de queso.

Entraba en el estrado donde comían sus compañeros, y llegaba al primero y decía:. «Buena debe de estar la olla, que da un olor que consuela; en verdad que la he de probar», y diciendo esto y haciendo lo mismo, sacaba una presa, y de esta suerte daba la vuelta de uno en uno a todos los platos; que hubo día que, en viéndole venir, el que podía se comía de un bocado lo que tenía delante, y el que no, ponía la mano sobre su plato. Con el que tenía amistad era con un gentilhombre de casa, que estaba aguardando verle entrar a comer o a cenar, y luego, con su pan y su queso en la mano, entraba diciendo: «Por cenar en conversación os vengo a cansar», y con esto se sentaba a la mesa y alcanzaba de lo que había. Vino, en su vida lo compró, aunque lo bebía algunas veces en esta forma: poníase a la puerta de la calle, y como iban pasando las mozas y muchachos con el vino, les pedía en cortesía se lo dejasen probar, obligándoles a hacer lo mismo. Si la moza o muchacho eran agradables, les pedía licencia para otro traguillo. Viniendo a Madrid en una mula, y con un mozo que por venir en su compañía se había aplicado a servirle por ahorrar gasto, le envió a un lugar por un cuarto de vino, y mientras que fue por él se puso a caballo y partió, obligando al mozo a venir pidiendo limosna. Jamás en las posadas le faltó un pariente, que haciéndose gorra con él le ahorraba la comida, y vez hubo que dio a su mula paja del jergón que tenía en la cama, todo a fin de no gastar. Varios cuentos se decían de don Marcos, con que su amo y sus amigos pasaban el rato, tanto que ya era conocido en la corte por el hombre más regalado de los que se conocían por el mundo.

Vino don Marcos de esta suerte, cuando llegó a los

treinta años, a tener nombre y fama de rico, y con razón, pues vino a juntar a costa de su opinión y hurtándoselo al cuerpo seis mil ducados, los cuales tenía siempre consigo, porque temía mucho las retiradas de los genoveses[3], pues cuando más descuidados ven a un hombre le dan la manotada como zorro. Y como don Marcos no tenía fama de jugador ni de amancebado, cada día se le ofrecían varias ocasiones de casarse, aunque él lo regateaba temiendo algún mal suceso: parecíales bien a las señoras, que lo deseaban para marido, y quisieran más fuese gastador que guardoso, que con este nombre calificaron su miseria. Entre las muchas que desearon ser suyas, fue una señora que no había estado casada, si bien estaba en opinión de viuda, mujer de buen gusto y de alguna edad, aunque lo encubría con las galas, adornos e industria, porque era viuda galán[4], con su monjil de tercianela[5], tocas de reina y su poquito de moño. Esta buena señora, cuyo nombre es doña Isidora, muy rica en hacienda, según decían todos los que la conocían, tenía un modo de tratarse que demostraba su condición. Y en esto se adelantaba el vulgo más de lo que era de razón. Propusiéronle a don Marcos este matrimonio, pintándole a la novia con tan perfectos colores y asegurándole que tenía más de catorce o quince mil ducados, diciéndole haber sido su difunto consorte un caballero de lo mejor de Andalucía, que asimismo decía serlo la señora; dándole por patria a la famosa ciudad de Sevilla; con lo cual nuestro don Marcos se dio por casado.

El que trataba el casamiento era un gran socarrón, tercero no sólo de casamientos, sino de todas las mercaderías, tratante en grueso de buenos rostros y mejores bolsas, pues jamás ignoraba lo bueno y lo malo de esta corte, y era la causa haberle prometido buena recompensa. Ordenó llevar a don Marcos a vistas, y lo hizo la misma tarde que se lo propuso, porque no hubiese peligro en la tardanza. Entró don Marcos en casa de doña Isidora casi admirado de ver la casa, tantos cuadros, tan bien labrada y con tanta hermosura; y miróla con atención porque le dijeron que era su dueña la misma que lo había de

ser de su alma, a la cual halló entre tantos damascos y
escritorios, que más parecía casa de señora de título que
de particular; con un estrado[6] tan rico y la casa con
tanto aseo, olor y limpieza, que parecía no tierra, sino
cielo, y ella tan aseada y tan prendida, como dice un
poeta amigo, que pienso que por ella se tomó este motivo de llamar así a los aseados.

Tenía consigo dos criadas, una de labor y otra de todo
y para todo, que a no ser nuestro hijodalgo tan compuesto y tenerle el poco comer tan mortificado, por sólo ellas
pudiera casarse con su ama, porque tenían tan buenas
caras como desenfado, en particular la fregona, que pudiera ser reina si se dieran los reinos por hermosura.
Admiróle, sobre todo, el agrado y la discreción de doña
Isidora, que parecía la misma gracia, tanto en donaire
como en amores, y fueron tantas y tan bien dichas las
razones que dijo a don Marcos, que no sólo le agradó,
mas le enamoró, mostrando en sus agradecimientos el
alma, que la tenía el buen señor bien sencilla y sin do-
blez. Agradeció doña Isidora al casamentero la merced
que le hacía en querer emplearla tan bien, acabando de
hacer tropezar a don Marcos con una aseada y costosa
merienda, en la cual hizo alarde de la vajilla rica y olo-
rosa ropa blanca, con las demás cosas que en una casa tan
rica como la de doña Isidora era fuerza que hubiese. Hallóse a la merienda un mozo galán, desenvuelto, y que de
bien entendido picaba en pícaro, al cual doña Isidora
regalaba a título de sobrino, cuyo nombre era Agustinico,
que así lo llamaba su señora tía. Servía a la mesa Inés,
porque Marcela, que así se llamaba la doncella, por mandado de su señora tenía ya en las manos un instrumento,
en el cual era tan diestra que no la ganara el mejor músico de la corte, y esto acompañaba con una voz que más
parecía de ángel que de mujer, y a la cuenta era todo.
La cual con tanto donaire como desenvoltura, sin aguardar a que la rogasen, porque estaba cierta de que lo hacía bien o fuese acaso de pensado, cantó así:

Claras fuentecillas,
pues murmuráis,
murmurad a Narciso
que no sabe amar.

Murmurad que vive
libre y descuidado
y que mi cuidado
en el agua escribe;
que pena recibe
si sabe mi pena,
que es dulce cadena
de mi libertad.
Murmurad a Narciso
que no sabe amar.

Murmurad que tiene
el pecho de hielo,
y que por consuelo
penas me previene:
responde que pene
si favor le pido,
y se hace dormido
si pido piedad;
Murmurad a Narciso
que no sabe amar.

Murmurad que llama
cielos otros ojos,
más por darme enojos
que porque los ama,
que mi ardiente llama
paga con desdén,
y quererle bien
con quererme mal;
murmurad a Narciso
que no sabe amar.

Y si en cortesía
responde a mi amor,
nunca su favor
duró más de un día;

de la pena mía
ríe lisonjero,
y aunque ve que muero
no tiene piedad;
murmurad a Narciso
que no sabe amar.

Murmurad que ha días
tiene la firmeza,
y que con tibiezas
paga mis porfías;
mis melancolías
le causan contento,
y si mudo intento,
muestra voluntad:
Murmurad a Narciso
que no sabe amar.

Murmurad que he sido
eco desdichada,
aunque despreciada,
siempre lo he seguido;
y que si le pido
que escuche mi queja,
desdeñoso deja
mis ojos llorar:
Murmurad a Narciso
que no sabe amar.

Murmurad que altivo,
libre y desdeñoso
vive, y sin reposo,
por amarle, vivo;
que no da recibo
a mi tierno amor,
antes con rigor
me intenta matar:
Murmurad a Narciso
que no sabe amar.

Murmurad sus ojos,
graves y severos,
aunque bien ligeros

para darme enojos,
que rinde despojos
a su gentileza,
cuya altiva alteza
non halla su igual:
Murmurad a Narciso
que no sabe amar.

Murmurad que ha dado
con alegre risa
la gloria a Belisa,
que a mí me ha quitado,
no de enamorado,
sino de traidor,
que aunque finge amor,
miente en la mitad:
Murmurad a Narciso
que no sabe amar.

Murmurad mis celos
y penas rabiosas,
ay, fuentes hermosas,
a mis ojos cielos,
y mis desconsuelos,
penas y disgustos;
mis perdidos gustos,
fuentes, murmurad,
y también a Narciso
que no sabe amar.

No me atreveré a determinar en qué halló nuestro don
Marcos más gusto, si en las empanadas y hermosas tor-
tadas, lo uno picante y lo otro dulce, si en el sabroso
pernil y fruta fresca y gustosa, acompañado todo con el
licor del santo remedio de los pobres, que a fuerza de
brazos estaba vertiendo hielo, siendo ello mismo fuego [7],
que por eso llamaba un aficionado a las cantimploras remedio contra el fuego, o en la voz dulce de Marcela,
porque al son de su letra él no hacía sino comer, tan
regalado de doña Isidora y de Agustinico, que no lo pudiera ser más si fuera rey, porque si en la voz hallaba

gusto para los oídos, en la merienda hallaba recreo para
su estómago, tan ayuno de regalos como de sustento.
Regalaba también doña Isidora a don Agustín, sin que
don Marcos, como poco escrupuloso, reparase en más
que en sacar de mal año sus tripas; porque creo, sin
levantarle testimonio, que sirvió la merienda de aquella
tarde de ahorro de seis días de ración, y más con los
buenos bocados que doña Isidora y su sobrino atestaban
y embutían en el baúl vacío del buen hidalgo, provisión
bastante para no comer en mucho tiempo. Fenecióse la
merienda con el día, y estando ya prevenidas cuatro bu-
jías en sus hermosos candeleros, a la luz de los cuales, y
al dulce son que Agustinico hizo en el instrumento que
Marcela había tocado, bailaron ella e Inés lo rastreado y
soltillo [8], sin que se quedase olvidada la capona [9], con tal
donaire y desenvoltura, que se llevaban entre los pies
los ojos y el alma del auditorio, y tornando Marcela a
tomar la guitarra, a petición de don Marcos, que como
estaba harto quería bureo, feneció la fiesta con este romance:

> Fuése Bras a la cabaña,
> sabe Dios si volverá,
> por ser firmísima Menga
> y ser tan ingrato Bras.
>
> Como no sabe ser firme,
> desmayóle el verse amar,
> que quien no sabe querer
> tampoco sabe estimar.
>
> No le ha dado Menga celos,
> que no se los pudo dar,
> porque si supiera darlos,
> supiera hacerse estimar.
>
> Es Bras de condición libre,
> no se quiere sujetar,
> y así, viéndose querido,
> supo el modo de olvidar.
>
> No sólo a sus gustos sigue,
> mas sábelos publicar,

que quiere a fuerza de penas
hacerse estimar en más.
   Que no volverá es muy cierto,
que es cosa la voluntad
que cuando llega a trocarse
no vuelve a su ser jamás.
   Por gustos ajenos muere,
pero no se morirá,
que sabe fingir pasiones
hasta que llega a alcanzar.
   Desdichada la serrana
que en él se viene a emplear,
pues aunque siembre afición,
sólo penas cogerá.
   De ser poco lo que pierde,
certísima Menga está,
pues por mal que se aventure
no puede tener más mal.
   Es franco de disfavores,
de tibieza liberal,
pródigo de demasías,
escaso de voluntad.
   Dice Menga que se alegra,
no sé si dice verdad,
que padecer despreciada
es dudosa enfermedad.
   Suelen publicar salud
cuando muriéndose están,
mas no niego que es cordura
el saber disimular.
   Esconderse por no verla
ni de sus cosas hablar,
ni tarde de su alabanza,
indicios de salud da.
   Pero de vivir contenta,
y ella en secreto llorar,
llevar mal que mire a otras,
de amor parece señal.
   Lo que por mi teología

he venido a pergeñar
es que aquel que dice injurias
cerca está de perdonar.

Préciase Menga de noble;
no sé si querrá olvidar
que una vez la elección hecha
no es noble quien vuelve atrás.

Mas ella me ha dicho a mí
que en llegando a averiguar
injurias, celos y agravios,
afrenta el verle será.

Al dar fin al romance se levantó el corredor de desdichas y le dijo a don Marcos que era hora de que la señora doña Isidora se reposase, y así se despidieron los
dos de ella, de Agustinico y de las otras damiselas y dieron la vuelta a su casa, yendo por la calle tratando lo
bien que le había parecido doña Isidora, y descubriendo
don Marcos, enamorado, a más del dinero de la dama,
el deseo que tenía ya de verse su marido, y así le dijo
que diera un dedo de la mano por verlo ya hecho, porque era sin duda que le estaba muy bien, aunque no pensaba tratarse después de casado con tanta ostentación y
grandeza, que aquello era bueno para un príncipe y no
para un hidalgo particular como él era, ya que con su
ración y alguna cosa más habría para el gasto; y que
seis mil ducados que tenía y otros tantos que podía hacer
de cosas excusadas que había en casa de doña Isidora
—pues bastaba para la casa de un escudero de un señor,
cuatro cucharas, un jarro, una salvilla [10] y una buena
cama, y a este modo, cosas que no se pueden excusar; y
todo lo demás eran cosas sin provecho que mejor estarían en dineros—, puestos en renta, les darían para vivir
como príncipes y podrían dejar a sus hijos, si Dios se los
diese, con que pasar muy honradamente, y cuando no los
tuviesen, pues doña Isidora tenía aquel sobrino, para él
sería todo si fuese tan obediente que quisiese respetarle
como su padre. Hacía estos discursos don Marcos tan
en su punto, que el casamiento lo dio por concluido, y

así, le respondió el casamentero que él hablaría otro día a doña Isidora, y se efectuaría el negocio, porque en estos casos de matrimonio tanto tienen deshecho las dilaciones como la muerte. Con esto se despidieron, y él se volvió a contar a doña Isidora lo que con don Marcos había pasado, codicioso de las albricias; y don Marcos a casa de su amo, donde hallándolo todo en silencio por ser muy tarde, sacando un cabo de vela de la faltriquera, se llegó a una lámpara que estaba en la calle alumbrando una cruz, y puesta la vela en la punta de la espada, la encendió, y después de haberle suplicado con una breve oración que fuese la que se quería echar a cuestas para bien suyo, se entró en su posada y se acostó, aguardando impaciente el día, pareciéndole que se le había de despintar tal ventura.

Dejémosle dormir y vamos al casamentero, que vuelto a casa de doña Isidora le contó lo que pasaba y cuán bien le estaba. Ella, que lo sabía mejor que no él, como adelante se dirá, dio luego el sí y cuatro escudos al tratante por principio, y le rogó que luego por la mañana volviese a don Marcos y le dijese como ella tenía a gran suerte el ser suya, que no le dejase de la mano, que antes le gustaría que se le trajese a comer con ella y su sobrino para que se hiciesen las escrituras y se sacasen los recados — ¡qué dos nuevas para don Marcos, convidado y novio! —, y con estas noticias, por ser tan buenas, madrugó el casamentero y dio los buenos días a nuestro hidalgo don Marcos, al cual halló ya vistiéndose, que amores de blanca niña no le dejaban reposar. Recibió con los brazos abiertos a su buen amigo, que así le llamaba al procurador de pesares, y con el alma la resolución de su ventura; y acabándose de vestir las más costosas galas que su miseria le consentía, se fue con su norte de desdichas a casa de su dueña, su señora, donde fue recibido de aquella sirena con la agradable música de sus caricias, y de don Agustín, que se estaba vistiendo, con mil modos de cortesías y agrados, donde en buena conversación y agradecimiento de su ventura, y sumisiones del cauto mozo en agradecimiento del lugar

que de hijo le daba, pasaron hasta que fue la hora de
comer, en que de la sala del estrado se entraron a otra
cuadra [11] más adentro, donde estaba puesta la mesa y aparador como pudiera serlo en casa de un gran señor.

No tuvo necesidad doña Isidora de gastar muchas aren-
gas par obligar a don Marcos a sentarse a la mesa, porque antes él rogó a los demás que lo hiciesen, sacándoles
de esa penalidad, que no es pequeña. Satisfizo el señor
su apetito en la bien sazonada comida y sus deseos en el
compuesto aparador, tornando en su memoria a hacer
otros tantos discursos como en la noche pasada, y más
cuando veía a doña Isidora tan liberal y cumplida como
aquella que había de ser suya, y le parecía aquella grandeza vanidad excusada y dinero perdido. Acabóse la comida y preguntaron a don Marcos si quería, en lugar de
dormir la siesta, por no haber en aquella casa cama para
huéspedes, jugar al hombre. A lo cual respondió que
servía a un señor tan virtuoso y cristiano, que si supiese
que criado suyo jugaba, ni aun al quince [12], no estuviera
ni una hora en su casa, y que como él sabía esto, había
tomado por regla el darle gusto, demás de ser su inclinación buena y virtuosa, pues no tan solamente no sabía
jugar al hombre, más aun, no conocía ni una carta, y que
verdaderamente hallaba por su cuenta que valía el no
saber jugar muchos ducados al año. «Pues el señor don
Marcos —dijo doña Isidora— es tan virtuoso que no sabe
jugar (que bien le digo yo a Agustinillo que es lo que
mejor le está al alma y a la hacienda), ve, niño, y dile
a Marcela que se dé prisa en comer y traiga su guitarra
e Inesita sus castañuelas, y en eso entretendremos la fiesta hasta que venga el notario que el señor Gamarra —que
así se llamaba el casamentero— tiene prevenido para hacer las capitulaciones.» Fue Agustinico a hacer lo que su
señora tía le mandaba, y mientras venía prosiguió don
Marcos, y asiendo la plática desde arriba, dijo: «Pues
en verdad que puede Agustín, si pretende darme gusto,
no tratar de jugar ni salir de noche, y con eso seremos
amigos; de hacerlo, habría mil rencillas, porque soy muy
amigo de recogerme temprano la noche que no hay que

hacer, y que en entrando no sólo se cierre la puerta, mas
se clave, no porque soy celoso, que harto ignorante es el
que lo es teniendo mujer honrada, mas porque las casas
ricas nunca están seguras de ladrones, que no quiero que
me lleven con sus manos lavadas lo que a mí me costó
tanto afán y tanta fatiga ganarlo, y así, yo le quitaré el
vicio, y sobre esto sería el diablo.» Vio doña Isidora tan
colérico a don Marcos, que le fue menester mucho de su
despejo para desenojarle, y así le dijo que no se disgus-
tase, que el muchacho haría todo lo que fuese de su gusto, porque era el mozo más dócil que en su vida había
tratado, que al tiempo daba por testigo. «Esto le importa», replicó don Marcos, y atajó la plática la entrada de
don Agustín y las damiselas, que venían cada una con su
instrumento, y la desenvuelta Marcela dio principio a la
fiesta con esta décima:

> Lauro, si cuando te amaba
> y tu rigor me ofendía,
> triste de noche y de día
> tu ingrato trato lloraba;
> si en ninguna parte hallaba
> remedio de mi dolor,
> pues cuando sólo un favor
> era paz de mis enojos,
> siempre en tus ingratos ojos
> hallé crueldad por amor.
>
> Si cuando pedía a los cielos
> la muerte por no mirarte,
> y maltratarte y culparte
> eran todos mis desvelos,
> supe en seguida de celos,
> mereciendo ser querida,
> quise quitarme la vida,
> dime ¿cómo puede haber
> otro mayor mal que ser
> cruelmente aborrecida?
>
> Yo lo tengo por mayor
> que no vivir olvidada,

que, siéndolo, no te enfada
como otras veces mi amor;
tengo el verte por favor,
que tu descuido me ofrece
la paz que aquel que aborrece
niega al que adorando está;
luego el olvido será
mayor daño que parece.

   Y así, a pedirte favor
con disfavor me convidas,
porque al fin como me olvidas,
no te ofendes de mi amor;
que alguna vez tu rigor
vendrá a tomar por partido
amar en lugar de olvido;
y si has de aborrecer,
más quiero, Lauro, no ser,
que aborrecida haber sido.

No sabré decir si lo que más agradó a los oyentes fue
la suave voz de Marcela o los versos que cantó; finalmente, a todo dieron alabanza, pues aunque la décima
no era la más culta ni más acendrada, el donaire de Marcela la dio tanta sal que supliera mayores faltas; y porque mandaba doña Isidora a Inés bailase con don Agustín, le previno don Marcos que fenecido el baile volviese
a cantar, pues lo hacía divinamente, lo cual Marcela hizo
con mucho gusto, dándosele al señor don Marcos con el
romance que comienza así:

   Ya de mis desdichas
el colmo veo,
y en ajenos favores
miro mis celos.

   Ya no tengo que esperar
de tu amor, ingrato Ardenio,
aunque tus muchas tibiezas
mida con mi sufrimiendo.
Que ya en mi fuego te hieles,

ni que me encienda en tu hielo,
que mueran mis esperanzas,
ni que viva en mi tormento.
Como en mi confusa pena
no hay alivio ni remedio,
ni le busco, ni le pido,
desesperada padezco.

Pues de mis desdichas
el colmo veo,
y en ajenos favores
miro mis celos.

¿Qué tengo ya que esperar,
ni cómo obligar pretendo
a quien sólo de matarme
atrevido lleva intento?
A los hermanos imito
que por pena en el infierno
tienen trabajo sin fruto
y servir fuera de tiempo.
Acaba, saca la espada,
pasa mi constante pecho,
acabaré de penar
si no es mi tormento eterno.

Pues de mis desdichas
el colmo veo,
y en ajenos favores
miro mis celos.

Quiérote bien, ¡qué delito
para castigo tan fiero!
Pero tú te desobligas
cuando ya obligarte pienso.
¿Quién creyera que mis partes,
que alguno estimó por cielos,
son infiernos a tus ojos,
pues de ellas andas huyendo?
Siempre decís que buscáis
los hombres algún sujeto

que sea en aquesta edad
de constancia claro ejemplo.
Y si acaso halláis alguno,
le hacéis un tal tratamiento
que aventura, por vengarse,
no una hora, sino ciento.
Míralo en ti y en mi amor,
no quieras más claro espejo,
y verás como hay mujeres
con amor y sufrimiento.

Pues de mis desdichas
el colmo veo,
y en ajenos favores
miro mis celos.

Hasta aquí pensé callar,
tus sinrazones sufriendo,
mas pues voluntad publicas,
¿cómo callaré con celos?
Sepa el mundo que te quise,
sepa el mundo que me has muerto,
y sépalo esa tirana
de mi gusto y de mi dueño.
Poco es brasas, como Porcia,
poco es, como Elisa, acero,
más es morir de sospechas,
fuego que en el alma siento.

Pues de mis desdichas
el colmo veo,
y en ajenos favores
miro mis celos.

Poco puedo, Ardenio ingrato,
y hoy pienso que puedo menos,
pues sufriendo no te obligo
ni te obligué padeciendo.
Yo gusto que tengas gustos,
pero tenlos con respeto
de que me llamaste tuya,

o de veras, o fingiendo.
Cuando en tus ojos me miro,
en ellos miro otro dueño,
pues ¿qué has menester decirme
lo que tengo yo por cierto?

Pues de mis desdichas
el colmo veo,
y en ajenos favores
miro mis celos.

Ingrato, si ya tus glorias
no te caben en el pecho,
guárdalas, que para mí
son, más que glorias, veneno.
Mas tú debes de gustar
de verme vivir muriendo,
que el querer y aborrecer
en ti viene a ser extremo.
Y si de matarme gustas,
acaba, mátame presto;
pero si celosa vivo
¿para qué otra muerte quiero?

Pues de mis desdichas
el colmo veo,
y en ajenos favores
miro mis celos.

Como era don Marcos de los sanos de Castilla, y sen-
cillo como un tafetán de China, no se le hizo largo este
romance, antes quisiera que durara mucho más, porque
la llaneza de su ingenio no era como los fileteados de la
corte, que en pasando de seis estancias se enfadan. Dio
las gracias a Marcela y la pidió que pasara adelante, si
a este punto no entra el buen Gamarra con un hombre
que dijo ser notario, si bien más parecía lacayo que otra
cosa, y se hicieron las escrituras y conciertos, poniendo
doña Isidora en la dote doce mil ducados y aquellas casas; y como don Marcos era hombre tan sin malicia, no

se metió en más averiguaciones, con lo cual el buen hidalgo estaba tan contento que, posponiendo su autoridad, bailó con su querida esposa, que así llamaba a doña Isidora.

Cenaron aquella noche con el mismo aplauso y ostentación que habían comido, si bien todavía el tema de don Marcos era la moderación del gusto, pareciéndole, como dueño de aquella casa y hacienda, que si de aquella suerte iba, no había dote para cuatro días; mas hubo de callar para mejor ocasión. Llegó la hora de recogerse, y por excusar trabajo de ir a su posada, quiso quedarse con su señora, mas ella, con muy honesto recato, dijo que no había de poner hombre el pie en el casto lecho que fue de su difunto señor mientras no tuviese las bendiciones de la Iglesia, con lo que tuvo por bien don Marcos de irse a dormir a su casa (que no sé si diga que más fue velar, supuesto que el cuidado de sacar las amonestaciones le tenía ya vestido a las cinco). En fin, se sacaron, y en tres días de fiesta que la fortuna trajo de los cabellos, que a la cuenta sería el mes de agosto, que las trae de dos en dos, se amonestaron, dejando para el lunes, que en las desgracias no tuvo que envidiar al martes, el desposar y el velarse todo junto, a uso de los grandes, lo cual se hizo con grande aparato y grandeza, así de galas como en lo demás, porque don Marcos, humillando su condición y venciendo su miseria, sacó fiado por no descabalar los seis mil ducados, un rico vestido y faldellín para su esposa, haciendo cuenta de que con él y la mortaja cumplía, no porque se le viniera al pensamiento la muerte de doña Isidora, sino por parecerle que, poniéndosele sólo de una Navidad a otra, habría vestido hasta el día del Juicio. Trajo asimismo de casa de su amo padrinos que todos alababan su elección y engrandecían su ventura, pareciéndoles acertamiento haber hallado una mujer de tan buen parecer y tan rica, pues aunque doña Isidora era de más edad que el novio, contra el parecer de Aristóteles y de otros filósofos antiguos, lo disimulaba, de suerte que era milagro verla tan bien aderezada. Pasada la comida y estando ya sobre la tarde

alegrando con bailes la fiesta, eñ los cuales Inés y don
Agustín mantenían la tela, mandó doña Isidora a Marcela que la engrandeciese con su divina voz, a lo cual,
no haciéndose de rogar, con tanto desenfado como donaire, cantó así:

> Si ríe el alba,
> de mí se ríe,
> porque adoro tibiezas
> y muero firme.
>
> Cuando el alba miro
> con alegre risa
> mis penas me avisa,
> mis males suspiro;
> pero no me admiro
> de verla reír,
> ni de presumir
> que de mí se ríe;
> *porque adoro tibiezas,*
> *y muero firme.*
> Ríase de verme
> con cien mil pesares,
> los ojos dos mares,
> viendo aborrecerme;
> cuando ingrato duerme
> mi querido dueño,
> mi dolor el sueño
> triste despide;
> *porque adoro tibiezas*
> *y muero firme.*
> Ríe al ver que digo
> que no tengo amor,
> cuando su rigor
> de secreto sigo,
> por haber sido obligado
> a tratarme bien,
> al mismo desdén
> que en matarme vive;

porque adoro tibiezas
y muero firme.

   Ríe que me alejo
de aquello que sigo;
llamado enemigo
por lo que me quejo,
que pido consejo
amando sin él;
despido cruel
lo que no me sigue;
porque adoro tibiezas
y muero firme.

   Ríe al ver mis ojos
publicar tibieza,
cuando mi firmeza
les da mil enojos,
ofrecer despojos
y encubrir pasión,
mirar a traición
unos ojos libres;
porque adoro tibiezas
y muero firme.

   Ríe el que procura
encubrir mis celos,
que estoy sin desvelos
cuando miento y juro,
el descuido apuro,
lo que me da pena,
porque amor ordena
mi muerte tan triste;
porque adoro tibiezas
y muero firme.

Llegóse en estos entretenimientos la noche, principio
de la posesión de don Marcos y más de sus desdichas,
pues antes de tomarla empezó la fortuna a darle con
ellas en los ojos, y así fue la primera darle a don Agustín
un accidente; no me atrevo a decir si lo causó el ver
casada a su señora tía, sólo digo que puso la casa en al-

boroto, porque doña Isidora empezó a desconsolarse, acudiendo más tierna que fuera razón a desnudarle para que se acostase, haciéndole tantas caricias y regalos que casi dio celos al desposado, el cual, viendo ya al enfermo algo sosegado, mientras su esposa se acostaba, acudió a prevenir con cuidado que se cerrasen las puertas y echasen las aldabas a las ventanas; cuidado que puso a las desenvueltas criadas de su querida mujer en la mayor confusión y aborrecimiento que se puede pensar, pareciéndoles achaque de celoso, y no lo era cierto, sino de avaro, porque como el buen señor había traído su ropa, y con ella los seis mil ducados que apenas aun habían visto la luz del cielo, quería acostarse seguro de que lo estaba su tesoro. En fin, él se acostó con su esposa, y las criadas, en lugar de acostarse, se pusieron a murmurar y a llorar, exagerando la prevenida y cuidadosa condición de su dueño.

Empezó Marcela a decir: «¿Qué te parece, Inés, a lo que nos ha traído la fortuna? Pues de acostarnos a las tres y a las cuatro, oyendo música y requiebros, ya en la puerta, ya en la calle, ya en las ventanas, rodando el dinero en nuestra casa como en otras la arena, hemos venido a ver a las once cerradas las puertas y clavadas las ventanas, sin que haya atrevimiento en nosotras para abrirlas.» «Mal año abrirlas —dijo Inés—. Dios es mi Señor, que tiene traza nuestro amo de echarles siete candados como a la cueva de Toledo; ya, hermana, esas fiestas que dices se acabaron, no hay sino echarnos dos hábitos, pues mi ama ha querido esto. ¡Qué poca necesidad tenía de haberse casado, pues no le faltaba nada, y no ponernos a todas en esta vida, que no sé cómo no la ha enternecido ver al señor don Agustín como ha estado esta noche, que para mí esta higa [13] si no es la pena de verla casada el accidente que tiene! Y no me espanto, que está enseñado a holgarse y regalarse, y viéndose ahora enjaulado como jilguerillo, claro es que lo ha de sentir como yo lo siento. ¡Qué malos años para mí, que me pudieran ahogar con una hebra de seda cendalí!» [14] «Aún tú, Inés —replicó Marcela—, que sales fuera por todo lo que es menester, no tienes que llorar; mas triste de quien por llevar adelante este mal afortunado nombre de doncella, ya que en lo demás haya tanto engaño, ha de estar padeciendo todos los infortunios de un celoso que las hormiguillas le parecen gigantes; mas yo lo remediaré, supuesto que por mis habilidades no me ha de faltar comida. ¡Mala pascua para el señor don Marcos si yo tal sufriere!» «Yo, Marcela —dijo Inés—, será fuerza que sufra; porque si te he de confesar la verdad, don Agustín es la cosa que más quiero, si bien hasta ahora mi ama no me ha dado lugar para decirle nada, aunque conozco de él que no me mira mal; mas de aquí en adelante será otra cosa, que le habrá de dar más tiempo acudiendo a su marido.»

En esta plática estaban las criadas, y era el caso que el señor don Agustín era galán de doña Isidora, y por comer, vestir y gastar a título de sobrino, no sólo llevaba la carga de la vieja, mas otras muchas, como eran las conversaciones de damas y galanes, juegos y bailes y otras cosillas de este jaez, y así pensaba sufrir la del marido, aunque la mala costumbre de dormir acompañado le tenía aquella noche con alguna pasión. Como Inés le quería, dijo que deseaba ir a ver si había menester de algo mientras se desnudaba Marcela; y fue tan buena su suerte que, como don Agustín era muchacho, tenía miedo, y así la dijo: «Por tu vida, Inés, que te acuestes aquí conmigo, porque estoy con el mayor asombro del mundo, y si estoy solo, en toda la noche podré sosegar de temor.» Era piadosísima Inés, y túvole tanta lástima, que al punto le obedeció, dándole las gracias por mandarle cosas de su gusto. Llegóse la mañana, martes al fin, y temiendo Inés que su señora se levantase y la cogiese con el hurto en las manos, se levantó más temprano que otras veces y fue a contar a su amiga sus aventuras; y como no hallase a Marcela en su aposento, fue a buscarla por toda la casa, y llegando a una puertecilla falsa que estaba en un corral, algo a trasmano, la halló abierta, y era que Marcela tenía cierto requiebro, para cuya correspondencia tenía llave de la puertecilla, por donde se había ido con él, quitándose de ruidos; y aposta, por dar a don Marcos tártago [15], la había dejado abierta; y viendo esto fue dando voces a su señora, a las cuales despertó el miserable novio, y casi muerto de congoja, saltó de la cama diciendo a doña Isidora que hiciese lo mismo y mirase si faltaba alguna cosa, abriendo a un mismo tiempo la ventana; y pensando hallar en la cama a su mujer, no halló sino un fantasma o imagen de la muerte, porque la buena señora mostró las arrugas de la cara por entero, las cuales encubría con el afeite, que tal vez suele ser encubridor de años, que a la cuenta estaban más cerca de los cincuenta y cinco que de los treinta y seis, como había puesto en la carta de dote, porque los cabellos eran pocos y blancos por la nieve de los muchos inviernos pasados. Esta falta no era mucha merced a los moños y a su autor, aunque en esta ocasión se la hizo a la pobre dama, respecto a haberse caído sobre las almohadas con el descuido del sueño, bien contra la voluntad de su dueño; los dientes estaban esparcidos por la cama, porque, como dijo el príncipe de los poetas, daba perlas de barato, a cuya causa tenía don Marcos una o dos entre los bigotes, demás de que parecían tejados con escarcha, de lo que habían participado de la amistad que con el rostro de su mujer habían hecho. Y cómo se quedaría el pobre hidalgo es cosa que se deja a la consideración del pío lector, por no alargar pláticas en cosas que pueda la imaginación suplir cualquiera falta; sólo digo que doña Isidora, que no estaba menos turbada de que sus gracias se manifestasen tan a letra vista, asió con una presurosa congoja su moño, mal enseñado a dejarse ver tan de mañana, y atestósele en la cabeza, quedando peor que sin él, porque con la prisa no pudo ver cómo le ponía, y así, se le acomodó cerca de las orejas. « ¡Oh maldita Marcela, causa de tantas desdichas —dijo—, no te lo perdone Dios, amén! » En fin, más alentada, aunque con menos razón, quiso tomar el faldellín para salir a buscar a su fugitiva criada, mas ni él ni el rico vestido con que se había casado, ni los chapines con viras, ni otras joyas que estaban en la

sala, todo esto y el vestido de don Marcos con una cadena que valía doscientos escudos que había traído puesta el día antes, la cual había sacado de su tesoro para
solemnizar la fiesta, no apareció, ya que la astuta Marcela no quiso marcharse desapercibida. Lo que haría don
Marcos en esta ocasión ¿qué lengua bastará a decirlo,
ni qué pluma a escribirlo? Quien supiere que a costa
de su cuerpo lo había ganado, podrá ver cuán al de su
alma lo sentiría, y más no hallando consuelo en la belleza de su mujer, que bastaba para desconsolar al mismo
infierno. Si ponía los ojos en ella, veía una estantigua;
si los apartaba, no veía sus vestidos y cadena, y con este
pesar se paseaba muy aprisa, así, en camisa, por la sala,
dando palmadas y suspiros. Mientras él andaba así, doña
Isidora se fue al Jordán de su retrete [16] y arquilla de ba-
ratijas; se levantó Agustín, a quien Inés había ido a contar lo que pasaba, riéndose los dos de la visión de doña
Isidora y la bellaquería de Marcela, y a medio vestir salió a consolar a su tío, diciéndole los consuelos que supo
fingir y encadenar, más a lo socarrón que a lo necio.
Animóle con que se buscaría a la agresora del hurto, y
obligóle a paciencia al decirle que eran bienes de fortuna, con que cobró fuerzas para volver en sí y vestirse;
y más como vio venir a doña Isidora, tan otra de lo que
había visto, que casi creyó que se había engañado y que
no era la misma. Salieron juntos don Marcos y don Agustín a buscar, por dicho de Inés, las guaridas de Marcela;
y en verdad que si no fueran los tuviera por más discre-
tos, a lo menos a don Marcos, que don Agustín pienso
que lo hacía más de bellaco que de bobo, que bien se
deja entender que no se había puesto en parte donde
fuese hallada. Mas viendo que no había remedio, se vol-
vieron a casa, conformándose con la voluntad de Dios, a
lo santo, y con la de Marcela, a lo de no poder más, y
mal de su grado hubo de cumplir nuestro miserable con
las obligaciones de la tornaboda, aunque el más triste del
mundo, porque tenía atravesada en su alma la cadena.
Mas como no estaba contenta la fortuna, quiso seguir en
la prosecución de la miseria. Y fue de esta suerte, que,

sentándose a comer, entraron dos criados del señor almirante diciendo que su señor besaba las manos de la señora doña Isidora y que se sirviese enviar la plata, que para prestada bastaba un mes, y que si no lo hacía cobraría de otro modo. Recibió la señora el recado, y la respuesta no pudo ser otra que entregarle todo cuanto había, platos, fuentes y lo demás que lucía en la casa, y que había colmado las esperanzas de don Marcos, el cual se quiso hacer fuerte, diciendo que era hacienda suya y que no se la habían de llevar y otras cosas que le parecían a propósito, tanto, que fue menester que un criado fuese a llamar al mayordomo y otro se quedase en resguardo de la plata. Al fin la plata se llevó, y don Marcos se quebró la cabeza en vano, y ciego de pasión y de cólera empezó a decir y a hacer cosas como hombre fuera de sí; quejábase de tal engaño y prometía la había de poner pleito de divorcio, a lo cual doña Isidora, con mucha humildad, le dijo, por amansarle, que advirtiese que antes merecía gracias que ofensas, que por granjearse un marido como él, cualquiera cosa, aunque tocase en engaño, era cordura y discreción, y pues el pensar en deshacerlo era imposible, lo mejor era tener paciencia. Húbolo de hacer el buen don Marcos, aunque desde aquel día no tuvieron paz ni comían bocado con gusto. A todo esto, don Agustín comía y callaba, metiendo, las veces que se hallaba presente, paz, y pasando muy buenas noches con Inés, con la cual reía las gracias de doña Isidora y desventuras de don Marcos. Con estas desdichas, si la fortuna le dejara en paz, con lo que había se diera por contento y lo pasara honradamente. Mas como se supo en Madrid el casamiento de doña Isidora, un alquilador de ropa, dueño del estrado y colgadura, vino por tres meses que le debía de su ganancia, y asimismo a llevarlo; porque mujer que había casado tan bien, coligió que no lo habría menester, pues lo podía comprar y tenerlo por suyo. A este trago acabó don Marcos de rematarse; llegó a las manos con su señora, andando el moño y los dientes de por medio, no con poco dolor de su dueña, pues la llegaba el verse sin él tan a lo vivo. Esto y la injuria

de verse maltratar tan recién casada, le dio la ocasión
de llorar y hacer cargos a don Marcos por tratar así a
una mujer como ella, y eso por bienes de fortuna, que
ella os los da y os lo quita; pues aun en casos de honra
era demasiado castigo. A esto respondió don Marcos que
su honra era su dinero; mas, con todo, esto no sirvió de
nada para que el dueño de estrado y colgadura no lo llevase, y con ello lo que le debía, un real sobre otro, que
se pagó del dinero de don Marcos, porque la señora,
como había cesado su trato, no sabía de qué color era
éste. A las voces y gritos, bajó el señor de la casa, la cual
nuestro hijodalgo pensaba ser suya, porque la mujer le
había dicho que era huésped y que le tenía alquilado
aquel cuarto de arriba por un año. Le dijo, pues, que
si cada día había de haber aquellas voces, que buscasen
casa y fuesen con Dios, que era amigo de quietud. ¿Cómo
ir?, respondió don Marcos, él es el que se ha de ir, que
esta casa es mía. ¿Cómo vuestra?, dijo el dueño; loco
atreguado, iros con Dios, que os juro que si no mirara
que lo sois, la ventana fuera vuestra puerta. Enojóse don
Marcos, y con la cólera se atreviera si no se meten de
por medio doña Isidora y don Agustín, desengañando
al pobre y apaciguando al señor de la casa con prometer-
le desembarazarla al otro día. ¿Qué podía don Marcos
hacer aquí? O callar o ahorcarse, por lo demás ni él
tenía ánimo para otra cosa, y con tantos pesares estaba
como atónito y fuera de sí. De esta suerte, tomó su capa
y se salió de casa, y don Agustín, mandado por su tía,
con él, para que le reportase. En fin, los dos buscaron
un par de aposentos cerca de Palacio, por estar cerca de
la casa de su amo, y dando señal, quedó la mudanza para
otro día, y así le dijo a don Agustín que se fuese a comer, porque él no estaba entonces para volver a ver a
aquella engañadora de su tía. Hízolo así el mozo, dando
vuelta a su casa, y contando lo sucedido a doña Isidora,
entrambos trataron el modo de mudarse. Vino el miserable a acostarse rostrituerto [17] y muerto de hambre;
pasó la noche, y a la mañana le dijo doña Isidora que
se fuese a la casa nueva para que recibiese la ropa, mien-

tras Inés traía un carro en que llevarla. Hízolo así, y
apenas el buen necio salió cuando la traidora doña Isidora y su sobrino y criada tomaron cuanto había y lo
metieron en un carro, y ellos con ello se partieron de
Madrid tomando la vuelta de Barcelona y dejando en
casa las cosas que no podían llevar, como platos, ollas y
otros trastos. Estuvo don Marcos hasta cerca de las doce
esperando, y viendo la tardanza, dio la vuelta a su casa,
y como no los halló, preguntó a una vecina si eran idos,
a lo que ella respondió que rato había. Con lo que, pensando que ya estarían allí, tornó a toda prisa para que
no aguardasen; llegó sudando y fatigado, y como no los
halló, se quedó medio muerto, temiendo lo mismo que
era, y sin parar tornó donde venía, y dando un puntapié
a la puerta que había dejado cerrada, y como la abrió
y entró dentro y vio que no había nada más que lo que
nada valía acabó por tener cierta su desdicha y empezó
a dar voces y carreras por las salas, dándose de camino
algunas cabezadas por las paredes, diciendo: «Desdichado de mí, mi mal es cierto, en mal punto hice este desdichado casamiento que tan caro me cuesta. ¿Adónde
estás, engañosa sirena y robadora de mi bien y de todo
cuanto yo, a costa de mí mismo, tengo granjeado para
pasar la vida con algún descanso?» Estas y otras cosas
decía, a cuyos extremos llegó alguna gente de la casa,
y uno de los criados, sabiendo el caso, le dijo que tuviese por cierto el haberse ido, porque el carro en que iba
la ropa y su mujer, sobrino y criada, era de camino y
no de mudanza, y que él preguntó que dónde se mudaba
y que le había respondido que fuera de Madrid. Acabó
de rematarse don Marcos con esto, mas como las esperanzas animan en mitad de las desdichas, salió con el propósito de ir a los mesones a saber para qué parte había
ido el carro donde iba su corazón entre seis mil ducados
que llevaban en él, lo cual hizo; mas su dueño no era
cosario [18], sino labrador de aquí, de Madrid, que en eso
eran los que le habían alquilado más astutos que era menester, y así no pudo hallar noticia de nada, pues querer
seguirlo era negocio cansado no sabiendo el camino que

llevaban, ni hallándose con un cuarto, si no le buscaba
prestado, y más hallándose cargado con la deuda del vestido y joyas de su mujer, que ni sabía cómo ni de dónde
pagarlo. Dio la vuelta, marchito y con mil pensamientos,
a casa de su amo, y viniendo por la calle Mayor, se encontró sin pensar con la cauta Marcela, y tan cara a
cara, que aunque ella quiso encubrirse, fue imposible,
porque habiéndola conocido don Marcos, asió de ella,
descomponiendo su autoridad diciendo: «Ahora, ladrona,
me darás lo que me robastes la noche en que os salisteis
de mi casa.» «¡Ay señor mío!, dijo Marcela llorando,
bien sabía yo que había de caer sobre mí la desdicha
desde el punto en que la señora me obligó a esto. Díga-
me, por Dios, antes que me deshonre, que estoy en buena opinión y concertada de casar y sería grande mal que
tal se dijese de mí, y más estando como estoy, inocente;
entremos aquí, en este portal, y oígame despacio y sabrá
quién tiene su cadena y vestidos, que ya había yo sabido como usted sospechaba su falta sobre mí, y lo mismo
le previne a mi señora aquella noche; pero son dueños
y yo criada. ¡Ay de los que sirven, y con qué pensión
ganan un pedazo de pan!» Era don Marcos, como he dicho, poco malicioso, y así, dando crédito a sus lágrimas,
se entró con ella en el portal de una casa grande, donde
le contó quién era doña Isidora, su trato y costumbres
y el intento con que se había casado con él, que era en-
gañándole, como ya don Marcos lo experimentaba bien
a su costa; díjole asimismo cómo don Agustín no era
sobrino suyo, sino su galán, y que era un bellaco vaga-
mundo que por comer y holgar estaba como le veía amancebado con una mujer de tal trato y edad, y que ella
había escondido su vestido y su cadena para dársele junto con el suyo y las demás joyas; que le había mandado
que se fuese y pusiese en parte donde él no la viese,
dando fuerza a su enredo con pensar que ella se lo había llevado. Parecióle a Marcela ser don Marcos hombre
poco pendenciero, y así se atrevió a decir tales cosas, sin
temor de lo que podría suceder, o ya lo hizo por salir
de entre sus manos y no pensó en más, o por ser criada.

que era lo más cierto. En fin, concluyó su plática la traidora con decirle que viviese con cuenta, porque le habían de llevar, cuando menos se pensase, su hacienda.
«Yo le he dicho a usted lo que me toca y mi conciencia
me dicta; ahora —repetía Marcela— haga usted lo que
fuere servido, que aquí estoy para todo lo que fuere su
gusto.» «A buen tiempo —replicó don Marcos—, cuando no hay remedio, porque la traidora y el ingrato mal
nacido se han ido, llevándose cuanto tenía.» Y luego,
juntamente, él contó todo lo que había pasado con ellos
desde el día en que se había marchado de la casa. «¡Es
posible! —dijo Marcela—. ¡Ay, tanta maldad! ¡Ay, señor de mi alma! Cómo no en balde le tenía yo lástima,
mas no me atrevía a hablar, porque la noche que mi
señora me envió de su casa quise avisar a usted, viendo
lo que pasaba, más temí; que aun entonces, porque
le dije que no escondiese la cadena, me trató de palabra y obra cual Dios sabe.» «Ya, Marcela —decía don
Marcos—, he visto lo que dices, y es lo peor que no
lo puedo remediar, ni saber cómo o dónde puedo hallar
rastro de ellos.» «No le dé eso pena, señor mío —dijo
la fingida Marcela—, que yo conozco un hombre, y
aun pienso, si Dios quiere, que ha de ser mi marido,
que le dirá a usted dónde los hallará como si los viera
con los ojos, porque sabe conjurar demonios y hacer
otras admirables cosas.» «¡Ay, Marcela, y cómo te lo
serviría yo y agradecería si hicieses eso por mí! Duélete
de mis desdichas, pues puedes.»

Es muy propio de los malos, en viendo a uno de caída,
ayudarle a que se despeñe más presto, y de los buenos,
creer luego; así, creyó don Marcos a Marcela, y ella se
determinó a engañarle y estafarle lo que pudiese, y con
este pensamiento le respondió que fuese luego, que no
era muy lejos la casa. Yendo juntos, encontró don Marcos otro criado de su casa, a quien pidió cuatro reales de
a ocho [19] para dar al astrólogo, no por señal, sino de paga;
y con esto llegaron a casa de la misma Marcela, donde
estaba con un hombre que dijo ser el sabio, y a la cuenta
que era su amante. Habló con él don Marcos, y, concer

tándose en ciento y cincuenta reales y que volviese de
allí a ocho días, le dijo que él haría que un demonio le
dijese dónde estaban, y los hallaría; mas que advirtiese
que si no tenía ánimo, que no habría nada hecho, que
mejor era no ponerse en tal, o que viese en qué forma
lo quería ver si no se atrevía que fuese en la misma suya.
Parecióle a don Marcos, con el deseo de saber de su hacienda, que era ver un demonio ver un plato de manjar
blanco [20]. Y así, respondió que en la misma que tenía
en el infierno, en ésa se le enseñase, que aunque le veía
llorar la pérdida de su hacienda como mujer, que en
otras cosas era muy hombre. Con esto y darle los cuatro
reales de a ocho se despidió de él y de Marcela, y se
recogió a casa de un amigo, si es que los miserables tienen alguno, a llorar su miseria. Dejémosle aquí y vamos
al encantador, que así le nombraremos, que para cumplir
lo prometido y hacer una solemne burla al miserable, que
ya por la relación de Marcela conocía al sujeto, hizo lo
que diré. Tomó un gato y encerróle en un aposentillo,
al modo de despensa, correspondiente a una sala pequeña, la cual no tenía más ventana que una, del tamaño de
un pliego de papel, alta cuan un estado [21] de hombre,
en la cual puso una red de cordel que fuese fuerte; y
entrábase donde tenía el gato y castigábalo con un azote,
destapaba la gatera, y el gato salía corriendo y saltaba
la ventana, donde, cogido en la red, le volvía a su lugar.
Hizo esto tantas veces, que ya sin castigarle, en abrién-
dole, iba derecho a la ventana. Hecho esto, avisó al
miserable que aquella noche, en dando las once, le enseñaría lo que deseaba. Había, venciendo su inclinación,
buscado lo que faltaba para los ciento y cincuenta reales
prestados, y con ellos vino a casa del encantador, al cual
puso en las manos el dinero para animarlo a que fuese
el conjuro más fuerte; el cual, después de haberle apercibido el ánimo y valor, le sentó de industria [22] en una
silla debajo de la ventana, la cual tenía ya quitada la red.
Era, como se ha dicho, después de las once, y en la sala
no había más luz que la que podía dar una lamparilla
que estaba a un lado, y dentro de la despensilla, todo

lleno de cohetes y con el mozo avisado de darle a su
tiempo fuego y soltarle, a cierta señal que entre los dos
estaba puesta[23], el gato. Marcela se salió fuera, porque
ella no tenía el ánimo para ver visiones. Y luego, el astuto mágico, se vistió de una ropa de bocací[24] negro y
montera de lo mismo, y tomando un libro de unas letras
góticas en la mano, algo viejo el pergamino, para dar
más crédito a su burla, hizo un cerco en el suelo y se
metió dentro con una varilla en las manos, y empezó a
leer entre dientes, murmurando en tono melancólico y
grave, y de cuando en cuando pronunciaba algunos nombres extravagantes y exquisitos que jamás habían llegado
a los oídos de don Marcos, el cual tenía abiertos, como
dicen, los ojos de un palmo, mirando a todas partes si
sentía ruido para ver al demonio que le había de decir
lo que deseaba. El encantador hería luego con la vara el
suelo, y en un brasero que estaba junto a él con lumbre
echaba sal, azufre y pimienta, y alzando la voz decía:
«Sal aquí, demonio Calquimorro, pues eres tú el que tienes cuidado de seguir a los caminantes y les sabes sus
designios y guaridas, y di aquí, en presencia del señor
don Marcos y mía, qué camino lleva esa gente y dónde
y qué modo se tendrá de hallarlos. Sal pronto o guárdate
de mi castigo. Estás rebelde y no quieres obedecerme,
pues aguarda, que yo te apretaré hasta que lo hagas.»
Y diciendo esto volvió a leer el libro, tornando al cabo
de un rato a herir con el palo en el suelo, refrescando
el conjuro dicho y zahumerio[25], de suerte que ya el pobre
don Marcos estaba ahogándose. Y viendo ya ser hora de
que saliese, dijo: «¡Oh, tú, que tienes las llaves de las
puertas infernales, manda al Cerbero que deje salir a
Calquimorro, demonio de los caminos, para que nos diga
dónde están estos caminantes, o si no te fustigaré cruel-
mente!» A este tiempo ya el mozo que estaba por guar-
dián del gato había dado fuego a los cohetes y abierto
agujero, y éste salió dando aullidos y truenos, brincos y
saltos, y como estaba enseñado a saltar por la ventana,
quiso escaparse por ella, y sin tener respeto de don Marcos, que estaba sentado en la silla, pasó por encima

su cabeza, abrasándole de camino las barbas y cabellos
y parte de la cara, y dio consigo en la calle; con este
suceso, pareciéndole que no había visto al diablo, sino a
todos los del infierno, dando muy grandes gritos se dejó
caer desmayado en el suelo, sin tener lugar de oír una
voz que se dio en aquel punto, que dijo: «En Granada
los hallarás.» A los gritos de don Marcos y aullidos del
gato, viéndole dar bramidos y saltos por la calle, respecto
de estarse abrasando, acudió gente, y entre ellos la justicia; y llamaron, y entraron, y hallaron a Marcela y a su
amante procurando a fuerza de agua volver en sí al desmayado, lo cual fue imposible hasta la mañana. Infor-
móse del caso el alguacil, y no satisfaciéndose, aunque
le dijeron el enredo, echaron sobre la cama del encantador a don Marcos, que parecía muerto, y, dejando con él
y Marcela dos guardas, llevaron a la cárcel al embustero
y su criado, que hallaron en la despensilla, dejándoles con
un par de grillos a cada uno, a título de hombre muerto
en su casa. Dieron a la mañana siguiente a los señores
alcaldes noticia de este caso, los cuales mandaron salir a
visita a los dos presos, y que se fuese a ver si el hombre
había vuelto en sí o si había muerto. A este tiempo, don
Marcos había vuelto en sí y sabía ya de Marcela el estado
de sus cosas, y se confirmaba el hombre más cobarde del
mundo. Llevóles el alguacil a la sala, y preguntado por
los señores de este caso, dijo la verdad, conforme la sabía,
trayendo al juicio el suceso de su casamiento y cómo aquella moza le había traído a aquella casa, donde le dijo
sabría los que llevaban su hacienda dónde les hallaría,
y que él no sabía más, sino que, después de largos conjuros que aquel hombre había hecho leyendo en un libro
que tenía, había salido por un agujero un demonio tan
feo y tan horrible, que no había bastado su ánimo a
escuchar lo que decía entre dientes y los grandes aullidos
que iba dando; y que no sólo esto, mas que había em-
bestido con él y puéstole como veían. Mas él no sabía
qué se hizo, porque se le cubrió el corazón sin volver en
sí hasta la mañana.

Admirados estaban los alcaldes, hasta que el encantador les desencantó contándoles el caso como se ha dicho, confirmando lo mismo el mozo, y Marcela, y el gato, que trajeron de la calle, donde estaba abrasado y muerto; y trayendo también dos o tres libros que en su casa tenía, dijeron a don Marcos conociese cuál era el de los conjuros. El tomó el mismo y se lo dio a los señores alcaldes, y abierto vieron que era el *Amadís de Gaula,* que por lo viejo y letras antiguas había pasado por libro de encantos; con lo que, enterados del caso, fue tanta la risa de todos, que en gran espacio no sosegó la sala, estando don Marcos tan corrido que quiso matar al encantador y luego hacer lo mismo de sí, y más cuando los alcaldes le dijeron que no se creyese de ligero ni se dejase engañar a cada paso. Y así, los enviaron a todos con Dios, saliendo tal el miserable que no parecía el que antes era, sino un loco. Fuese a casa de su amo, donde halló un cartero que le buscaba con una carta, que abierta vio que decía de esta manera:

«A don Marcos Miseria, salud.

Hombre que por ahorrar no come, hurtando a su cuerpo el sustento necesario, y por sólo interés se casa, sin más información que si hay hacienda, bien merece el castigo que usted tiene y el que le espera andando el tiempo. Vuesa merced, señor, no comiendo sino como hasta aquí, ni tratando con más ventaja que siempre hizo a sus criados, y como ya sabe, la media libra de vaca, un cuarto de pan y otros dos de ración al que sirve y limpia la estrecha vasija en que hace sus necesidades, vuelva a juntar otros seis mil ducados y luego me avise, que vendré de mil amores a hacer con usted vida maridable, que bien lo merece marido tan aprovechado.

Doña Isidora Venganza»

Fue tanta la pasión que don Marcos recibió, que le dio una calentura que en pocos días acabó los suyos miserablemente. A doña Isidora, estando en Barcelona aguardando galeras en que embarcarse para Nápoles, una noche Inés y don Agustín la dejaron durmiendo, y con los seis mil ducados de don Marcos y todo lo demás que tenía se embarcaron, y llegados que fueron a Nápoles, él sentó plaza de soldado, y la hermosa Inés, puesta en paños mayores, se hizo dama cortesana, sustentando con este oficio en galas y regalos a don Agustín. Doña Isidora se volvió a Madrid, donde, renunciando el moño y las galas, anda pidiendo limosna. Ella me contó por entero esta maravilla y me determiné a escribirla para que vean los miserables el fin que tuvo éste y, viéndolo, no hagan lo mismo, escarmentando en cabeza ajena.

La fuerza del amor

En Nápoles, insigne y famosa ciudad de Italia por su riqueza, hermosura y agradable sitio, nobles ciudadanos y gallardos edificios, coronados de jardines y adornados de cristalinas fuentes, hermosas damas y gallardos caballeros, nació Laura, peregrino y nuevo milagro de naturaleza, tanto, que entre las más gallardas y hermosas fue tenida por celestial extremo; pues habiendo escogido los curiosos ojos de la ciudad entre todas ellas once, y de estas once tres, Laura fue de las once una, y de las tres una. Fue tercera en el nacer, pues gozó del mundo después de haber nacido en él dos hermanos tan nobles y virtuosos como ella hermosa. Murió su madre del parto de Laura, quedando su padre por gobierno y amparo de los tres gallardos hijos, que si bien sin madre, la discreción del padre suplió medianamente esta falta. Era don Antonio, que éste era el nombre de su padre, del linaje y apellido de Carrafa, deudo de los duques de Nochera, y señor de Piedrablanca. Criáronse don Alejandro, don Carlos y Laura con la grandeza y cuidado que su estado pedía, poniendo en esto su noble padre el cuidado que requería su estado y riqueza, enseñando a los hijos en las buenas costumbres y ejercicios que dos caballeros y una tan hermosa dama merecían, viviendo la bella Laura con el recato y honestidad que a una mujer tan rica y principal era justo, siendo los ojos de su padre y hermanos alabanza de la ciudad. Quien más se señalaba en querer a Laura era don Carlos, el menor de los hermanos, que la amaba tan tierno que se olvidaba de sí por quererla; y no era mucho, que las gracias de Laura obligaban, no sólo a los que tan cercano deudo tenían con ella, mas a los que más apartados estaban de su vista. No hacía falta su madre para su recogimiento, demás de ser su padre y hermanos vigilantes guardas de su hermosura, y quien más cuidadosamente velaba a esta señora eran sus honestos pensamientos, si bien cuando llegó a la edad de discreción no pudo negar su compañía a las principales señoras, sus deudas, para que Laura pagase a la desdicha lo que debe la hermosura.

Es costumbre en Nápoles ir las doncellas a los saraos y fiestas que en los palacios del virrey y casas particulares se hacen, aunque en algunas tierras de Italia no lo aprueban por acertado, pues en las más de ellas se les niega ir a misa. sin que basten a derogar esta ley que ha puesto en ellas la costumbre las penas que los ministros eclesiásticos y seglares les imponen. Salió, en fin, Laura a ver y ser vista, tan acompañada de hermosura como de honestidad, aunque al acordarse de Diana no se fiara de su recato. Fueron sus bellos ojos basiliscos de las almas; su gallardía monstruo de las vidas, y su riqueza y nobles prendas, cebo de los deseos de mil gallardos y nobles mancebos de la ciudad, pretendiendo por medio de casamiento gozar de tanta hermosura.

Entre los que pretendían servir a Laura se aventajó don Diego de Piñatelo, de la noble casa de los duques de Monteleón, caballero rico y galán. Vio, en fin, a Laura, y rindióle el alma con tal fuerza que casi no la acompañaba sólo por no desamparar la vida; tal es la hermo-

sura mirada en ocasión; túvola don Diego en un festín
que se hacía en casa de un príncipe de los de aquella
ciudad, no sólo para verla, sino para amarla, y después
de amarla darla a entender su amor, tan grande en aquel
punto como si hubiera mil años que la amaba. Úsase en
Nápoles llevar a los festines un maestro de ceremonias,
el cual saca a danzar a las damas y las da al caballero
que le parece. Valióse don Diego en esta ocasión del que
en el festín asistía, ¿quién duda que sería a costa de
dinero?, pues apenas calentó con él las manos al maestro,
cuando vio en las suyas las de la bella Laura el tiempo
que duró el danzar una gallarda; mas no le sirvió de
más que de arderse con aquella nieve, pues apenas se
atrevió a decir:

«Señora, yo os adoro», cuando la dama, fingiendo justo impedimento, le dejó y se volvió a su asiento, dando
que sospechar a los que miraban y que sentir a don
Diego, el cual quedó tan triste como desesperado, pues
en lo que quedaba de día no mereció de Laura el que
ni siquiera le favoreciese con los ojos. Llegó la noche,
que don Diego pasó revolviendo mil pensamientos, ya
animado con la esperanza, ya desesperando con el temor, mientras la hermosa Laura, tan ajena de sí cuanto
propia de su cuidado, llevando en la vista la gallarda
gentileza de don Diego y en la memoria el «yo os adoro» que le había oído, ya se determinaba a querer y
ya pidiéndose estrecha cuenta de su libertad y perdida
opinión, como si en sólo amar se hiciese yerro, arrepentida se reprendía a sí misma, pareciéndole que ponía en
condición, si amaba, la obligación de su estado, y si aborrecía, se obligaba al mismo peligro. Con estos pensamientos y cuidados empezó a negarse a sí misma el gusto,
y a la gente de su casa la conversación, deseando ocasiones para ver la causa de su descuido; y dejando pasar
los días, al parecer de don Diego, con tanto descuido que
no se ocupaba en otra cosa sino en dar quejas contra el
desdén de la enamorada señora, la cual no le daba, aunque lo estaba, más favores que los de su vista, y esto
tan al descuido y con tanto desdén que no tenía lugar

ni aun para poderle decir su pena, porque aunque la suya la pudiera obligar a dejarse pretender, el cuidado con que la encubría era tan grande que a sus más queridas criadas guardaba el secreto de su amor. Sucedió que una noche de las muchas que a don Diego le amaneció a las puertas de Laura, viendo que no le daban lugar para decir su pasión, trajo a la calle un criado que con un instrumento fuese tercero de ella, por ser su dulce y agradable voz de las buenas de la ciudad, procurando declarar en un romance su amor y los celos que le daba un caballero muy querido de los hermanos de Laura, y que por este respecto entraba a menudo en su casa. En fin, el músico, después de haber templado, cantó el romance siguiente:

> Si el dueño que elegiste,
> altivo pensamiento,
> reconoce obligado
> otro dichoso dueño,
>   ¿por qué te andas perdido,
> sus pisadas siguiendo,
> sus acciones notando,
> su vista pretendiendo?
>   ¿De qué sirve que pidas
> ni su favor al cielo,
> ni al amor imposibles,
> ni al tiempo sus efectos?
>   ¿Por qué a los celos llamas,
> si sabes que los celos
> en favor de lo amado
> imposibles han hecho?
>   Si a tu dueño deseas
> ver ausente, eres necio,
> que por matar, matarte,
> no es pensamiento cuerdo.
>   Si a la discordia pides
> que haga lance en su pecho,
> bien ves que a los disgustos
> los gustos vienen ciertos.

Si dices a los ojos
digan su sentimiento,
ya ves que alcanzan poco,
aunque más miran tiernos.

Si quien pudiera darte
en tus males remedio,
que es amigo piadoso
siempre agradecimiento

también preso le miras
en ese ángel soberbio,
¿cómo podría ayudarte
en tu amoroso intento?

Pues si de sus cuidados,
que tuvieras por premio,
si su dueño dijera:
de ti lástima tengo.

Mira tu dueño, y miras
sin amor a tu dueño,
¿y aun este desengaño
no te muda el intento?

A Tántalo pareces,
que el cristal lisonjero
casi en los labios mira,
y nunca llega a ellos.

¡Ay, Dios, si mereciera
por tanto sentimiento
algún fingido engaño,
por tu muerte me temo!

Fueran de purgatorio
tus penas, pero veo
que son sin esperanza
las penas del infierno.

Mas si elección hiciste,
morir es buen remedio,
que volver las espaldas
será cobarde de hecho.

Escuchando estaba Laura la música desde el principio
de ella por una menuda celosía, y determinó volver por

su opinión [1], viendo que la perdía, en que don Diego
por sospechas, como en sus versos mostraba, se la quitaba; y así, lo que el amor no pudo hacer, hizo este
temor de perder su crédito, y aunque batallando su vergüenza con su amor, se resolvió a volver por sí, como
lo hizo, pues abriendo la ventana, le dijo: «Milagro fuera, señor don Diego, que siendo amante no fuerais celoso, pues jamás se halló amor sin celos; mas son los
que tenéis tan falsos, que me han obligado a lo que
jamás pensé, porque siento mucho ver mi fama en lenguas de poesía y en las cuerdas de ese laúd, y lo que
peor es, en boca de ese músico, que, siendo criado, será
fuerza ser enemigo; yo no os olvido por nadie, que si
alguno en el mundo ha merecido mis cuidados, sois vos,
y seréis el que me habéis de merecer, si por ellos aven-
turase la vida. Disculpe vuestro amor mi desenvoltura
y el verme ultrajada mi atrevimiento, y tenedle desde
hoy para llamaros mío, que yo me tengo por dichosa
de ser vuestra. Y creedme que no dijera esto si la noche
con su oscuro manto no me excusara la vergüenza y
colores que tengo en decir estas verdades.» Pidiendo licencia a su turbación, el más alegre de la tierra quiso
responder y agradecer a Laura el enamorado don Diego,
cuando sintió abrir las puertas de la casa y saltearle tan
brevemente dos espadas, que a no estar prevenido y sacar el criado también la suya pudiera ser que no le dieran
lugar para llevar sus deseos amorosos adelante. Laura,
que vio el suceso y conoció a sus dos hermanos, temerosa de ser sentida, cerró la ventana y se retiró a su aposento, acostándose, más por disimular que por desear
reposo. Fue el caso que como don Alejandro y don Carlos oyesen la música, se levantaron a toda prisa y salieron, como he dicho, con las espadas desnudas en las
manos, las cuales fueron, si no más valientes que las de
don Diego y su criado, a lo menos más dichosas, pues
siendo herido de la pendencia, hubo de retirarse, que-
jándose de su desdicha, aunque mejor fuera llamarla ventura, pues fue fuerza que supieran los padres la causa,
y viendo lo que su hijo granjeaba con tan noble casa-

miento, sabiendo que era éste su deseo, pusieron terceros que lo tratasen con el padre de Laura. Y cuando
pensó la hermosa Laura que las enemistades serían causa de eternas discordias, se halló esposa de don Diego.
¿Quién viera este dichoso suceso y considerara el amor
de don Diego, sus lágrimas, sus quejas y los ardientes
deseos de su corazón, que no tuviese a Laura por muy
dichosa? ¿Quién duda que dirán los que tienen en esperanzas sus pensamientos: ¡Oh, quién fuera tan venturoso que mis cosas tuvieran tan dichoso fin como el
de esta noble dama!, y más las mujeres, que no miran
en más inconvenientes que su gusto? Y de la misma
suerte, ¿quién verá a don Diego gozar en Laura un
asombro de hermosura, un extremo de riqueza, un colmo de entendimiento y un milagro de amor, que no diga
que no crió otro más dichoso el cielo? Pues por lo menos
siendo las partes iguales, ¿no es fácil de creer que este
amor había de ser eterno? Y lo fuera si Laura no fuera
como hermosa desdichada, y don Diego como hombre
mudable; pues a él no le sirvió el amor contra el olvido,
ni la nobleza contra el apetito, ni a ella le valió la riqueza contra la desgracia, la hermosura contra el remedio,
la discreción contra el desdén, ni el amor contra la ingratitud, bienes que en esta edad cuestan mucho y se
estiman poco. Fue el caso que don Diego, antes que
amase a Laura, había empleado sus cuidados en Nise, gallarda dama de Nápoles, si no de lo mejor de ella, por lo
menos no era de lo peor, ni tan falta de bienes de naturaleza y fortuna, que no la diese muy levantados pensamientos, más de lo que en su calidad merecía, pues los
tuvo de ser mujer de don Diego; y a este título le había
dado todos los favores que pudo y él quiso; pues como
los primeros días y aun los primeros meses de casado
se descuidase de Nise, que todo cansa a los hombres,
procuró con las veras posibles saber la causa, y diose en
eso tal modo en saberla, que no faltó quien se lo dijo
todo; demás que como la boda había sido pública y don
Diego no pensaba ser su marido, no se recató de nada.
Sintióse Nise con grandísimo extremo ver casado a don

Diego; mas al fin era mujer y con amor, que siempre
olvida agravios, aunque sea a costa de opinión. Procuró
gozar de don Diego, ya que no como marido, a lo menos
como amante, pareciéndole no poder vivir sin él; y para
conseguir su propósito solicitó con palabras y obligó con
lágrimas a que don Diego volviese a su casa, que fue la
perdición de Laura, porque Nise supo con tantos regalos
enamorarle de nuevo, que ya empezó Laura a ser enfadosa como propia, cansada como celosa y olvidada como
aborrecida; porque don Diego amante, don Diego solí-
cito, don Diego porfiado y, finalmente, don Diego, que
decía a los principios ser el más dichoso del mundo, no
sólo negó todo esto, mas se negó a sí mismo lo que se
debía; pues los hombres que desprecian tan a las claras
están dando alas al agravio, y llegando un hombre a esto,
cerca está de perder el honor. Empezó a ser ingrato, fal-
tando a la cama y mesa; y no sintiendo los pesares que
daba a su esposa, desdeñó sus favores y la despreció diciendo libertades, pues es más cordura negar lo que se
hace que decir lo que se piensa. Pues como Laura veía
tantas novedades en su esposo, empezó con lágrimas a
mostrar sus pesares, y con palabras a sentir sus despre-
cios, y en dándose una mujer por sentida de los descon-
ciertos de su marido, dese por perdida, pues como es
fuerza decir su sentimiento, daba causa a don Diego para,
no sólo tratar mal de palabras, mas a poner las manos
en ella. Sólo por cumplimiento iba a su casa la vez que
iba; tanto la aborrecía y desestimaba, pues le era el verla
más penoso que la muerte. Quiso Laura saber la causa
de estas cosas, y no le faltó quien le dio larga cuenta
de ellas. Lo que remedió Laura fue el sentirlas más,
viéndolas sin remedio, pues no le hay si el amor se true-
ca. Lo que ganó en darse por entendida de las libertades de don Diego fue darle ocasión para perder más la
vergüenza e irse más desenfrenadamente tras sus deseos,
que no tiene más recato el vicioso que hasta que es su
vicio público. Vio Laura a Nise en una iglesia, y con
lágrimas la pidió que desistiese de su pretensión, pues
con ella no aventuraba más que perder la honra y ser

causa de que ella pasase mala vida. Nise, rematada de
todo punto, como mujer que ya no estimaba su fama ni
temía caer en más bajeza que la que estaba, respondió
a Laura tan desabridamente, que con lo mismo que pensó
la pobre dama remediar su mal y obligarla, con eso la
dejó más sin remedio y más resuelta a seguir su amor
con mayor publicidad. Perdió de todo punto el respeto
a Dios y al mundo, y si hasta allí con recato enviaba
a don Diego papeles, regalos y otras cosas, ya sin él ella
y sus criados le buscaban, siendo estas libertades para
Laura nuevos tormentos y firmísimas pasiones, pues ya
veía en su desventura menos remedio que primero, con
lo que pasaba sin esperanzas la más desconsolada vida
que decirse puede.

Tenía celos, ¡qué milagro!, como si dijésemos rabiosa enfermedad. Notaban su padre y su hermanos su
tristeza y deslucimiento, y viendo la perdida hermosura
de Laura, vinieron a rastrear lo que pasaba y los malos
pasos en que andaba don Diego, y tuvieron sobre el caso
muchas rencillas y disgustos, hasta llegar a pesadumbres
declaradas. De esta suerte andaba Laura algunos días,
siendo, mientras más pasaban mayores las libertades de
su marido, menos su paciencia. Como no siempre se pueden llorar desdichas, quiso una noche que la tenían des-
velada sus cuidados y la tardanza de don Diego, cantando divertirlas, y no dudando que estaría don Diego en
brazos de Nise, tomó una arpa, en que las señoras ita-
lianas son muy diestras, y unas veces llorando y otras
cantando, disimulando el nombre de don Diego con el
de Albano, cantó así:

¿Por qué, tirano Albano,
si a Nise reverencias,
y a su hermosura ofreces
de tu amor las finezas;
    por qué de sus ojos
está tu alma presa,
y a los tuyos su cara
es imagen bella;

por qué si en sus cabellos
la voluntad enredas,
y ella a ti, agradecida,
con voluntad te premia;

por qué si de su boca,
caja de hermosas perlas,
gustos de amor escuchas,
con que tu gusto aumentas;

a mí, que por quererte
padezco inmensas penas,
con deslealtad y engaños
me pagas mis finezas?

Y ya que me fingiste
amorosas ternezas,
dejárasme vivir
en mi engaño siquiera.

¿No ves que no es razón
acertada ni cuerda
despertar a quien duerme,
y más en cuanto pena?

¡Ay de mí, desdichada!
¿Qué remedio me queda
para que el alma mía
a este su cuerpo vuelva?

Dame el alma, tirano;
mas, ¡ay!, no me la vuelvas,
que más vale que el cuerpo
por esta causa muera.

Malhaya, amén. mil veces,
cielo tirano, aquella
que en prisiones de amor
prender a su alma deja.

Lloremos, ojos míos,
tantas lágrimas tiernas,
que del profundo mar
se cubran las arenas.

Y al son de aquestos celos,
instrumentos de quejas,
cantaremos llorando

    lastimosas endechas.
      Oíd atentamente,
nevadas y altas peñas,
y vuestros ecos claros
me sirvan de respuesta.
      Escuchad, bellas aves,
y con arpadas lenguas
ayudaréis mis celos
con dulces cantinelas.
      Mi Albano adora a Nise,
y a mí penar me deja;
éstas son mis pasiones
y aquéstas sí son penas.
      Su hermosura divina
amoroso celebra,
y por cielos adora
papeles de su letra.
      ¿Por qué dirás, Ariadna [2],
que lloras y lamentas
de tu amante desvíos,
sinrazones y ausencias?
      Tú, afligido Fenicio [3],
aunque tus carnes veas
con tal rigor comidas
por el águila fiera;
      y si atado en el Cáucaso,
padeces, no lo sientas,
que mayor es mi daño,
más fuertes mis sospechas.
      Desdichada Ixión [4],
no sientas de la rueda
el penoso ruido,
porque mis penas sientas.
      Tántalo [5], que a las aguas,
sin que gustarlas puedas,
llegas, pero no alcanzas,
pues huyen si te acercas;
      vuestras penas son pocas,
aunque más se encarezcan;

pues no hay dolor que valga,
sino que celos sean.

Ingrato, plegue al cielo
que con celos te veas,
rabiando como rabio,
y que cual yo padezcas.

Y esta enemiga mía
tantos te dé, que seas
un Midas [6] de cuidados,
como él de las riquezas.

¿A quién no enterneciera Laura con quejas tan dulces
y bien sentidas, sino a don Diego, que se preciaba de
ingrato? El cual, entrando al tiempo que ella llegaba con
sus endechas a este punto, y las oyese, y entendiese el
motivo de ellas, desobligado con lo que pudiera obligar-
se, y enojado de lo que fuera justo agradecer y estimar,
empezó a maltratar a Laura de palabras, diciéndole tales
y tan pesadas, que la obligó a que, vertiendo cristalinas
corrientes por su hermoso rostro, le dijese: «¿Qué es
esto, ingrato? ¿Cómo das tan largas alas a la libertad
de tu mala vida, que sin temor del cielo ni respeto alguno te enfadas de lo que fuera justo alabar? Córrete de
que el mundo entienda y la ciudad murmure tus vicios
sin rienda, que parece que estás despertando con ellos
tu afrenta y mis deseos. Si te pesa de que me queje de
ti, quítame la causa que tengo para hacerlo o acaba con
mi cansada vida, ofendida de tus maldades. ¿Así tratas
mi amor? ¿Así estimas mis cuidados? ¿Así agradeces
mis sufrimientos? Haces bien, pues no tomo a la causa
estas cosas, y la hago entre mis manos pedazos. ¿Qué
espera un marido que hace lo que tú, sino que su mujer,
olvidando la obligación de su honor, se le quite? No
porque yo lo he de hacer, aunque más ocasiones me des,
que el ser quien soy y el grande amor que por mi dicha
os tengo no me darán lugar; mas temo que has de darlo
a los viciosos como tú, para que pretendan lo que tú
desprecias; y a los maldicientes y murmuradores, para
que lo imaginen y digan: Pues ¿quién verá una mujer

como yo y un hombre como tú, que no tenga tanto
atrevimiento como tú descuido?» Palabras eran éstas
para que don Diego, abriendo los ojos del alma y del
cuerpo, viese la razón de Laura; pero como tenía tan
llena el alma de Nise como desierta de su obligación,
acercándose más a ella y encendido en una infernal cólera, la empezó a arrastrar por los cabellos y maltratarla
de manos, tanto que las perlas de sus dientes presto tomaron forma de corales bañados en la sangre que empezó
a sacar en las crueles manos; y no contento con esto,
sacó la daga para salir con ella del yugo tan pesado como
el suyo, a cuya acción las criadas, que estaban procurando
apartarle de su señora, alzaron las voces, dando gritos,
llamando a su padre y a sus hermanos, que, desatinados
y coléricos, subieron al cuarto de Laura, y viendo el
desatino de don Diego y a la dama bañada en sangre,
creyendo don Carlos que la había herido, arremetió a
don Diego, y quitándole la daga de la mano, se la iba
a meter por el corazón, si el arriesgado mozo, viendo su
manifiesto peligro, no se abrazara con don Carlos, y Laura, haciendo lo mismo, le pidiera que se reportarse, diciendo: « ¡Ay, hermano! Mira que en esa vida está la de
tu triste hermana.» Reportóse don Carlos, y metiéndose
su padre por medio, apaciguó la pendencia, y volviéndose a sus aposentos, temiendo don Antonio que si cada
día había de haber aquellas ocasiones sería perderse, se
determinó no ver por sus ojos tratar mal a una hija tan
querida; y así, otro día, tomando su casa, hijos y hacienda, se fue a Piedrablanca, dejando a Laura en su
desdichada vida, tan triste y tierna de verlos ir, que la
faltó poco para perderla. Causa por la que, oyendo decir
que en aquella tierra había mujeres que obligaban por
fuerza de hechizos a que hubiese amor, viendo cada día
el de su marido en menoscabo y pensando remediarse por
este camino, encargó que la trajesen una.

No fue muy perezoso el tercero a quien la hermosa y
afligida Laura encargó que le trajese a la embustera, y le
trajo una, a quien la discreta y cuidadosa Laura, después
de obligada con dádivas, sed de semejantes mujeres, en-

terneció con lágrimas y animó con promesas, contándole
sus desdichas, y en tales razones la pidió lo que deseaba,
diciéndola: «Amiga, si tú haces que mi marido aborrezca
a Nise y vuelva a tenerme el amor que al principio de
mi casamiento me tuvo, cuando él era más leal y yo más
dichosa, tú verás en mi agradecimiento y liberal satisfacción de la manera que estimo tal bien, pues pensaré que
quedo muy corta con darte la mitad de toda mi hacienda.
Y cuando esto no baste, mide tu gusto con mi necesidad
y señálate tú misma la paga de este beneficio, que si lo
lo que yo poseo es poco, me venderé para satisfacerte.»
La mujer, asegurando a Laura de su saber, contando milagros en sucesos ajenos, facilitó tanto su petición, que
ya Laura se tenía por segura, a la cual la mujer dijo había
menester, para ciertas cosas que había de aderezar para
traer consigo en una bolsilla, barbas, cabellos y dientes
de un ahorcado, las cuales reliquias, con las demás cosas,
harían que don Diego mudase la condición, de suerte
que se espantaría, y que la paga no quería que fuese de
más valor que conforme a lo que sucediese. «Y creed,
señora, decía la falsa enredadora, que no me bastan
hermosuras ni riquezas a hacer dichosas, sin ayudarse de
cosas semejantes a éstas, que si supieses las mujeres que
tienen paz con sus maridos por mi causa, desde luego te
tendrías por dichosa y asegurarías tus temores.» Confusa estaba la hermosa Laura, viendo que le pedía una
cosa tan difícil para ella, pues no sabía el modo como
viniese a sus manos; y así, dándole cien escudos de oro,
le dijo que el dinero todo lo alcanzaba, que los diese a
quien la trajese aquellas cosas. A lo cual replicó la taimada
hechicera, que con esto quería entretener la cura para
sangrar la bolsa de la afligida dama y encubrir su enredo,
que ella no tenía de quien fiarse, demás que estaba la
virtud en que ella lo buscase y se lo diese, y con esto,
dejando a Laura en la tristeza y confusión que se puede
pensar, se fue.

Discurriendo estaba Laura cómo podía buscar lo que la
mujer la pedía, y hallando por todas partes muchas difi-
cultades, el remedio que halló fue hacer dos ríos cauda-

losos de sus hermosos ojos, no hallando de quien poderse
fiar, porque le parecía que era afrenta que una mujer
como ella anduviese en tan mecánicas cosas. Con estos
pensamientos no hacía sino llorar; y hablando consigo
misma decía, asidas sus blancas manos una con otra:
«Desdichada de ti, Laura, y cómo fueras más venturosa,
si como le costó tu nacimiento la vida a tu madre fuera
también la tuya sacrificio de la muerte. ¡Oh amor, enemigo de las gentes! Y qué de males han venido por ti al
mundo, y más a las mujeres, que, como en todo, somos las
más perdidosas y las más fáciles de engañar, parece que
sólo contra ellas tienes el poder o, por mejor decir, el
enojo. No sé para qué el cielo me crió hermosa, noble
y rica, si todo había de tener tan poco valor contra la
desdicha, sin que tantas dotes de naturaleza y fortuna
me quitasen la mala estrella en que nací. O ya que lo
soy, ¿para qué me guarda la vida? Pues tenerla un desdichado, más es agravio que ventura. ¿A quién contaré
mis penas que me las remedie? ¿Quién oirá mis quejas
que se enternezca? Y ¿quién verá mis lágrimas que me
las enjugue? Nadie, por cierto, pues mi padre y mis
hermanos, por no oírlas, me han desamparado, y hasta el
cielo, consuelo de los afligidos, se hace sordo por no
dármele. ¡Ay, don Diego! Y ¿quién lo pensara? Mas sí
debiera pensar si mirara que eres hombre, cuyos engaños
quitan el poder a los mismos demonios; y hacen ellos lo
que los ministros de maldades dejan de hacer. ¿Dónde
se hallará un hombre verdadero? ¿En cuál dura la voluntad un día? Y más si se ven queridos. Malhaya la mujer
que en ellos cree, pues al cabo hallará el pago de su
amor como yo le hallo. ¿Quién es la necia que desea casarse viendo tantos y tan lastimosos ejemplos? ¿Cómo es
mi ánimo tan poco, mi valor tan afeminado y mi cobardía tanta, que no quito la vida, no sólo a la enemiga de
mi sosiego, sino al ingrato que me trata con tanto rigor?
¡Mas, ay, que tengo amor! Y en lo uno temo perderle
y en lo otro enojarle. ¿Por qué, vanos legisladores del
mundo, atáis nuestras manos para las venganzas, imposibilitando nuestras fuerzas con vuestras falsas opiniones,

pues nos negáis letras y armas? ¿Nuestra alma no es la
misma que la de los hombres? Pues si ella es la que da
valor al cuerpo, ¿quién obliga a los nuestros a tanta cobardía? Yo aseguro que si entendiérais que también había
en nosotras valor y fortaleza, no os burlaríais como os
burláis; y así, por tenernos sujetas desde que nacimos,
vais enflaqueciendo nuestras fuerzas con temores de la
honra, y el entendimiento con el recato de la vergüenza,
dándonos por espadas ruecas y por libros almohadillas.
¡Mas triste de mí! ¿De qué sirven estos pensamientos,
pues ya no sirven para remediar cosas tan sin remedio?
Lo que ahora importa es pensar cómo daré a esta mujer
lo que pide.»

Y diciendo esto, se ponía a pensar qué haría, y volvía
luego a sus quejas. Quien oyera las que estaba dando
Laura diría que la fuerza del amor estaba en su punto,
mas aun faltaba otro extremo mayor, y fue que viendo
cerrar la noche y viendo ser la más oscura y tenebrosa que
en todo aquel invierno había hecho, respondiendo a su
pretensión su opinión, sin mirar a lo que se ponía y lo
que aventuraba si don Diego venía y la hallaba fuera,
diciendo a sus criados que si venía le dijesen que estaba
en casa de alguna de las muchas señoras que había en
Nápoles, poniéndose un manto de una de ellas, con una
pequeña linternilla, se puso en la calle y fue a buscar lo
que ella pensaba había de ser su remedio.

Hay en Nápoles, como una milla apartada de la ciudad,
camino de Nuestra Señora del Arca, imagen muy devota
de aquel reino, y el mismo por donde se va a Piedrablanca, como a un tiro de piedra del camino real y a un
lado de él, un humilladero, de cincuenta pies de largo
y otros tantos de ancho, la puerta del cual está hacia
el camino, y enfrente de ella un altar con una imagen
pintada en la misma pared. Tiene el humilladero estado
y medio de alto [7], el suelo es una fosa de más de cuatro
de hondura, que coge toda la dicha capilla, y sólo queda
alrededor un poyo, de media vara de ancho, por el cual
se anda todo el humilladero. A estado de hombre, y menos, hay puestos por las paredes unos garfios de hierro,

en los cuales cuelgan a los que ahorcan en la piaza; y como los tales se van deshaciendo, caen los huesos en aquel hoyo, que como está sagrado les sirve de sepultura. Pues a esta parte tan espantosa guió sus pasos Laura, donde a la sazón había seis hombres que por salteadores habían ajusticiado pocos días hacía, y llegando allí con ánimo increíble, que se lo daba el amor, tan olvidada del peligro como acordada de sus fortunas, pues podía temer, si no a la gente con quien iba a negociar, a lo menos caer dentro de aquella profundidad, donde, si tal fuera, jamás se supiera de ella.

Ya he contado cómo el padre y hermanos de Laura, por no verla maltratar y ponerse en ocasión de perderse con su cuñado, se habían retirado a Piedrablanca, donde vivían, si no olvidados de ella, a lo menos desviados de verla. Estando don Carlos acostado en su cama, al tiempo que llegó Laura al humilladero, despertó con riguroso y cruel sobresalto, dando tales voces que parecía se le acababa la vida. Alborotóse la casa, vino su padre, acudieron sus criados; todos confusos y turbados y solemnizando su dolor con lágrimas, le preguntaban la causa de su señal, la cual estaba escondida aun al mismo tiempo que la sentía. El cual, vuelto más en sí, levantándose de la cama y diciendo: «En algún peligro está mi hermana», se comenzó a vestir con toda diligencia, dando orden a un criado para que luego al punto le ensillase un caballo, el cual apercibido, saltó en él, y sin querer aguardar que le acompañase algún criado, a todo correr de él partió la vía de Nápoles con tanta prisa que a la una se halló enfrente del humilladero, donde paró el caballo de la misma suerte que si fuera de piedra. Procuraba don Carlos pasar adelante, mas era porfiar en la misma porfía, porque atrás ni adelante era posible volver; antes, como arrimándole la espuela quería que caminase, el caballo daba unos bufidos espantosos. Viendo don Carlos tal cosa y acordándose del humilladero, volvió a mirarle, y como vio luz que salía de la linterna que su hermana tenía, pensó que alguna hechicería le detenía, y deseando saberlo de cierto, probó si el caballo quería caminar hacia

allá, y apenas hizo la acción, cuando el caballo, sin apre-
mio alguno, hizo la voluntad de su dueño; y llegando a la
puerta con su espada en la mano, dijo: «Quienquiera
que sea quien está ahí dentro, salga luego fuera, que si
no lo hace, por vida del Rey que no me he de ir de aquí
hasta que con la luz del día vea quién es y qué hace en
tal lugar.» Laura, que en la voz conoció a su hermano,
pensando que se iría, y mudando cuanto pudo la suya,
le respondió: «Yo soy una pobre mujer, que por cierto
caso estoy en este lugar; y pues no os importa saber
quién soy, por amor de Dios que os vayáis; y creed que
si porfiáis en aguardar, me arrojaré luego al punto en
esa sepultura, aunque piense perder la vida y el alma.»
No disimuló Laura tanto el habla, que su hermano, que
no la tenía olvidada, como ella pensó, dando una gran
voz acompañada con un suspiro, dijo: «¡Ay, hermana!
Grande mal hay, pues tú estás aquí; sal fuera, que no
en vano me decía mi corazón este suceso.» Pues viendo
Laura que ya su hermano la había conocido, con el mayor
tiento que pudo, por no caer en la fosa, salió arrimán-
dose a las paredes, y tal vez a los mismos ahorcados; y
llegando donde su hermano, lleno de mil pesares la
aguardaba, no sin lágrimas se arrojó en sus brazos, y
apartándose a un lado, supo de Laura en breves razones
la ocasión que había tenido por venir allá, y ella de él
la que le había traído a tal tiempo; y el remedio que don
Carlos tomó fue ponerla sobre su caballo y, subiendo
asimismo él, dar la vuelta a Piedrablanca, teniendo por
milagrosa su venida, y lo mismo sintió Laura, mirándose
arrepentida de lo que había hecho.

Cerca de la mañana llegaron a Piedrablanca, donde sabido de su padre el suceso, haciendo poner un coche y
metiéndose en él con sus hijos y su hija, se vino a Nápoles, y derecho al palacio del virrey, a cuyos pies arrodi-
llado le dijo que para contar un caso portentoso que había
sucedido le suplicaba mandase venir allí a don Diego
Piñatelo, su yerno, porque importaba a su autoridad y
sosiego. Su excelencia así lo hizo, y como llegase don
Diego a la sala del virrey y hallase en ella a su suegro,

cuñados y mujer, quedó absorto, y más cuando Laura, en su presencia, contó al virrey lo que en este caso queda escrito, acabando la plática con decir que ella estaba desengañada de lo que era el mundo y los hombres y que así no quería más batallar con ellos, porque cuando pensaba lo que había hecho y dónde se había visto, no acababa de admirarse; y que supuesto esto, ella se quería entrar en un monasterio, sagrado poderoso, para valerse de las miserias a que las mujeres están sujetas. Oyendo don Diego esto, y negándole al alma el ser la causa de tanto mal, en fin, como hombre bien entendido, estimando en aquel punto a Laura más que nunca y temiendo que ejecutase su determinación, no esperando él por sí alcanzar de ella cosa alguna, según estaba agraviada, tomó por medio al virrey, suplicándole pidiese a Laura que volviese con él, prometiendo la enmienda de allí en adelante. Hízolo el virrey, mas Laura, temerosa de lo pasado, no fue posible lo aceptase, antes más firme en su propósito, dijo que era cansarse en vano, que ella quería hacer por Dios, que era amante más agradecido, lo que por un ingrato había hecho; con que este mismo día entró en la Concepción, convento noble, rico y santo. Don Diego, desesperado, se fue a su casa, y tomando las joyas y dinero que halló, se partió sin despedirse de nadie de la ciudad, donde a pocos meses se supo que en la guerra que la majestad de Felipe II tenía con el duque de Saboya había acabado la vida.

El prevenido engañado

Tuvo la ilustre ciudad de Granada —milagroso asombro de las grandezas de Andalucía— por hijo a don Fadrique, cuyo apellido y linaje no será justo que le diga por los nobles deudos que en ella tiene; sólo se dice que su nobleza y riqueza corrían parejas con su talle, siendo en lo uno y lo otro el de más nombre, no sólo de su tierra, sino en otras muchas en donde era conocido, no dándole otro que el de rico y galán don Fadrique. Murieron sus padres, quedando este caballero muy mozo; mas él se gobernaba con tanto acuerdo, que todos admiraban su entendimiento, porque no parecía de tan pocos años como tenía; y como los mozos sin amor dicen algunos que son jugadores sin dinero o danzantes sin son, empleó su voluntad en una gallarda y hermosa dama, de su misma tierra, cuyo nombre era Serafina y un serafín de belleza, aunque no tan rica como don Fadrique. Y apasionóse tanto por ella cuanto ella desdeñosa le desfavorecía por tener ocupado el deseo en otro caballero de la ciudad.

Lástima, por cierto bien grande, el que llegase un hombre
de las partes de don Fadrique a querer donde otro tenga
tomada la posesión. No ignoraba don Fadrique el amor de
Serafina; mas parecíale que con su riqueza vencería mayores inconvenientes, y más siendo el galán que la dama
amaba ni de los más ricos ni de los más principales. Seguro
estaba don Fadrique de que apenas pediría Serafina a sus
padres cuando la tendría. Mas Serafina no era de ese parecer, porque esto de casarse tras el papel, el desdén hoy
y mañana el favor, tiene no sé qué sainete que enamora y
embelesa el alma y hechiza el gusto. A esta misma causa
procuró don Fadrique granjearse primero la voluntad de
Serafina que la de sus padres, y más viendo competidor
favorecido, si bien no creía de la virtud y honestidad de
su dama, que se extendía a más su amor que amar y
desear.

Empezó con estas esperanzas a regalar a Serafina y a
sus criadas, y ella a favorecerle más que hasta allí, porque aunque quería a don Vicente, que así se llamaba el
querido, no quería ser aborrecida de don Fadrique, y las
criadas a fomentar las esperanzas, por cuanto creía el
amante que era cierto su pensamiento en cuanto a alcanzar más que el otro galán. Y con este contento, y una
noche que las astutas criadas habían prometido tener a la
dama en un balcón, cantó al son del laúd este soneto:

> Que muera yo, tirana, por tus ojos,
> y que gusten tus ojos de matarme,
> que quiera en tus ojos consolarme
> y que me den tus ojos mil enojos.
>
> Que rinda yo a tus ojos por despojos
> mis ojos, y ellos, en lugar de amarme,
> pudiendo en mis enojos alegrarme,
> las flores me conviertan en abrojos.
>
> Que me maten tus ojos con desdenes,
> con rigores, con celos, con tibiezas,
> cuando mis ojos por tus ojos mueren.
>
> ¡Ay, dulce ingrata! , que en los ojos tienes

tan grande ingratitud como belleza,
contra unos ojos que a tus ojos quieren.

Agradecieron y engrandecieron a don Fadrique las que
escuchaban, la música, la gracia y la destreza con que había cantado; mas no se diga que Serafina estaba a la ventana, porque desde aquel.a noche se negó de fuerte a los
ojos de don Fadrique, que por más diligencias que hizo
no la pudo ver en muchos días, ni por papeles que la escribió pudo alcanzar respuesta, y la que le daban sus
criadas a sus inoportunas quejas era que Serafina había
dado en una melancolía tan profunda que no tenía una
hora de salud. Sospechó don Fadrique de que sería el
mal de Serafina el verse defraudada de las esperanzas que
tenía de verse casada con don Vicente, porque no le veía
pasear la calle como solía, y creyó que por su causa se
había retirado. Y pareciéndole que estaba obligado a res-
taurarle a su dama el gusto que le había quitado, fiado
en que con su talle y su riqueza le granjearía la perdida
alegría, la pidió a sus padres por mujer. Ellos, que, como
se dice, vieron el cielo abierto, no sólo le dijeron sí,
acompañado de infinitos agradecimientos, mas se ofrecie-
ron a ser esclavos suyos. Y tratando con su hija este negocio, ella, que era discreta, dio a entender que se hol-
gaba mucho y que estaba presta para darles gusto si su
salud la ayudase, que les pedía que entretuviesen a don
Fadrique algunos días hasta que mejorase, que luego se
haría cuanto mandaba en aquel caso. Tuvieron los padres
de la dama esta respuesta por bastante, y a don Fadrique
no le pareció mala, y así pidió a sus suegros que regalasen
mucho a su esposa para que cobrase más presto salud,
ayudando él de su parte con muchos regalos, paseando su
calle aun con más puntualidad que antes, tanto por el
amor que la tenía cuanto por los recelos con que le hacía
vivir don Vicente. Serafina tal vez se ponía a la ventana,
dando con su hermosura aliento a las esperanzas del amante, aunque su color y tristeza daban claros indicios de su
mal, y por esto estaba lo más del tiempo en la cama; y las
veces que la visitaba su esposo, que con este título lo

hacía algunas, le recibía en ella y en presencia de su madre, por quitarle los atrevimientos que ese nombre le podía dar.

Pasáronse algunos meses, al cabo de los cuales don Fadrique, desesperado de tanta enfermedad y resuelto en casarse con salud o sin ella, una noche en que, como otras muchas, estaba a una esquina velando sus celos y adorando las paredes de su enferma señora, vio a más de las dos de la noche abrir la puerta de su casa y salir una mujer que, en el aire y hechura del cuerpo, le pareció ser Serafina. Admiróse y, casi muerto de celos, se fue acercando más, donde claro conoció ser la misma, y sospechando que iba a buscar a la causa de su temor, la siguió y vio entrar en una corraliza en la que se solía guardar madera, y que por estar sin puertas sólo servía para esconder y guardar a los que por algunas travesuras amorosas entraban dentro. Aquí, pues, entró Serafina, y don Fadrique, cierto de que dentro estaría don Vicente, irritado a una colérica acción, como a quien le parecía que le tocaba aquella venganza, dio la vuelta por la otra parte y, entrando dentro, vio cómo la dama se había bajado a una parte en que estaba un aposentillo derribado, y que tragándose unos gemidos sordos, paría una criatura, y los gritos desengañaron al amante de lo mismo que estaba dudando.

Cuando Serafina se vio libre de tal embarazo, recogiéndose el faldellín, se volvió a su casa, dejando a aquella inocencia a lo que sucediese. Mas el cielo, que a costa de la opinión [1] de Serafina y de la pasión de don Fadrique quiso que no muriese sin bautismo por lo menos, hizo llegarse a éste donde estaba llorando en el suelo, y tomándole le envolvió en su capa, haciéndose mil cruces de tal caso y coligiendo que el mal de Serafina era éste y que el padre era don Vicente, por cuyo hecho se había retirado. Dando infinitas gracias a Dios, que le había sacado de su desdicha por tal modo, fue con aquella prenda a casa de una comadre y le dijo que pusiese aquella criatura como había de estar y le buscase un ama, que importaba mucho que viviese. Hízolo la comadre, y mirándola

con grande atención vio que era una niña tan hermosa
que más parecía ángel del cielo que criatura humana.
Buscóse el ama, y luego don Fadrique, al siguiente día,
habló con una señora deuda suya para que en su propia
casa se criase Gracia, que aqueste nombre se le puso en
el bautismo.

Dejémosla criar, que a su tiempo se tratará de ella como
de la persona más importante de esta historia, y vamos a
Serafina, que ya guarnecida [2] de su mal dentro de quince
días, viéndose restaurada en su primera hermosura, dijo a
sus padres que cuando gustasen se podía efectuar el casamiento con don Fadrique, el cual, temeroso y escarmentado del suceso, se fue a la casa de su parienta, la que
tenía en su poder a Gracia, y le dijo que a él le había
entrado deseo de ver algunas tierras de España y que en
esto quería gastar algunos años, y que le quería dejar
poder para que gobernase su hacienda, hiciese y deshicie-
se en ella, y que sólo suplicaba tuviese grandísimo ciudado
con doña Gracia, haciendo cuenta que era su hija, porque
en ella había un grandísimo secreto, y que si Dios la guardaba hasta que tuviese tres años, que la pedía encareci-
damente que la pusiese en un convento, donde se criase
sin llegar a conocer las cosas del mundo, porque llevaba
cierto designio que andando el tiempo se sabría. Y hecho
esto, haciendo llevar toda su ropa en casa de su tía, tomó
grandísima cantidad de dineros y joyas, y escribiendo este
soneto se lo envió a Serafina, y con sólo un criado se puso
a caballo, guiando su camino a la muy noble y riquísima
ciudad de Sevilla. Recibió Serafina el papel, que decía:

> Si cuando hacerme igual a ti podías,
> ingrata, con tibiezas me trataste
> y a fuerza de desdenes procuraste
> mostrarme el poco amor que me tenías.
>
> Si a vista de ojos, de las glorias mías
> el premio con engaño me quitaste,
> y en todas ocasiones me mostraste
> montes de nieve en tus entrañas frías.
>
> Ahora que no puedes, porque quieres

buscar el fuego entre cenizas muertas,
déjale estar, ten lástima a mis años.
Imposibles me ofreces, falsa eres,
no avives esas llamas, que no aciertas
que a tu pesar yo he visto desengaños.

Este papel, si bien tan ciego, dio mucho que temer a
Serafina, y más que aunque hizo algunas diligencias por
saber que se había hecho de la criatura que dejó en la
corraliza, no le fue posible, y confirmando dos mil sospechas con la repentina partida de don Fadrique, y más sus
padres, que decían que en algo se fundaba, viendo que
Serafina gustaba de ser monja ayudaron su deseo, y se entró en un monasterio, harto confusa y cuidadosa de lo que
había sucedido, y más del deslumbramiento que tuvo en
dejar allí aquella criatura, viendo que si había muerto
o la habían comido perros, cargaba su conciencia tal delito, motivo más para que procurase con su vida y penitencia, no sólo alcanzar perdón de su pecado, sino nombre de santa. Y así era tenida por tal en Granada.

Llegó don Fadrique a Sevilla, tan escarmentado en Serafina, que por ella ultrajaba todas las demás mujeres,
no haciendo excepción de ninguna, cosa tan contraria a
entendimiento, pues por una mala hay ciento buenas.
Mas, en fin, él decía que no había de fiar de ellas, y menos de las discretas [3], porque de muy sabias y entendidas
daban en traviesas y viciosas, y con sus astucias engaña-
ban a los hombres; pues una mujer no había de saber
hacer más que su labor, y rezar, gobernar la casa y criar
sus hijos, y lo demás eran bachillerías y sutilezas que no
servían sino de perderse más presto. Con esta opinión,
digo, entró en Sevilla, y se fue a posar en casa de un
deudo, hombre principal y rico, con intento de estarse
allí algunos meses, gozando de las grandezas que se cuentan de esta ciudad. Y como algunos días la pasease en
compañía de aquel su deudo, vio en una de las más principales calles de ella, a la puerta de una hermosísima casa,
bajar de un coche una dama, en hábito de viuda, la más
bella que había visto en toda su vida. Era sobre hermosa

muy moza y de gallardo talle, y tan rica y principal, según le dijo aquel su deudo, que era de lo mejor y más
ilustre de Sevilla. Y aunque don Fadrique iba escarmentado del suceso de Serafina, no por eso rehusó el dejarse
vencer por la belleza de doña Beatriz, que éste era el
nombre de la bellísima viuda. Paseó don Fadrique la
calle, dejando en ella el alma, y como la prenda no era
para perder, pidió a su camarada que diesen otra vuelta.
«A esta acción, le dijo don Mateo, que así se llamaba,
pienso, amigo don Fadrique, que no dejaréis Sevilla tan
presto. Tierno sois. A mi fe que os ha puesto bueno la
vista de la dama.» «Yo siento de mí lo mismo, respondió don Fadrique, y aun gastaría, si pensase ser suyo,
los años que el cielo me ha dado de vida.» «Conforme
fuere vuestra pretensión, dijo don Mateo, porque la
hacienda, nobleza y virtud de esta dama no admite sino
la del matrimonio, aunque fuera el pretendiente el mismo
Rey, porque ella tiene veinte y cuatro años y cuatro estuvo casada con un caballero su igual y dos ha que está
viuda; y en este tiempo, no ha merecido ninguno sus
paseos doncella, ni su vista casada, ni su voluntad viuda,
con haber muchos pretendientes de este bien. Mas si
vuestro amor es de la calidad que me significáis y queréis que yo le proponga vuestras partes, pues para ser
su marido no os faltan las que ella puede desear, lo haré,
y podrá ser que entre los llamados seáis vos el elegido.
Ella es deuda de mi mujer, a cuya causa la hago algunas
visitas, y ya me prometo buen suceso, porque, veisla, allí
se ha puesto, en el balcón, que no es poca dicha haber
favorecido vuestros deseos.» «Ay amigo, dijo don Fadrique, ¿y cómo me atreveré yo a pretender lo que a
tantos caballeros de Sevilla ha negado, siendo forastero?
Mas si he de morir a manos de mis deseos, sin que ella
lo sepa, muera a manos de sus desengaños y desdenes;
habladla, amigo, y además de decirle mi nobleza y hacienda, le podréis decir que muero por ella.» Con esto dieron
los dos vuelta a la calle, haciéndole al pasar una cortés
reverencia, a la cual la bellísima doncella Beatriz, que al
bajar del coche vio con el cuidado con que le miró don

Fadrique, pareciéndole forastero y viéndole en compañía de don Mateo, con cuidado, luego que dejó el manto, ocupó la ventana, y viéndose ahora saludar con tanta cortesía, habiendo visto que mientras hablaban la miraban, hizo otro tanto no menos cumplida. Dieron con esto la vuelta a su casa muy contentos de haber visto a doña Beatriz tan humana, quedando de acuerdo en que don Mateo la hablase otro día en razón de casamiento; mas don Fadrique estaba tal, que quisiera que luego se tratase. Pasó la noche, y no tan apriesa como el enamorado caballero quisiera; dio priesa a su amigo para que fuese a saber las nuevas de su vida o muerte, y así lo hizo éste. Habló en fin a doña Beatriz, proponiéndole todas las partes del novio, a lo cual le respondió la dama que le agradecía mucho la merced que le hacía y a su amigo el desear honrarla con su persona, mas que ella se había propuesto el día en que enterró a su dueño, no casarse hasta que pasasen tres años, por más guardar el decoro que debía a su amor, y que por esta causa despedía a todos cuantos trataban de esto; mas que si este caballero se atrevía a aguardar el año que faltaba, que ella le daba su palabra de que no fuese otro su marido, porque si había de tratar verdad, le había agradado mucho su talle, sin afectación, y sobre todo las muchas partes que le había propuesto, porque ella deseaba que fuese así el que había de ser su dueño.

Con esta respuesta volvió don Mateo a su amigo, no poco contento, por parecerle que no había negociado muy mal. Y don Fadrique cada hora se enamoraba más, si bien le desconsolaba la imaginación de haber de aguardar tanto tiempo. Se determinó de estarse aquel año en Sevilla, pareciéndole buen premio la hermosa viuda, si llegaba a alcanzarla; y como iba tan bien abastecido de dineros, aderezó un cuarto en la casa de su deudo, recibió criados y empezó a echar galas para despertar el ánimo de su dama, a la cual visitaba tal vez en compañía de don Mateo, que menos que con él no se le hiciera tanto favor. Quiso regalarla, mas no le fue permitido, porque doña Beatriz no quiso recibir un alfiler; el mayor

favor que le hacía, a ruegos de sus criadas, que no las
tenía el granadino mal dispuestas, porque lo que su ama
regateaba recibir ellas lo hicieron costumbre, y así no le
desfavorecían en este particular su cuidado, era cuando
le decían que estaba en la calle salir al balcón, dando
luz al mundo con la belleza de sus ojos; y tal vez acom-
pañarlas de noche, por oír cantar a don Fadrique, que
lo hacía diestramente. Y una entre muchas que le dio música, cantó este romance que él mismo había hecho, porque doña Beatriz no había salido aquella noche al balcón,
enojada de que le había visto hablar en la iglesia con
una dama. En fin, él cantó así:

> Alta torre de Babel,
> edificio de Nembrot [4],
> que pensó subir al cielo
> y en un grande abismo dio,
>   parecen mis esperanzas,
> que según entendí yo,
> al cielo de mis deseos
> llegara su pretensión.
>   Mas como fue su cimiento
> el rapacillo de Amor,
> sin méritos, para ser
> reverenciado por Dios.
>   Mudó, como niño al fin,
> su traviesa condición,
> siendo ciego para ver
> de mi firmeza el valor.
>   Hay mal logrados deseos
> caídos como Faetón [5],
> porque quisistes subiros
> al alto carro del sol.
>   Esperanzas derribadas,
> marchitas como la flor,
> horas alegres, que agora
> seréis horas de dolor.
>   ¿Dónde pensabas subir
> gallarda imaginación,

si tus alas son de cera
y este signo es de León? [6]
   Bien pensaste que te diera
mano y brazos afición.
Vano fue tu pensamiento
si en eso se confió.
   En el balcón del Oriente
hoy no ha salido mi sol,
encubriendo con nublados
la luz de su perfección.
   Caros vende amor sus gustos
y si los da es con pensión,
que son censos al quitar,
que es la desdicha mayor.
   Mueras quemado en mi fuego,
ciego lince, niño dios,
mas perdone amor mi ofensa,
que humilde a tus pies estoy.

El favor que alcanzó don Fadrique esta noche fue oír
a doña Beatriz, que dijo a sus criadas que ya era hora
de recoger, dando a entender con esto que le había oído,
con lo que se fue más contento que si le hubieran hecho
señor del mundo. En esta vida pasó nuestro amante más
de seis meses, sin que jamás pudiese alcanzar de doña
Beatriz licencia para verla a solas, cuyos honestos recatos le tenían tan enamorado que no tenía punto de reposo. Y así, una noche que se halló en la calle de su dama,
viendo la puerta abierta, por mirar más de cerca su hermosura, se atrevió con algún recato a entrar en casa, y
sucedióle tan bien que, sin ser visto de nadie, llegó al
cuarto de doña Beatriz, y desde la puerta de un corredor
la vio sentada en un estrado con sus criadas, que estaban
velando. Y dando muestras de querer desnudarse para
ir a la cama, le pidieron ellas, como si estuvieran cohe-
chadas con don Fadrique, que cantase un poco. A lo que
doña Beatriz se excusó con decir que no estaba de humor,
que estaba melancólica; mas una de las criadas, que era
más desenvuelta que las demás, se levantó y entró en

una cuadra [7], de donde salió con un arpa, diciendo: «A fe,
señora, que si hay melancolía, este es el mejor alivio;
cante vuesa merced un poco y verá cómo se halla más
aliviada.» Decir esto y ponerle el arpa en las manos
fue todo uno, y ella, por darles gusto, cantó así:

> Cuando el alba muestra
> su alegre risa,
> cuando quita alegre
> la negra cortina
> al balcón de Oriente
> porque salga el día.
>
> Cuando muestra hermosa
> la madeja rica,
> derramando perlas
> sobre clavellinas;
>   en fin, cuando el campo
> vierte su alegría,
> llora ausente de Albano
> celos Marfida.
>
> Cuando alegre apresta
> la carroza rica,
> a Febo [8] que viene
> de las playas Indias;
>   cuando entre cristales,
> claras fuentecillas
> murmuran de engaños
> y aljófar destilan:
>   cuando al son del agua
> cantan las ninfas,
> llora ausente de Albano
> celos Marfida.
>
> Cuando entre claveles
> con sus claras linfas,
> guarnición de plata
> en sus ojos pinta;
>   cuando dan las aves
> con sonoras liras
> norabuena a Febo

de su hermosa vista;
   cuando en los serranos [9]
mil gustos se miran,
llora ausente de Albano
celos Marfida.

   Fue aquella zagala
monstruo de la villa,
de los ojos muerte,
de la muerte vida;
   fiero basilisco,
causa de desdichas,
porque en su desdenes
veneno tenía.

   Cuanto a sus donaires,
que era sal decían;
llora ausente de Albano
celos Marfida.

   Rindió sus desdenes
a la bizarría
de un serrano ingrato
que ausente la olvida.

   Y cuando él, alegre,
mutua prenda estima,
bellezas defiende,
finezas publica.

   Hermosuras rinde
y a glorias aspira;
llora ausente de Albano
celos Marfida.

Dejó con esto el arpa, diciendo que la viniesen a des-
nudar, dejando a don Fadrique, que le tenía embelesado
el donaire, la voz y la dulzura de la música, como en ti-
nieblas, y no tuvo sospecha de la letra, porque como tal
vez se hacen para agradar a un músico, pinta el poeta
como quiere. Y viendo que doña Beatriz se había entrado
a acostarse, se bajó al portal para irse a su casa, mas fue
en vano, porque el cochero, que posaba allí en un aposentillo, había cerrado la puerta de la calle, y seguro de

que no había nadie que entrase ni saliese, se había acostado. Pesóle mucho a don Fadrique, mas viendo que no
había remedio, se sentó en un poyo para aguardar la
mañana, porque aunque era fácil llamar que le abriesen,
no quiso, por no poner en opinión ni en lenguas de criadas la honra de doña Beatriz, pareciéndole que mientras
el cochero abría, siendo de día, se podría esconder en
una ventana de la cueva. Dos horas haría que estaba allí,
cuando sintiendo ruido en la puerta del cuarto de su
dama, que desde donde estaba sentado se veía la escalera
y el corredor, puso los ojos en donde sintió el rumor
y vio salir a doña Beatriz; nueva admiración para quien
creía que estaba durmiendo. Traía la dama sobre la camisa un faldellín de vuelta de tabí [10] encarnado, cuya
plata y guarnición parecían estrellas sin traer sobre sí otra
cosa más que un rebocillo [11] del mismo tabí, forrado en
felpa azul, y puesto tan al desgaire que dejaba ver en la
blancura de la camisa los bordados de hilo de plata; sus
dorados cabellos cogidos en una redecilla de seda azul
y plata, aunque por algunas partes descompuestos, para
componer con ellos la belleza de su rostro; en su garganta dos hilos de gruesas perlas, conformes a las que llevaba en sus hermosas muñecas, cuya blancura se veía, sin
embargo, por ser la manga de la camisa suelta, a modo
de manga de fraile. De todo pudo el granadino dar muy
bastantes señas, porque doña Beatriz traía en una de sus
blanquísimas manos una bujía de cera encendida en un
candelero de plata, a la luz de la cual estuvo contemplando tan angélica figura, juzgándose por dichoso si fuera
él el sujeto que iba a buscar. En la otra mano traía una
falúa [12] de plata, y en ella un vidrio de conserva y una
limetilla con vino, y sobre el brazo una toalla blanquí-
sima. «Válgame Dios —decía entre sí don Fadrique, mirándola desde que salió de su aposento hasta que la vio
bajar por la escalera—, ¿quién será el venturoso a quien
va a servir tan hermosa menestrala? ¡Ay, si yo fuera,
cómo diera en cambio cuanto vale mi hacienda! » Diciendo esto, y como la vio que había acabado de bajar y en-
derezaba sus pasos hacia donde estaba, se fue retirando

hasta la caballeriza, y en ella, por estar más a cubierto,
se entró; mas viendo que doña Beatriz encaminaba sus
pasos a la misma parte, se metió detrás de uno de los
caballos del coche. Entró al fin la dama en tan indecente
lugar para tanta belleza, y sin mirar a don Fadrique, que
estaba escondido, enderezó hacia un aposentillo que al
final de la caballeriza estaba. Creyó don Fadrique de tal
suceso que algún criado enfermo despertaba la caridad
y piadosa condición de Beatriz, aunque tal acción era
más competente para alguna de las criadas que tenía que
no para tal señora; mas atribuyéndolo todo a cristiandad,
quiso ver el fin de todo, y saliendo de donde estaba cami-
nó tras ella hasta ponerse en la parte en la que veía todo
el aposento, por ser tan pequeño, que apenas cabía una
cama. Grande fue el valor de don Fadrique en tal caso,
porque así como llegó cerca, descubrió todo lo que en el
aposento se hacía, y vio a su dama en una ocasión tan
terrible para él que no sé cómo tuvo paciencia para su-
frirla. Es el caso que, en una cama que estaba en esta
parte que he dicho, estaba echado un negro tan atezado,
que parecía hecho su rostro de un bocací [13]. Parecía en
la edad de hasta veinte y ocho años, mas tan feo y abo-
minable, que no sé si fue pasión o si era la verdad, le
pareció que el demonio no podía serlo tanto. Parecía
asimismo en su desflaquecido [14] semblante que le faltaba
poco para acabar la vida, con lo que parecía más abomi-
nable. Sentóse doña Beatriz en entrando sobre su cama,
y poniendo sobre una mesilla la vela y lo demás que
llevaba, le empezó a componer la ropa, pareciendo en su
hermosura, ella el ángel y él un fiero demonio. Puso tras
esto una de sus hermosísimas manos sobre su frente, y
con enternecida y lastimada voz le comenzó a decir:
«¿Cómo estás, Antón? ¿No me hablas, mi bien? Oye,
abre los ojos, mira que está aquí Beatriz; toma, hijo mío,
come un bocado de esta conserva, anímate por amor a
mí, si no quieres que yo te acompañe en la muerte, como
te he querido en la vida. ¿Óyesme, amores? ¿No quieres
responderme ni mirarme?» Diciendo esto, derramando
por sus ojos gruesas perlas, juntó su rostro con el del en-

demoniado negro, dejando a don Fadrique que la miraba más muerto que él, sin saber qué hacerse ni qué decirse; unas veces, determinándose a perderse, y otras considerando que lo más acertado era apartarse de aquella pretensión. Estando en esto, abrió el negro los ojos, y mirando a su ama le dijo con voz debilitada y flaca, apartándole con sus manos el rostro que tenía contra el suyo: «¿Qué me quieres, señora? Déjame ya, por Dios; ¿qué es esto, que aun estando ya acabando la vida me persigues? ¿No basta que tu viciosa condición me tenga como estoy, sino que quieres que cuando estoy en el fin de la vida acuda a cumplir tus viciosos apetitos? Cásate, señora, cásate, y déjame a mí, que ni te quiero ver, ni comer lo que me das.» Y diciendo esto se volvió del otro lado, sin querer responder más a doña Beatriz aunque más tierna y amorosa le llamaba, o fuése que se murió luego, o que no quisiese hacer caso de sus lágrimas y palabras. Doña Beatriz, cansada ya, volvió a su cuarto, la más llorosa y triste del mundo, y don Fadrique esperó a que abriesen la puerta, y apenas la vio abierta cuando salió huyendo de aquella casa, tan lleno de confusión y aborrecimiento, cuanto primero de gusto y gloria. Acostóse en llegando a su casa, sin decir nada a su amigo, y saliendo a la tarde dio una vuelta por la calle de la viuda, por ver qué rumor había, a tiempo que vio sacar a enterrar al negro. Volvióse a su casa, siempre guardando secreto, y en tres o cuatro días volvió a pasear la calle, ya no por amor, sino por enterarse más de lo que aun no creía, pero nunca vio a Beatriz, tan sentida la tenía la muerte de su negro amante. Al cabo de los cuales, estando de sobremesa hablando con su amigo, entró una criada de doña Beatriz, y en viéndole, con mucha cortesía, le puso en las manos un papel que decía así:

«Donde hay voluntad, poco sirven los terceros; de la vuestra estoy satisfecha, y de vuestras finezas pagada; y así, no quiero aguardar lo que falta de año para daros la merecida posesión de mi persona y hacienda. Cuando quisiéredes se podrá efectuar nuestro casamiento, con las condiciones que fuere deservido, porque mi amor y

vuestro merecimiento no me dejan reparar en nada. Dios
os guarde.

Doña Beatriz»

Tres o cuatro veces leyó don Fadrique este papel, y
aun no acababa de creer tal; y así no hacía más que darle
vueltas, y en su corazón, admirarse de lo que le sucedía,
ya que por dos veces había estado a pique de caer en
tanta afrenta y otras tantas le había descubierto el cielo
secretos tan importantes. Y como viese claro que la determinada resolución de doña Beatriz nacía de haber faltado su negro amante, en un punto hizo la suya y se determinó a una resolución honrada. Diciendo a la criada
que se aguardase, salió a la otra sala, y llamando a su
amigo le dijo estas breves razones: «Amigo, a mí me importa la vida y la honra salir dentro de una hora de Sevilla, y no me ha de acompañar más criado que el que
traje de Granada. Esa ropa que ahí queda, venderéis después de haberme partido, y pagaréis con el dinero que
dieran a los demás criados. El porqué no os puedo decir,
porque hay opiniones [15] de por medio. Y ahora, mientras
escribo un papel, buscadme dos mulas y no queráis saber
más.» Y luego, escribiendo un papel a doña Beatriz y
dándosele a la criada que se lo llevase a su ama, y habiéndole traído ya las mulas, se puso en camino, y saliendo
de Sevilla tomó el de Madrid con su antiguo tema de
abominar de las mujeres discretas, que fiadas en su saber
procuran engañar a los hombres.

Dejémosle ir hasta su tiempo y volvamos a Beatriz,
que en recibiendo el papel vio que decía así:

«La voluntad que yo he tenido a vuestra merced ha
sido sólo con deseo de poseer su belleza; porque he llevado la mira a su honra y opinión, como lo han dicho
mis recatos. Yo, señora, soy algo escrupuloso, y haré
cargo de conciencia en que vuesa merced, viuda anteayer,
se case hoy. Aguarde vuesa merced siquiera otro año a
su negro malogrado, que a su tiempo se tratará de lo que
vuesa merced dice, cuya vida guarde el cielo.»

Pensó doña Beatriz perder con este papel su juicio, mas
viendo que ya don Fadrique era ido, dio el sí a un caba-

llero que la habían propuesto, remediando con el marido
la falta del amante muerto.

Por sus jornadas contadas, como dicen, llegó don Fadrique a Madrid, y fuése a posar a los barrios del Carmen, en casa de un tío suyo que tenía allí casas propias.
Era éste caballero rico, y tenía para heredero de su hacienda un solo hijo, llamado don Juan, gallardo mozo, y
demás de su talle, discreto y muy afable. Teníale su padre
desposado con una prima suya muy rica, aunque el matrimonio se dilataba hasta que la novia tuviese edad, porque la que en este tiempo alcanzaba era la de diez años.
Con este caballero tomó don Fadrique tanta amistad, que
pasaba el amor del parentesco y en pocos días se trataron
como hermanos. Andaba don Juan muy melancólico, re-
parando en lo cual don Fadrique, después de haberle obligado con darle cuenta de su vida y sucesos, sin nombrar
partes, por parecerle que no es verdadera amistad la que
tiene reservado algún secreto a su amigo, le rogó le dijese de qué procedía aquella tristeza. Don Juan, que no
deseaba otra cosa por sentir menos su mal comunicán-
dolo, le respondió: «Amigo don Fadrique, yo amo tiernamente a una dama de la corte, a la cual dejaron sus
padres mucha hacienda con obligación de que se casase
con un primo suyo que está en Indias. No ha llegado
nuestro honesto amor a más que una conversación, reser-
vando el premio de él para cuando venga su esposo, porque ahora ni su estado ni el mío dan lugar a más travesuras amorosas; pues aunque no gozo de mi esposa, me
sirve de cadena para no disponer de mí. Deciros su hermosura, sería querer cifrar la belleza a breve suma, pues
su entendimiento es tal, que en letras humanas no hay
quien la aventaje. Finalmente, doña Ana, que este es su
nombre, es el milagro de esta edad, porque ella y doña
Violante, su prima, son las Sibilas de España, entrambas bellas, discretas, músicas y poetas. En fin, en las dos
se halla lo que en razón de belleza y discreción está re-
partido entre todas las mujeres. Hanle dicho a doña Ana
que yo galanteo a una dama cuyo nombre es Nise, porque
el domingo pasado me vieron hablar con ella en San Gi-

nés, donde acude. En fin, muy celosa, me dijo ayer que me estuviese en mi casa y no volviese a la suya. Porque sabe que me abraso de celos cuando nombra a su esposo, me dijo enojada que sólo en él adora y que le espera con mucho gusto y cuidado. Escribíla sobre esto un papel, y en respuesta me envió otro, que es éste.» Esto dijo, sacando un papel, el cual tomándole don Fadrique vio que era de versos, a que naturalmente era aficionado, y que decía así:

> Tus sinrazones, Lisardo,
> son tantas, que ya me fuerza
> mi agravio a darte la culpa
> y quedarme con la pena.
>
> Mas no me quiero poner
> con tu ingratitud en cuentas,
> porque siempre los ingratos
> ceros por números dejan.
>
> Preside apetito solo,
> Lisardo, y es bien que tema,
> que cuentas de obligaciones,
> a todas horas las niega.
>
> Y así no quiero traerte
> a la memoria mis penas,
> pues jamás diste recibo
> de cosa que tanto pesa.
>
> Vayan al aire suspiros,
> pues lo son, y no se metan
> en contar, pues no los llaman,
> cuantos sus millares sean.
>
> Las lágrimas a la mar,
> los cuidados a mis quejas,
> y mi afición a tu hielo
> para que quede sin fuerza.
>
> Decir, Lisardo, que ya,
> por entretener ausencias,
> esfuerzo mi voluntad,
> engáñante tus quimeras.
>
> Si quisiera entretenerme,

pastores tiene la aldea
que aunque les doy disfavores
mis pobres partes celebran,

  en quien pudiera escoger
alguno que me tuviera
con amor entretenida,
y con interés contenta.

  Y tú, Lisardo, aunque alcanzas
favores que otros desean,
tan sólo no los estimas,
sino que ya los desprecias.

  Lisardo, creyera yo
que una mujer de mis prendas,
con sólo un mirar suave
favor y premio te diera.

  Mas como siempre quisiste
ser ingrato a mis finezas,
ni estimas la voluntad,
ni con la tuya me premias.

  Que no sabes que es amor
tengo por cosa muy cierta;
no has entrado en los principios
y ya los fines deseas.

  Lo que da lugar mi estado
te favorezca, no quieras
se alargue a más, si el tuyo
tiene a mi gusto la rienda.

  Ya temes que el mayoral
que ha de ser mi dueño, venga,
si tu remedio aborreces,
Lisardo, ¿de qué te quejas?

  Pides salud, y si aplico
el remedio, desesperas;
eso es querer que te sangren
sin que te rompan la vena.

  Lo cierto es que ya, Lisardo,
te mata nueva nobleza,
y haces mi amor achacoso,
ya lo entiendo, no soy necia.

Maldiga, Lisardo, el cielo
a quien con gracias ajenas
a lo que adora, enamora,
tal como a mí me suceda.

Canta el músico en la calle,
hace versos el poeta,
apacíguase la dama,
y olvida a quien la requiebra.

Ya conozco tus engaños,
ya conozco tus cautelas,
mas pues yo te alabé a Nise
qué mucho que tú la quieras.

Goces, ingrato Lisardo,
mil años de su belleza,
tantos favores te rinda
como a mí me matan penas.

Bebe sus dulces engaños,
los míos amargos deja,
que yo al templo de mi fe
pienso colgar la cadena.

Desde allí estaré mirando
como el que mira al que juega,
el naipe en que tú aventuras
tu verdad y tu cautela.

No me quejo de este agravio,
Lisardo, porque mis quejas
no te volverán amante,
y en darte venganza en ellas.

Tú estás muy bien empleado,
porque sus tiznadas hebras
son ébano en que se engasta
su hermosura y tus finezas.

Sus ojos negros, luceros
en cuyas niñas traviesas
hallará tu guerra paz,
y bonanza tu tormenta.

Tú vestirás sus colores,
con que saldrás, aunque negras,

más galán que con las mías,
pues con gusto las desprecias.
   Podrás tomar por devoto,
por alivio de tus penas,
al glorioso San Ginés
que es de tu Nise la iglesia.
   Con esto pido al amor
de tu inconstancia se duela.
Dios te guarde. De mi casa,
lo que tu gusto desea.

«No hay mucho que temer a este enemigo, dijo acabando de leer don Fadrique, porque por la muestra,
más rendida está que furiosa. La mujer escribe bien, y
si como decís es tan hermosa, hacéis mal en no conser-
var su amor hasta coger el premio de él.» «Esto es, respondió don Juan, una tilde, una nada, conforme a lo
que hay en belleza y discreción, porque ha sido muchas
veces llamada la Sibila española.» «Por Dios, primo, replicó don Fadrique, que temo a las mujeres que son
tan sabias más que a la muerte, que bien quisiera hallar
una que ignorara las cosas del mundo al peso que ésta
las comprende, y si la hallara, vive Dios que me había
de emplear en servirla y amarla.» «¿Lo decís de veras?,
dijo don Juan. Porque no sé qué hombre apetece
una mujer necia, no sólo para aficionarse, mas para co-
municarla un cuarto de hora. Pues dicen los sabios que
en el mundo son más celebrados, que el entendimiento
es manjar del alma; pues mientras los ojos se ceban en
la blancura, en las bellas manos, en los lindos ojos y en
la gallardía del cuerpo, y finalmente en todo aquello dig-
no de ser amado en la dama, no es razón que el alma
no sólo esté de balde, sino que se mantenga de cosas tan
pesadas y enfadosas como las necedades. Pues siendo el
alma tan pura criatura, no la hemos de dar manjares gro-
seros.» «Dejemos ahora esa disputa, dijo don Fadrique, que en eso hay mucho que decir, que yo sé lo
que en este caso me conviene, y respondamos a doña
Ana, aunque mejor respuesta sería ir a verla, pues no

la hay más tierna y de más sentimientos que la misma
persona, y demás que deseo ver si me hace sangre su
prima, para entretenerme con ella el tiempo que he de
estar en Madrid.» «Vamos allá, dijo don Juan, que si
os he de confesar la verdad, por Dios que lo deseo; mas
advertid que doña Violante no es necia, y si es que por
esta parte os desagradan las mujeres, no tenéis que ir
allá.» «Acomodareme con el tiempo», respondió don Fadrique. Con esto, de conformidad se fueron a ver a las
hermosas primas, de las cuales fueron recibidos con mucho gusto, si bien doña Ana estaba como celosa, zahareña [16], aunque tuvo muy poco que hacer don Juan para
quitarle el ceño.

Vio don Fadrique a doña Violante, y parecióle una de
las más hermosísimas damas que hasta entonces había visto, aunque entrasen en ellas Serafina y Beatriz. Estábase
retratando, curiosidad usada en la corte [17], y para esta
ocasión estaba tan bien aderezada, que parecía que de
propósito para rendir a don Fadrique se había vestido
con tanta curiosidad y riqueza. Tenía puesta una saya entera negra, cuajada de lentejuelas y botones de oro, cin-
tura y collar de diamantes y un apretador [18] de rubíes.
A cuyo asunto, después de muchas cortesías, tomando
don Fadrique una guitarra, cantó este romance:

> Zagala cuya hermosura
> mata, enamora y alegra,
> siendo del cielo milagro
> y gloria de nuestra aldea.
> ¿Qué pincel habrá tan sabio,
> supuesto que Apeles sea
> el que le gobierna y rige,
> para imitar tu belleza?
> ¿Qué rayos, aunque del sol
> nos den los de su madeja,
> que igualen a la hermosura
> de esas tus castañas trenzas?
> ¿Qué luces a las que miro
> en esas claras estrellas,

vislumbres, que a los diamantes
eclipsan sus luces bellas?
¿Qué azucenas a tu frente,
qué arcos de amor a tus cejas,
qué viras [19] a tus pestañas,
a tu vista qué saetas?
¿Qué rosas alejandrinas
a tus mejillas, pues quedan
a su encarnado vencidas,
a su hermosura sujetas?
Que rubíes con esos labios,
sin duda zagala que eran
con los finos de tu boca,
falsos los de tu cabeza.
Tus palabras son claveles
y tus blancos dientes perlas
de las que llorando el Alba
borda los campos con ellas.
Cristal tu hermosa garganta:
colina en que se sustenta
un cielo donde amor vive,
si como dios se aposenta.
¿Qué nieve iguala a esas manos
en cuyas nevadas sierras
los atrevidos se pierden
cuando pasarlas intentan?
De lo que encubre el vestido,
zagala hermosa, quisiera
decir muchas alabanzas,
mas no se atreve mi lengua.
Que si cual otra Campaspe [20]
mostráis tan divinas prendas,
ay del Apeles que os mira
sin esperanza de ellas.
Decid zagala al Apeles
cuyos pinceles se emplean
en trasladar de ese cielo
vuestra hermosura a la tierra
que él y yo seremos cortos:

pincel y pluma se quedan
sin saber sacar la estampa
que al natural se parezca.
Pues el molde en el que os forma
la sabia naturaleza,
ya el mundo no lo posee,
porque otro cual vos no tenga.
Diamantes, oro, cristal,
luceros, rosa, azucenas,
cielos, estrellas, rubíes,
claveles, jazmines, perlas,
todo ante vuestra presencia
pierde el valor
y sin belleza queda.
¿Qué pincel ni qué pluma
harán de tal belleza
breve suma?

Encarecieron doña Ana y su prima la voz y los versos
de don Fadrique, y más doña Violante, que como se sintió alabar, empezó a mirar bien al granadino, dejando
desde esta tarde comenzado el juego en la mesa de Cupido, y a don Fadrique tan aficionado y perdido, que por
entonces no siguió la opinión de aborrecer las discretas
y temer las astutas, porque otro día, antes de ir con
don Juan a casa de las bellas primas, envió a doña Ana
este papel:

Por cuerda os tiene amor en su instrumento
bella y divina prima; y tanto estima
vuestro suave son, que ya de prima
os levanta a tercera, y muda intento.
Discreto fue de amor el pensamiento,
y con vuestro valor tanto se anima
que siendo prima quiere que se imprima
en vuestro ser tan soberano acento.
Bajar a prima suele una tercera,
mas, siendo prima, el ser tercera es cosa
divina, nueva, milagrosa y rara.
Y digo que si Orfeo mereciera

hacer con vos su música divina,
a los que adormecía, enamorara.
Mas, pluma mía, para,
que desta prima bella
amor que la posee canta della.
Lo que yo le suplico
es que, siendo tercera,
diga a su bella prima que me quiera.

La respuesta de doña Ana a don Fadrique fue decirle
que en eso tenía ella muy poco que hacer, porque doña
Violante estaba muy aficionada a su valor. Con esto quedó tan contento, que ya estaba olvidando de los sucesos
de Serafina y Beatriz. Pasáronse muchos días en esta voluntad, sin extenderse a más los atrevimientos amorosos
que a sólo aquello que sin riesgo del honor se podía
gozar, teniendo estos impedimentos tan enamorado a don
Fadrique que casi estaba determinado a casarse, aunque
Violante jamás trató nada acerca de esto, porque verdaderamente aborrecía el casarse, temerosa de perder la
libertad de que entonces gozaba.

Sucedió, pues, que un día, estando vistiéndose los dos
primos para ir a ver a las dos primas, fueron avisados
por un recado de sus damas de cómo su esposo de doña
Ana era venido tan en secreto, que no habían sido avi-
sadas de su venida, y que esta acción las tenía tan espan-
tadas, creyendo que no sin causa venía así, sino que le
había obligado algún temeroso designio, y que fuerza
era, hasta asegurarse, vivir con recato. Y les suplicaban
que, armándose de paciencia, como ellas hacían, no sólo
no las visitasen, mas que excusasen pasear por la calle
hasta tener otro aviso. Nueva fue ésta para ellos pesadí-
sima y que recibieron con muestra de mucho sentimiento, y más cuando supieron dentro de cuatro días cómo
se había desposado doña Ana, poniendo el dueño tanta
clausura y recato en la casa, que ni a la ventana era posible verlas, ni ellas enviaron a decirles más palabra, ni
aun a saber de su salud, doña Ana por la ocupación de
su esposo, y doña Violante por lo que se dirá a su tiem-

po. Aguardando nuevo aviso, con impacientes ansias y penosos pensamientos, pasaron don Juan y don Fadrique un mes, bien desesperados; y viendo que no había memoria de su pena, se determinaron a todo riesgo a pasear la calle y procurar ver a sus damas o a alguna criada de la casa. Anduvieron, en fin, un día y otro, en los cuales veían a su marido de doña Ana entrar en su casa, y con él un hermano suyo estudiante, mozo, y muy galán; mas a ellas no fue posible verlas. Ni a ellas ni a una sombra que pareciese mujer. A algunos criados, sí, mas como no eran conocidos, no se atrevían a decirles nada. Con estas ansias madrugaban y trasnochaban, y un domingo muy de mañana fue su ventura tal, que vieron salir a una criada de doña Violante que iba a misa, a la cual don Juan llegó a hablar, y ella, con mil temores, mirando a una parte y a otra, después de haberles contado el recato con que vivían y la celosa condición de su señor, tomando un papel que don Juan llevaba escrito para cuando hallase alguna ocasión, se fue con la mayor prisa del mundo, y sólo les dijo que anduviesen por allí otro día, que ella procuraría la respuesta. Ella le llevó a su señora, y leído, decía así:

«Más siento el olvido que los celos, porque ellos son mal sin remedio, y él le pudiera tener si durara la voluntad; la mía pide misericordia, si hay alguna centella del pasado fuego, úsese de ella en caso tan cruel.»

Leído el papel por las damas, dieron la respuesta a la misma criada, que como vio a los caballeros, se le arrojó por la ventana, y abierto decía estas palabras:

«El dueño es celoso, y recién casado, tanto, que aun no ha tenido lugar de arrepentirse ni descuidarse. Mas él ha de ir dentro de ocho días a Valladolid a ver a unos deudos suyos, entonces pagaré deudas y daré disculpas.»

Con este papel, al que los dos primos dieron mil besos, haciéndole mil devotas recomendaciones, como si fuera oráculo, se entretuvieron algunos días, mas viendo que ni se les avisaba de lo que en él se prometía, ni había más novedad que hasta allí en casa de sus señoras, porque ni en la calle ni en la ventana era posible verlas, tan desesperados como antes de haberle recibido, empezaron a rondar día y noche. Así, un día que acertó don Juan a entrar en la iglesia del Carmen a oír misa, vio entrar a su querida doña Ana, vista para él harto milagrosa, y como viese que se entró en una capilla a oír misa, fue siguiendo sus pasos, y a pesar de un escudero que la acompañaba, se arrodilló a su mismo lado; y después de pasar entre los dos largas quejas y breves disculpas, conforme lo que daba lugar la parte donde estaban, le respondió doña Ana que su marido, aunque decía que se había de ir a Valladolid, no lo había hecho, mas que, ella no hallaba otro remedio para hablarle un rato despacio sino era que aquella noche viniese, que le abriría la puerta, mas que habría de venir con él su primo, don Fadrique, el cual se había de acostar con su esposo, en su lugar, y que para esto hacía mucho al caso el estar ella enojada con él, tanto, que hacía muchos días que no se hablaban; y que demás que el sueño se apoderaba bastante de él, era tanto el enojo, que sabía muy cierto que no echaría de ver la burla, y que aunque su prima pudiera suplir la falta, era imposible, respetando que estaba enferma, y que si no era de esta suerte no hallaba modo de poder satisfacer sus deseos.

Quedó con esto don Juan más confuso que jamás, ya que por una parte veía lo que perdía, y por otra temía que don Fadrique no había de querer venir a tal concierto. Fuese con esto a su casa, y después de largas peticiones y encarecimientos, le contó lo que doña Ana le había dicho, a lo cual don Fadrique le respondió que si estaba loco, porque no podía creer que si tuviera juicio dijera tal disparate. Y en estas demandas y respuestas, suplicando el uno y escudándose el otro, pasaron algunas horas; mas viéndole don Fadrique tan rematado que sacó la espada para matarse, bien contra su voluntad concedió con él en ocupar el lugar de doña Ana al lado de su esposo, y así fueron juntos a su casa, y como llegasen a ella, la dama, que estaba con cuidado, conociendo de su venida que don Fadrique había aceptado el partido, les mandó abrir, y entrando en fin en una sala antes de llegar

a la cuadra donde estaba la cama, mandó doña Ana des-
nudar a don Fadrique, y obedecida de mal talante, des-
calzo y en camisa, estando todo sin luz, se entró en la
cuadra, y poniéndose junto a la cama le dijo bajo que
se acostase, y dejándole allí, muy alegre se fue con su
amante a otra cuadra.

Dejémosla, y vamos con don Fadrique, que así como
se vio acostado al lado de un hombre, cuyo honor estaba ofendiendo él con suplir la falta de su esposa y su
primo gozándola, considerando lo que podría suceder,
estaba tan temeroso y desvelado que diera cuanto pidie-
ran por no haberse puesto en tal estado. Y más cuando,
suspirando entre sueños el ofendido marido, dio vuelta
hacia donde creyó estaba su esposa, y echándole un brazo al cuello dio muestras de querer llegarse a ella, si
bien que como esta acción la hacía dormido, no prosiguió adelante. Mas don Fadrique, que se vio en tanto
peligro, tomó muy paso el brazo del dormido y quitán-
dosele de sí se retiró a la esquina de la cama, no culpando
a otro que a sí mismo de haberse puesto en tal ocasión,
por el solo vano antojo de dos amantes locos. Apenas
se vio libre de esto, cuando el engañado marido, exten-
diendo los pies, los fue a juntar con los del temeroso
compañero, siendo para él cada acción de éstas la muerte.
En fin, el uno procurando llegarse y apartarse el otro,
se pasó la noche, hasta que ya la luz empezó a mostrarse
por los resquicios de las puertas, poniéndole en cuidado
el ver que en vano había de ser lo padecido si acababa
de amanecer antes de que doña Ana viniese; pues considerando que no le iba en salir de allí menos que la
vida, se levantó lo más paso [21] que pudo, y fue atenta-
mente hasta dar con la puerta, que como llegase a inten-
tar abrirla, encontró con doña Ana que a este punto la
abría, y como le vio, en voz alta le dijo: «¿Dónde vais
tan aprisa, señor don Fadrique?» «Ay, señora —respondió él en voz baja—. ¿Cómo os habéis descuidado tanto
sabiendo mi peligro? Dejadme salir, por Dios, que si des-
pierta vuestro dueño no lo libraremos bien.» «¿Cómo
salir? —replicó la astuta dama—. Por Dios que ha de

ver mi marido con quién ha dormido esta noche, para que vea en qué han parado sus celos y cuidados.» Y diciendo esto, sin poder don Fadrique estorbarlo, respecto de su turbación y de ser la cuadra pequeña, se llegó a la cama, y abriendo una ventana tiró de las cortinas, diciendo: «Mirad, señor marido, con quién habéis pasado la noche.» Puso don Fadrique los ojos en el señor de la cama, y en lugar de ver al esposo de doña Ana vio a su hermosísima Violante, porque el marido de doña Ana ya caminaba más hacía de seis días. Parecía la hermosa dama al alba cuando sale alegrando los campos. Quedó con la burla de las hermosas primas tan corrido don Fadrique, que no hablaba palabra ni la hallaba a propósito, viéndolas a ellas celebrar con risa el suceso, contando doña Violante el cuidado con que le había hecho estar. Mas como el granadino se cobrase de su turbación, dándoles lugar doña Ana, cogió el fruto que había sembrado, gozando con su dama muy regalada vida, no sólo estando ausente el marido de doña Ana, sino después de venido, que por medio de una criada entraba a verse con ella, con harta envidia de don Juan, que como no podía gozar de doña Ana, se pesaba de las dichas de su primo. Pasados algunos meses que don Fadrique gozaba de su dama con las mayores muestras de amor que pensarse puedan, se determinó a hacerla su esposa si viera en ella voluntad de casarse, mas tratándola de mudar de estado, lo atajaba con mil forzosas excusas. Al cabo de este tiempo, cuando con más descuido estaba don Fadrique de tal suceso, empezó Violante a aflojar en su amor, tanto, que excusaba lo más que podía el verle. Y él, celoso, dando la culpa a nuevo empleo, se hacía más enfadoso, y desesperado de verse caído de su dicha cuando más en la cumbre de ella estaba, cohechó con regalos y acarició con promesas a una criada, y supo lo que diera algo por no saberlo, porque la traidora le dijo que se hiciese malo y que diese a entender a su señora que estaba en la cama, porque descuidada de su venida no estuviese apercibida, como otras noches, y que viniese aquella noche, que ella dejaría la puerta abierta. Podía hacerse esto con facilidad, respecto que Violante, desde que casó su prima, posaba en un cuarto apartado, donde estaba sin intervenir con doña Ana ni con su marido, cuya condición llevaba mal doña Violante, que ya enseñada a su libertad, no quería tener a quién guardar decoro, si bien tenía puerta por donde se correspondía con ellos, y comía muchas veces, obligando su agrado, a desear el esposo de doña Ana su conversación. Salióle a peso el fingimiento a don Fadrique, que por Violante lo creyó, y dando lugar a lo que estorbaba el no dar fe a don Fadrique el que siempre había tenido, se recogió más temprano que otras veces. Es el caso que el hermano del marido de doña Ana, como todo lo demás del tiempo asistía con él y su cuñada, se aficionó a doña Violante, pero ella, obligada de la voluntad de don Fadrique, no había dado lugar a su deseo. Mas ya, o cansada de él o satisfecha de las joyas y regalos de su nuevo amante, dio al través con las obligaciones del antiguo, cuyo nuevo entretenimiento fue causa para que le privase de todo punto de su gloria, no dando lugar a los deseos y afectos de don Fadrique. Así, aquella noche, en que le pareció que por su indisposición estaba segura, avisó a su amante, y él vino al punto a gozar de la ocasión. Como don Fadrique hallase la puerta abierta y no le sufriese el corazón esperar, oyendo hablar, llegó a la de la sala, y entrando halló a la dama ya acostada y al mozo que se estaba descalzando para hacer lo mismo. No pudo en este punto la cólera de don Fadrique ser tan cuerda que no le obligase a entrar con determinación de molerle a palos, por no ensuciar la espada en un mozuelo de tan pocos años. Mas el amante que vio entrar aquel hombre tan determinado y se vio desnudo y sin espada, se bajó al suelo, y tomando un zapato lo encubrió con su mano, como que fuese un pistolete, y diciéndole que si no se tenía fuera le mataría, cobró la puerta, y en poco espacio la calle, dejando a don Fadrique temeroso de su acción. Pero Violante, ya del todo resuelta a perder la amistad de don Fadrique, como le viese quedar como helado mirando a la puerta por donde había salido su competidor, empezó a reír muy de propósito la

burla del zapato, y más ofendido de esto el granadino
que de lo demás, no pudo la pasión dejar de darle atrevimiento, y llegándose a Violante la dio de bofetadas que
la bañó en sangre, y ella, perdida de enojo, le dijo que
se fuese con Dios, que llamaría a su cuñado y le haría
que le costase caro. Pero él, que no reparaba en amena-
zas, prosiguió en su determinada cólera, asiéndola de los
cabellos y trayéndola a mal traer, tanto que la obligó a
dar gritos, a los cuales doña Ana y su esposo se levantaron y vinieron a la puerta que pasaba a su posada. Don
Fadrique, temeroso de ser descubierto, se salió de aquella casa, y llegando a la de don Juan, que era también
la suya, le contó todo lo que había pasado, y ordenó su
partida para el reino de Sicilia, donde supo que iba el
duque de Osuna [22] a ser virrey, y acomodándose con él
para este pasaje, se partió dentro de los cuatro días, dejando a don Juan muy triste y pesaroso de lo sucedido.

Llegó don Fadrique a Nápoles, y aunque salió de España con ánimo de ir a Sicilia, la belleza de esta ciudad
hizo que se quedase en ella algún tiempo, donde le sucedieron varios y muy diversos casos, con los cuales confirmaba la opinión de todas las mujeres que daban en
discretas, destruyendo con sus astucias la opinión de los
hombres. En Nápoles tuvo una dama que todas las veces
que entraba su marido le hacía parecer una artesa arrimada a una pared. De Nápoles pasó a Roma, donde tuvo
amistad con otra que por su causa mató a su marido una
noche y le llevó a cuestas metido en un costal a echarle
al río. Entre estas y otras cosas gastó muchos años, habiendo pasado diez y seis que salió de su tierra, y como
se hallase cansado de caminar y falto de dineros, pues apenas si tenía los bastantes para volver a España, lo puso
en obra; y como desembarcase en Barcelona, después de
haber descansado algunos días y hecho cuentas con su
bolsa, compró una mula para llegar a Granada, en que
partió solo una mañana, por no haber ya posibles para
criado. Poco más habría caminado de cuatro leguas, cuando pasó por un hermoso lugar, de quien era señor un duque catalán, casado con una dama valenciana, el cual, por

ahorrar gastos, estaba retirado en su tierra. Al tiempo
que don Fadrique pasó por este lugar, llevando el propósito de sestear y comer en otro que estaba más adelante, estaba la duquesa en el balcón, y como viese a
aquel caballero caminante pasar algo aprisa y reparase
en el airoso talle, llamó a un criado y le mandó que fuese tras él y de su parte le llamase. Como a don Fadrique
le diesen este recado y siempre se preciase de cortés, y
más con las damas, subió a ver que le mandaba la hermosa duquesa. Ella le hizo sentar y preguntó, con mucho
agrado, de dónde era y por qué caminaba tan aprisa,
encareciendo el gusto que tendría en saberlo, porque desde que le había visto se había inclinado a amarle, y así,
estaba determinada a que fuese su convidado, porque el
duque estaba de caza. Don Fadrique, que no era nada
corto, después de agradecerle la merced que le hacía, le
contó quién era y lo que le había sucedido en Granada,
Sevilla, Madrid, Nápoles y Roma, con los demás sucesos
de su vida, feneciendo la plática con decir que la falta
de dinero y cansado de ver tierras se volvía a la suya
con propósito de casarse, si hallase mujer a su gusto.
«¿Cómo ha de ser, dijo la duquesa, la que ha de ser
a vuestro gusto?» «Señora, dijo don Fadrique, tengo
más que medianamente lo que he menester para pasar
la vida, y así cuando la mujer que hubiese de ser mía no
fuere rica, no me dará cuidado con que sea hermosa y
bien nacida. Lo que más me agrada en las mujeres es
la virtud, esa procuro, que los bienes de fortuna Dios
los da y los quita.» «Al fin, dijo la duquesa, si hallá-
sedes mujer noble, hermosa, virtuosa y discreta, pronto
rindiérades el cuello al amable yugo del matrimonio.»
«Yo os prometo, señora, dijo don Fadrique, que por
lo que he visto y a mí me ha sucedido, vengo tan escarmentado de las astucias de las mujeres discretas, que de
mejor gana me dejara vencer de una mujer necia, aunque
fea, que no de las demás partes que decís. Si ha de ser
discreta una mujer, no ha menester saber más que amar
a su marido, guardarle su honor y criarle sus hijos, sin
meterse en más bachillerías.» «¿Y cómo sabrá ser honra-

da, dijo la duquesa, la que no sabe en qué consiste
el serlo? ¿No advertís que el necio peca y no sabe en
qué, y que siendo discreta sabrá guardarse de las ocasiones? Mala opinión es la vuestra, que a toda ley, una mujer bien entendida es gusto para no olvidarse jamás, y
alguna vez os acordareis de mí. Mas dejando esto aparte,
yo estoy tan aficionada a vuestro talle y entendimiento
que he de hacer por vos lo que jamás creí de mí», y diciendo esto se entró con él en su cámara, donde por más
recato quiso comer con su huésped, de lo cual estaba él
tan admirado que ninguno de los sucesos que había tenido le espantaba tanto. Después de haber comido y ju-
gado un rato, convidándoles la soledad y el tiempo calu-
roso, pasaron con mucho gusto la fiesta, tan enamorado
don Fadrique de las gracias y hermosuras de la duquesa
que ya se quedara de asiento en aquel lugar si fuera cosa
que sin escándalo se pudiera hacer. Y empezaba la noche
a rendir su manto sobre las gentes cuando llegó una criada vieja y les dijo que el duque era venido. No tuvo la
duquesa otro remedio sino abrir un escaparate dorado
que estaba en la misma cuadra, en el que se conservaban
las aguas de olor, y entrarle dentro, y cerrando después
con la llave, ella se acostó sobre la cama. Entró el duque,
que era hombre de más de cincuenta años, y como la vio
en la cama, le preguntó la causa, a lo cual la hermosa
dama respondió que no había otra más que la de haber
querido pasar la calurosa siesta con más silencio y reposo.
Venía el duque con alientos de cenar, y diciéndoselo a la
duquesa, pidieron que les trajesen la vianda allí donde
estaban, y después de haber cenado con mucho espacio
y gusto, la astuta duquesa, deseosa de hacerle una burla
a su encerrado amante, le dijo a el duque si se atrevía
a decirle cuantas cosas se hacían del hierro, y respondiendo éste que sí; finalmente, entre la porfía del sí y
del no, apostaron entre los dos cien escudos, y tomando
el duque la pluma empezó a escribir cuantas cosas se
pueden hacer del hierro, y fue la ventura de la duquesa
tan buena para lograr su deseo que jamás el duque se
acordó de las llaves. La duquesa que vio ese descuido

y que el duque, aunque ella le decía mirase si había más, le afirmaba no haber más cosas, logró en ello su esperanza, y poniendo la mano sobre el papel le dijo: «Ahora, señor, mientras se os acuerda si hay más que decir, os he de contar un cuento, el más donoso que habréis oído en vuestra vida. Estando hoy en esa ventana pasó un caballero forastero, el más galán que mis ojos vieran, el cual iba tan aprisa que me dio deseo de hablarle y saber la causa; llamele, y venido le pregunté quién era; díjome que era granadino y que salió de su tierra por un suceso que es éste...», y contóle cuanto don Fadrique le había dicho y lo que había pasado en las tierras que había estado, finalizando en decir: «y feneció la plática con decirme que se iba a casar a su tierra, si hallase una mujer boba, porque venía escarmentado de las discretas. Yo, después de haberle persuadido a dejar tal propósito, y él dándome bastantes causas para disculpar su opinión, ¡pardiez!, señor, que comió conmigo y durmió la siesta, y como entraron a decir que veníades, le metí en ese cajón en que se meten las aguas destiladas». Alborotóse el duque, empezando a pedir apriesa las llaves, a lo que respondió la duquesa con mucha risa: «Paso, señor, paso [23], que ésas son las que se os olvidan de decir que se hacen del hierro, que lo demás fuera ignorancia vuestra creer que había de haber hombre al que tales sucesos le hubiesen pasado ni mujer que tal dijese a su marido. El cuento ha sido porque os acordéis, y así pues habéis perdido, dadme luego el dinero, que en verdad que lo he de emplear en una gala de lo que os ha costado tanto susto y a mí tal artificio: juzgad si no es razón.» «Hay tal cosa, respondió el duque, demonios sois; miren por qué modo me ha advertido de mi olvido; yo me doy por vencido.» Y volviendo al tesorero que estaba delante le mandó que diese luego a la duquesa los cien escudos. Con esto se salió fuera a recibir a algunos de sus vasallos que venían a verle y saber cómo le había ido la caza. Entonces la duquesa, sacando a don Fadrique de su encerramiento, que estaba temblando por la temeraria locura que había hecho, le dio los cien escudos ganados y otros ciento suyos,

y una cadena con un retrato suyo, y abrazándole y pidiéndole que le escribiese le mandó sacar por una puerta falsa,
y cuando don Fadrique se vio en la calle no acababa de
hacerse cruces de aquel suceso. No quiso quedar aquella
noche en el lugar, sino pasar a otro dos leguas más adelante, donde había determinado ir a comer si no le hubiera sucedido lo que se ha dicho. Iba por el camino admirando la astucia y temeridad de la duquesa, con la llaneza y buena condición del duque, y decía entre sí: «Bien
digo yo que a las mujeres el saber las daña. Si ésta no se
fiara de su entendimiento, no se atreviera a agraviar a su
marido, ni a decírselo; yo me libraré de esto, si puedo,
o no casándome o buscando una mujer tan inocente que
no sepa amar ni aborrecer.» Con estos pensamientos en-
tretuvo el camino hasta Madrid, donde vio a su primo
don Juan, ya heredado por muerte de su padre y casado
con su prima, de quien supo cómo Violante había casado
y doña Ana ídose con su marido a las Indias. De Madrid
partió a Granada, en la cual fue recibido como hijo, y no
de los menos ilustres de ella. Fuese en casa de su tía,
de la cual fue recibido con mil caricias; supo todo lo
sucedido en su ausencia, la religión de Serafina, su peni-
tente vida, tanto que todos la tenían por santa; la muerte de don Vicente, de melancolía de verla religiosa, arrepentido del desamor que con ella tuvo, debiéndole la
prenda mejor de su honor. Había procurado sacarla del
convento y casarse con ella, y visto que Serafina fue determinada a no hacerlo, en cinco días, ayudado de un tabardillo, había pagado con la vida su ingratitud. Y sabiendo
que doña Gracia, la niña que dejó en guardia a su tía,
estaba en un convento antes que tuviera cuatro años, y
que tenía entonces diez y seis, la fue a ver otro día acompañado de su tía, donde en doña Gracia halló la imagen
de un ángel, tanta era su hermosura y el peso de su
inocencia, que parecía figura hermosa, mas sin alma. Y, en
fin, en su plática y descuido conoció don Fadrique haber
hallado el mismo sujeto que buscaba, aficionado en extremo a la hermosa doña Gracia, y más aún por parecerse
mucho a Serafina, su madre. Dio parte de ello a su tía,

la cual, desengañada de que no era su hija, como había pensado, aprobó la elección. Tomó la hermosa Gracia esta ventura como quien no sabía qué era gusto, bien ni mal, porque naturalmente era boba e ignorante, lo cual era agravio de su mucha belleza, siendo esto lo mismo que deseaba su esposo. Dio orden don Fadrique en su boda, sacando galas y joyas a la novia y acomodando para su vivienda la casa de sus padres, herencia de su mayorazgo, porque no quería que su esposa viviese en la de su tía, sino de por sí, porque no se cultivase su rudo ingenio. Recibió las criadas a propósito, buscando las más ignorantes, siendo éste el tema de su opinión, que el mucho saber hacía caer a las mujeres en mil cosas, y para mí que él no debía ser muy cuerdo, pues tal cosa sustentaba, aunque al principio de mi historia dije diferente, porque no sé qué discreto puede apetecer a su contrario. Pero de esto le puede disculpar el temor de su deshonra, que por sustentarla le obligaba a privarse de este gusto. Llegó el día de la boda, salió Gracia del convento, admirando los ojos su hermosura y su simplicidad los sentidos. Solemnizóse la boda con muy gran banquete y fiesta, hallándose en ella todos los mayores señores de Granada, por merecerlo el dueño. Pasó el día y despidió don Fadrique la gente, no quedando sino su familia, y quedando solo con Gracia, ya aliviada de sus joyas y como dicen en paños menores, sólo con un jubón y un faldellín, y resuelto a hacer prueba de la ignorancia de su esposa, se entró con ella en la cuadra donde estaba la cama y, sentándose sobre ella, le pidió le oyese dos palabras, que fueron éstas: «Señora mía, ya sois mi mujer, de lo que doy mil gracias al cielo; para mientras viviéramos conviene que hagáis lo que ahora os diré, y este estilo guardaréis siempre; lo uno porque no ofendáis a Dios, y lo otro, para que no me deis disgusto.» A esto respondió Gracia con mucha humildad que lo haría muy de voluntad. «¿Sabéis, replicó don Fadrique, la vida de los casados?» «Yo, señor, no la sé. dijo Gracia; decídmela vos, que yo la deprenderé [24] como el Ave María.» Muy contento don Fadrique de su simplicidad, sacó luego unas armas doradas y poniéndoselas sobre el jubón, como era peto y espaldar, gola y brazaletes [25], sin olvidarse de las manoplas, le dio una lanza y le dijo que la vida de los casados era que mientras él dormía, le había ella de velar paseándose por aquella sala. Quedó vestida de esta suerte, tan hermosa y dispuesta que daba gusto verla, porque lo que no había aprovechado en el entendimiento lo había en el gallardo cuerpo, que parecía con el morrión [26] sobre los ricos cabellos y con espada ceñida una imagen de la diosa Palas. Armada como digo la hermosa dama, le mandó velarle mientras dormía, que lo hizo don Fadrique con mucho reposo, acostándose con mucho gusto, y durmió hasta las cinco de la mañana. Y a esta hora se levantó y, después de estar vestido, tomó a doña Gracia en sus brazos y con muchas ternezas la desnudó y acostó, diciéndole que durmiese y reposase, y dando orden a las criadas no la despertasen hasta las once se fue a misa y luego a sus negocios, que no le faltaban respecto que había comprado un oficio de Veinticuatro [27].

En esta vida pasó más de ocho días sin dar a entender a Gracia otra cosa, y ella, como inocente, entendía que todas las casadas hacían lo mismo. Acertó a este tiempo a suceder en el lugar algunas contiendas, para lo cual ordenó el Consejo que don Fadrique se partiese por la posta a hablar al Rey, no guardándole las leyes de recién casado la necesidad del negocio por saber que, como había estado en la corte, tenía en ella muchos amigos. Finalmente no le dio este suceso lugar para más que para llegar a su casa, vestirse de camino y, subiendo en la posta, decirle a su mujer que mirase de la vida de los casados, que la misma había de tener en su ausencia, y ella prometió así hacerlo, con lo cual don Fadrique partió contento. Y como a la corte se va por poco y se está por mucho, le sucedió a él de la misma suerte, deteniéndose no sólo días, sino meses, pues duró el negocio más de seis. Prosiguiendo doña Gracia su engaño, vino a Granada un caballero cordobés a tratar un pleito a la Cancillería y andaba por la ciudad los ratos que tenía desocupados, y así vio en el balcón de su casa a doña Gracia,

las más de las tardes haciendo su labor, de cuya vista
quedó tan pagado que no hay más que encarecer sino que,
cautivo de su belleza, la empezó a pasear. Y la dama,
como ignoraba de estas cosas, ni salía ni entraba en esta
pretensión, como quien no sabía las leyes de la voluntad
y correspondencia; de cuyo descuido sentido el cordobés
andaba· triste, las cuales acciones viendo una vecina de
doña Gracia, conoció por ellas el amor que tenía a la
recién casada, y así un día le llamó, y sabiendo ser su
sospecha verdadera, le prometió solicitarla, que nunca
faltan hoyos en los que caiga la virtud. Fue la mujer a ver
a doña Gracia, y después de haber encarecido su hermosura con mil alabanzas, le dijo cómo aquel caballero que
paseaba su calle la quería mucho y deseaba servirla. «Yo
lo agradezco en verdad, dijo la dama, mas ahora tengo muchos criados y hasta que se vaya alguno no podré
cumplir su deseo, aunque si quiere que yo le escriba a mi
marido, él, por darme gusto, podrá ser que le reciba.»
«Que no, señora, dijo la astuta tercera, conociendo su
ignorancia; que este caballero es muy noble, tiene
mucha hacienda y no quiere le recibáis por criado, sino
serviros con ella si es que le queréis mandar que os envíe
alguna joya o regalo.» «Ay, amiga mía, dijo entonces
doña Gracia; tengo yo tantas, que muchas veces no sé
donde . ponerlas.» «Pues si así es, dijo la tercera [28],
que no queréis que os envíe nada, dadle por lo menos
licencia para que os visite, que lo desea mucho.» «Venga
en hora buena, dijo la boba señora. ¿Quién se lo quita?»
«Señora, replicó ella, ¿no veis que los criados, si le
ven venir de día, públicamente, lo tendrán a mal?» «Pues
mirad, dijo Gracia, esta llave es de la puerta falsa
del jardín, y aun de toda la casa, porque dicen que es
maestra; llevadla y entre esta noche, y por una escalera
de caracol que hay en él subirá a la propia sala donde
duermo.»

Acabó la mujer de conocer su ignorancia, y así no
quiso más batallar con ella, sino que, tomando la llave,
se fue a ganar las albricias, que fueron una rica cadena;
y aquella noche don Alvaro, que éste era su nombre, en-

tró por el jardín, como le habían dicho, y subiendo por
la escalera, así como fue a entrar en la cuadra vio a doña
Gracia armada, como dicen de punta en blanco, y con
su lanza que parecía una amazona; la luz estaba lejos, y
no imaginando lo que podía ser, creyendo que era alguna
traición, volvió las espaldas y se fue. A la mañana dio
cuenta a la tercera del suceso, y ella fue luego a ver a
doña Gracia, que la recibió con preguntarle por aquel
caballero, que debía estar muy malo, pues no había venido por donde dijo. «Ay, mi señora, le dijo ella, ¡y
cómo que vino! Mas dice que halló un hombre armado
que con una lanza paseaba por la sala.» «¡Ay Dios! —dijo
doña Gracia, riéndose muy de voluntad—, ¿no vio que
era yo que hago la vida de casados? Ese señor no debe
ser casado, pues pensó que era hombre. Dígale que no
tenga miedo, que, como digo, soy yo.» Tornó con esta
respuesta a don Alvaro la tercera, el cual la siguiente noche fue a ver a la dama, y como la vio así la preguntó la
causa, y ella respondió riéndose: «¿Pues cómo tengo que
andar sino de esta suerte para hacer la vida de casados?»
«¿Qué vida de casados, señora? —respondió don Alvaro—; mirad que estáis engañada, que la vida de casados
no es ésta.» «Pues señor, ésta es la que me enseñó mi
marido; mas si vois sabéis otra más fácil, me holgaré de
saberla, que ésta que hago es muy cansada.» Oyendo el
desenvuelto mozo esta simpleza, la desnudó él mismo
y acostándose con ella gozó lo que el necio marido había
dilatado por hacer probanza de la inocencia de su mujer.

Con esta vida pasaron todo el tiempo que estuvo don
Fadrique en la Corte, que como hubiese acabado los negocios y escribiese que se venía, don Alvaro acabó el suyo
y se volvió a Córdoba. Llegó don Fadrique a su casa y
fue recibido de su mujer con mucho gusto porque no
tenía sentimiento, como no tenía discreción. Cenaron juntos, y como se acostase don Fadrique por venir cansado,
cuando pensó que doña Gracia se estaba armando para
hacer el cumplimiento de la orden que le dio la vio salir
desnuda y que se entraba en la cama con él, y admirado

de esta novedad le dijo: «¿Pues cómo es que no hacéis la vida de casados?» «Andad, señor —dijo la dama—; qué vida de casados ni qué nada. Harto mejor me iba a mí con el otro marido, que me acostaba con él y me regalaba más que vos.» «¿Pues cómo? —replicó don Fadrique—. ¿Habéis tenido otro marido?» «Sí, señor —dijo doña Gracia—; después que os fuisteis vino otro marido tan galán y tan lindo y me dijo que me enseñaría otra vida de casados mejor que la vuestra...» Y finalmente le contó cuanto había pasado con el caballero cordobés, mas que no sabía qué se había hecho, porque así como vio la carta de que él venía, no le había visto más. Preguntóle el desesperado y necio don Fadrique de dónde era y cómo se llamaba, mas a esto respondió doña Gracia que no sabía, porque ella no le llamaba de otro modo que marido. Y viendo don Fadrique esto, que pensando librarse había buscado una ignorante, la cual no sólo le había agraviado, sino que también se lo decía, tuvo por mala su opinión y se acordó de lo que le había dicho la duquesa. Y todo el tiempo que después vivió alababa a las discretas que son virtuosas, porque no hay comparación ni estimación para ellas; y si no lo son, hacen por lo menos sus cosas con recato y prudencia. Y viendo que ya no había remedio, disimuló su desdicha, pues por su culpa le sucedió, que si en las discretas son malas las pruebas, ¿qué se pensaba sacar de las necias? Y procurando no dejar de la mano a su mujer, porque no tornase a ofenderle, vivió algunos años. Cuando murió, por no quedarle hijos, mandó su hacienda a doña Gracia si fuese monja en el monasterio donde estaba Serafina, a la cual escribió un papel en el que le declaraba cómo era su hija. Y escribiendo a su primo don Juan a Madrid, le envió escrita su historia de la manera que aquí va. En fin, don Fadrique, sin poder excusarse por más prevenido que estaba, y sin ser parte las tierras vistas y los sucesos pasados, vino a caer en lo mismo que temía, siendo una boba quien castigó su opinión. Entró doña Gracia monja con su madre, contentas

de haberse conocido las dos, porque como era boba, fácil
halló el consuelo, gastando la gruesa hacienda que le
quedó en labrar un grandioso convento, donde vivió con
mucho gusto, y yo le tengo de haber dado fin a esta maravilla.

La inocencia castigada

En una ciudad cerca de la gran Sevilla, que no quiero nombrarla porque aún viven hoy deudos muy cercanos de don Francisco, caballero principal, rico y casado con una dama de su igual hasta en la condición, (se desarrolla esta historia). Tenía éste una hermana, una de las más hermosas mujeres que en toda Andalucía se hallaban y cuya edad aun no llegaba a los diez y ocho años. Pidiósela por mujer un caballero de la misma ciudad no menos rico, pues antes entiendo que le aventajaba en todo. Parecióle, como era razón, a don Francisco que aquella dicha sólo venía del cielo, y muy contento con ella lo comunicó a su mujer y a doña Inés su hermana, que como no tenía más voluntad que la suya y en cuanto a la obediencia y amor reverencial le tuviese en lugar de padre, aceptó el casamiento, quizá no tanto por él cuanto por salir de la rigurosa condición de su cuñada, de lo cruel que imaginarse puede. De manera que antes de dos meses se halló, por salir de un cautiverio, puesta en otro martirio, si bien con la dulzura de las caricias de su espo-

129

so; que hasta en esto a los principios no hay quien se la gane a los hombres, antes se dan tan buena maña que tengo para mí que se las gastan todas el primer año, y después, como se hallan fallidos del caudal del agasajo, hacen morir a puras necesidades de él a sus esposas, y quizá, y sin quizá, es lo cierto ser esto la causa por donde ellas, aborrecidas, se empeñan en bajezas, con que ellos pierden su honor y ellas la vida. ¿Qué espera un marido, ni un padre, ni un hermano y, hablando más comúnmente, un galán de una dama si se ve aborrecida y falta de lo que ha menester, y tras eso poco agasajada y estimada, sino una desdicha? ¡Oh, válgame Dios, y qué confiados son hoy los hombres, pues no temen que lo que una mujer desesperada hará no lo hará el demonio! Piensan que por velarlas y celarlas se libran y las apartan de travesuras, y se engañan; quiéranlas, acarícienlas y denlas lo que les falta, y no las guarden ni celen, que ellas se guardarán y celarán, cuando no sea de virtud, de obligación. ¡Y válgame otra vez Dios!, y qué moneda tal falsa es la voluntad, que no pasa ni vale sino el primer día, y luego no hay quien sepa su valor.

No le sucedió por esta parte a doña Inés la desdicha, porque su esposo hacía estimación de ella, estimación que merecía su valor y hermosura; por ésta le vino la desgracia, porque siempre la belleza anda en pasos de ella. Gozaba la bella dama una vida gustosa y descansada, como quien entró en tan florida hacienda; con un marido lindo de talle y mejor condición, si le durara; mas cuando sigue a uno adversa suerte, por más que haga para librarse de ella. Y fue que, siendo doncella, jamás fue vista, por la terrible condición de su hermano y cuñada; mas ya casada, o ya acompañada de su esposo, o ya con las parientas y amigas, salía a las holguras, visitas y fiestas de la ciudad y fue vista de todos, unos alabando su hermosura y la dicha de su marido en merecerla, y otros envidiándola y sintiendo no haberla escogido para sí, y otros amándola ilícita y deshonestamente, pareciéndoles que con sus dineros y galanterías la granjearían para gozarla. Y uno de éstos fue don Diego, caballero, mozo, rico y libre, que

a costa de su gruesa hacienda no sólo se había granjeado
el nombre y lugar de caballero, mas no se le iban por alto
ni por remontadas las más hermosas garzas de la ciudad.
Éste, de ver la peligrosa ocasión, se admiró, y de admirarse se enamoró, y debió por la presente ser de veras,
que hay hombres que se enamoran de burlas, pues con
tan loca desesperación mostraba y daba a entender su
amor en la continua asistencia en su calle, en la iglesia
y en todas partes donde podía seguirla; amaba, en fin,
sin juicio, pues no atendía a la pérdida que podía resultar
al honor de doña Inés con tan públicos galanteos. No reparaba la inocente dama en ellos, lo uno por parecerle que
con su honestidad podía vencer cualquiera deseos lasci-
vos de cuantos la veían, lo otro porque en su calle vivían
sujetos no sólo hermosos, sino hermosísimos, a quien imaginaba dirigía don Diego su asistencia. Sólo amaba a su
marido, y con este descuido, ni se escondía si estaba en
el balcón ni dejaba de asistir a las músicas y demás finezas de don Diego, pareciéndole iban dirigidas a una de
dos damas que vivían más abajo de su casa, doncellas y
hermosas, mas con libertad.

Don Diego cantaba y tenía otras habilidades que oca-
siona la ociosidad de los mozos ricos y sin padres que los
sujeten, y las veces que se ofrecía daba muestras de ellas
en la calle de doña Inés, y ella y sus criadas, y su mismo
marido, salían a oírlas, como he dicho, creyendo que se
dirigían a diferente sujeto, que a imaginar otra cosa de
creer es que pusiera estorbo en dejarse ver. En fin, con
esta buena fe pasaban todos, haciendo gala de fingimiento don Diego, que cantaba cuando su esposo de doña Inés
o sus criados le veían, dando a entender lo mismo que
ellos pensaban; y con este cuidado, descuidado, cantó una
noche, sentado a la puerta de dichas damas, este romance:

> Como la madre a quien falta
> el tierno y amado hijo,
> así estoy cuando no os veo,
> dulcísimo dueño mío.
> Los ojos en vuestra ausencia

son dos caudalosos ríos,
y el pensamiento sin vos
un confuso laberinto.
¿Adónde estáis, que no os veo,
prendas que en el alma estimo,
qué Oriente goza esos rayos
o qué venturosos Indios?
Si en los brazos de la Aurora
está el sol alegre y rico,
decid, siendo vos mi Aurora,
cómo no estáis en los míos.
Salís y os ponéis sin mí,
ocaso triste me pinto,
triste Noruega parezco,
tormento en que muero y vivo.
Amaros no es culpa, no;
adoraros no es delito;
si el amor dora los yerros,
qué dorados son los míos.
No viva yo si ha llegado
a los amorosos quicios
de las puertas de mi alma
pesar de haberos querido.
Agora, que no me oís,
habla mi amor atrevido;
y cuando os veo enmudezco
sin poder mi amor deciros.
Quisiera que vuestros ojos
conocieran en los míos
lo que no dice la lengua,
que está para hablar sin bríos.
Y luego que os escondéis
atormento los sentidos
por haber callado tanto,
diciendo lo que os estimo.
Mas porque no lo ignoréis,
siempre vuestro me eternizo;
siglos durará mi amor,
pues para vuestro he nacido.

Alabó doña Inés, y su esposo, el romance, porque como
no entendía que era ella la causa de las bien cantadas
y lloradas penas de don Diego, no se sentía agraviada, que
a imaginarlo es de creer que no lo consintiera. Pues viéndose el mal correspondido caballero cada día peor y que
no daba un paso adelante en su pretensión, andaba confuso y triste, no sabiendo cómo descubrirse a la dama,
temiendo su indignación y alguna áspera y cruel respuesta.
Pues andando, como digo, una mujer que vivía en la
misma calle, en un aposento enfrente de la casa de la
dama, algo más abajo, vio el cuidado de don Diego con
más sentimiento que doña Inés, y luego conoció el juego,
y un día que le vio pasar le llamó y con cariñosas razones
le procuró sacar la causa de sus desvelos. Al principio
negó don Diego su amor, por no fiarse de la mujer; mas
ella, como astuta, y que no debía ser la primera vez que
lo había hecho, le dijo que no se lo negase, que ella conocía medianamente sus penas, y que si alguna en el
mundo les podía dar remedio era ella, porque su señora
doña Inés la hacía mucha merced dándole entrada en su
casa y comunicando con ella sus más escondidos secretos,
porque la conocía de antes de casarse, estando en casa
de su hermano. Finalmente ella lo pintó tan bien y con
tan finos colores que don Diego casi pensó era echada
por parte de la dama, por haber notado su cuidado; y
con este loco pensamiento, a pocas vueltas que este astuto verdugo le dio, confesó de plano toda su voluntad,
pidiéndola diese a entender su amor a la dama, ofre-
ciendo, si se veía admitido, gran interés; y para engolo-
sinarla más, quitándose una cadena que traía puesta la
dio. Era rico y deseaba alcanzar, y así no reparaba en
nada; ella la recibió y le dijo descuidase y que anduviese
por allí, que ella le avisaría en teniendo negociado y que
no quería que nadie le viese hablar con ella porque no
cayese en alguna malicia. Pues ido don Diego, muy contenta la mujer se fue a casa de unas mujeres de oscura
vida que ella conocía, y escogiendo entre ellas una, la más
hermosa, y que así en el cuerpo y garbo se parecía a
doña Inés, llevóla a su casa, comunicando con ella el

engaño que quería hacer y escondiéndola donde de nadie
fuese vista. Pasó en casa de doña Inés, y diciendo a las
criadas dijesen a su señora que una vecina de enfrente
la quería hablar, lo que sabido por doña Inés la mandó
entrar, y ella, con la arenga y labia necesaria, de que la
mujercilla no carecía, después de haberle besado la mano
le suplicó le hiciese la merced de prestarle por dos días
aquel vestido que traía puesto y que se quedase en prenda de él aquella cadena, que era la misma que le había
dado don Diego, y todo esto porque casaba una sobrina.
No anduvo muy descaminada en pedir aquel que traía
puesto, porque como era el que doña Inés ordinariamente traía, que era de damasco pardo, pudiese don Diego dejarse llevar de su engaño. Doña Inés era afable, y
como la conoció por vecina de la calle, respondió que
aquel vestido estaba ya ajado de traerle de continuo, que
otro mejor le daría. «No, mi señora —dijo la engañosa
mujer—; éste basta, que no quiero que sea demasiado
costoso, que parecerá lo que es, que no es suyo, y los
pobres también tenemos reputación; y quiero yo que los
que se hallaren en la boda piensen que es suyo y no prestado.» Rióse doña Inés, alabando el pensamiento de la
mujer, y mandando traer otro se lo puso, desnudándose
aquél y dándosele a la dicha, que lo tomó contentísima,
dejando en prenda la cadena, que doña Inés tomó por
estar segura, pues apenas conocía a la que le llevaba, que
fue con él más contenta que si llevara un tesoro. Con esto
aguardó a que viniese don Diego, que no fue nada descuidado, y ella con alegre rostro le recibió diciendo: «Esto
sí que es saber negociar, caballerito bobillo; si no fuera
por mí, toda la vida te pudieras pasar tragando saliva sin
remedio. Ya hablé a tu dama, y la dejo más blanda que
un madeja de seda floja, y para que veas lo que me debes
y en la obligación que me estás, esta noche, a la Oración,
aguarda a la puerta de tu casa, que ella y yo te iremos
a hacer una visita, porque es cuando su marido va a jugar
una casa de conversación [1], donde está hasta las diez. Mas
dice que, por decoro de una mujer de su calidad, y casada, no quiere ser vista, que no haya criados ni luz, sino

muy apartada o que no la haya; mas yo, que soy muy
apretada de corazón, me moriré si estoy a oscuras, y así
podrás apercibir un farolillo que dé luz y esté sin ella
la parte adonde hubieres de hablarla.» Todo esto hacía
porque pudiese don Diego reconocer el vestido y no el
rostro y se engañase. Volvióse loco el enamorado, y abra-
zaba a la falsa y cautelosa tercera, ofreciéndola de nuevo
suma de interés y dándole cuanto consigo traía. En fin,
él se fue a aguardar su dicha, y ella vistió a la moza que
tenía apercibida el vestido de la desdichada doña Inés, to-
cándola y aderezándola al modo que la dama andaba, y
púsola de modo que, mirada algo en lo oscuro, parecía la
misma doña Inés, muy contenta de haberle salido tan
bien la invención, que ella misma, con saber la verdad, se
engañaba. Poco antes de anochecer se fueron a casa de
don Diego, que las estaba aguardando a la puerta, hacién-
dosele los instantes siglos, y viéndolas y reconociendo el
vestido por habérselo visto ordinariamente a doña Inés,
como en el talle se le parecía y venía tapada y era ya
cuando cerraba la noche, la tuvo por ella; loco de contento las recibió y entró en un cuarto bajo, donde no
había más luz que la de un farol que estaba en la antesala, y a ésta y a una alcoba que en ella había no se co-
municaba más que el resplandor que entraba por la puerta. Quedóse la vil tercera en la sala de afuera, y don
Diego, tomando por la mano a su fingida doña Inés, se
fueron a sentar sobre una cama de damasco que estaba
en la alcoba. Gran rato se pasó en engrandecer don Diego la dicha de haber merecido tal favor, y la fingida Inés,
bien instruida en lo que había de hacer, en responderle
a propósito, encareciéndole el haber venido y vencido los
inconvenientes de su honor, marido y casa, con otras cosas que más a gusto les estaba, donde don Diego, bien
ciego en su engaño, llegó al colmo de los favores, que
tantos desvelos le había costado el desearlos y alcanzar-
los, quedando muy más enamorado de su doña Inés que
antes. Entendida era la que hacía el papel de tal, y repre-
sentábale tan al propio, que en don Diego puso mayores
obligaciones; y así, cargándola de joyas de valor y a la

tercera de dinero, viendo ser la hora conveniente, para
llevar adelante su invención, se despidieron, rogando el
galán a su amada señora que le viese presto, y ella prometiéndole que sin salir de casa la aguardase cada noche
desde la hora que había dicho hasta las diez, que si hubiese lugar no le perdería. El se quedó gozosísimo, y ellas
se fueron a casa contentas y aprovechadas a costa de la
opinión de la inocente y descuidada doña Inés.

Desta suerte le visitaron algunas veces en los quince
días que tuvieron el vestido, que con cuanto supieron,
o fuese que Dios, porque se descubriese un caso como
éste, o que el temor de que don Diego no reconociese con
el tiempo que no era la verdadera doña Inés la que gozaba, no se previnieron de otro vestido como el que les
servía de disfraz; y viendo era tiempo de devolverle a
su dueña, la última noche que se vieron con don Diego
le dieron a entender que su marido había dado en recogerse temprano, y era fuerza por algunos días recatarse,
por parecerles andaba algo cuidadoso, y asegurarse, que
en habiendo ocasión de verle no la perderían. Se despidieron, quedando don Diego tan triste como alegre cuando la primera vez las vio. Con esto se volvió el vestido
a doña Inés, y la fingida y la tercera partieron la ganancia,
muy contentas con la burla. Don Diego, muy triste, paseaba la calle de doña Inés, y muchas veces que la veía,
aunque notaba el descuido de la dama, juzgábalo a recato y sufríalo, sin atreverse a más que a mirarla; otras
hablaba con la tercera qué había sido de su gloria, y ella
unas veces le decía que no tenía lugar porque andaba
su marido cuidadoso, otras que buscaría ocasión para
verle; hasta que un día, viéndose afortunada de don Diego, que le pedía que llevase a doña Inés un papel, le dijo
no se cansase, porque la dama, o por miedo a su esposo
o porque se había arrepentido, no consentía la hablase
de estas cosas, y aún llegaba a más: que la negaba la
entrada en su casa, mandando a las criadas que no la
dejasen entrar. En esto se ve cuán mal la mentira se puede
disfrazar en traje de verdad; y si lo hace es por poco
tiempo.

Quedó el triste don Diego con esto tal, que fue milagro no perder el juicio; y en mitad de sus penas, y por ver si podía hallar alivio en ellas, se determinó a hablar a doña Inés y saber de ella misma la causa de tal desamor tan repentino. Y así, no faltaba de día ni de noche de la calle hasta hallar ocasión de hacerlo; y así, un día que la vio ir a misa sin su esposo —novedad grande, porque siempre la acompañaba—, la siguió hasta la iglesia, y arrodillándose lo más paso que pudo, si bien con grande turbación, le dijo: «¿Es posible, señora mía, que vuestro amor fuese tan corto y mis méritos tan pequeños que apenas nació cuando murió? ¿Cómo es posible que mi agasajo fuese de tan poco valor y vuestra voluntad tan mudable que siquiera bien hallada con mis cariños no hubiese echado algunas raíces para siquiera tener en la memoria cuántas veces os nombrasteis mía y yo me ofrecí por esclavo vuestro? Si las mujeres de calidad dan mal pago, ¿qué se puede esperar de las comunes? Si acaso este desdén nace de haber andado corto en serviros y regalaros, vos habéis tenido la culpa, que quien os rindió lo poco os hubiera hecho dueño de lo mucho si no os hubiérades retirado tan cruel, que aun cuando os miro no os dignáis a favorecerme con vuestros hermosos ojos, como si cuando os tuve en mis brazos no jurásteis mil veces por ellas que no habíades de olvidar.» Miróle doña Inés, admirada de lo que decía, y dijo a su vez: «¿Qué decír, señor? Deliráis o tenéisme por otra. ¿Cuándo estuve en vuestros brazos, ni recibí agasajos, ni me hicísteis cariños? Porque mal puedo olvidar lo que jamás me he acordado, ni puedo amar ni aborrecer lo que nunca amé.» «Pues cómo, replicó don Diego, ¿aun queréis negar que no me habéis visto ni hablado? Decid que estáis arrepentida de haber ido a mi casa, y no lo neguéis, porque no lo podrá negar el vestido que traeis puesto, que es el mismo que llevasteis, ni lo negará la fulana vecina de enfrente vuestra casa que fue con vos.» Cuerda y discreta era doña Inés, y oyendo del vestido y mujer, aunque turbada y medio muerta de un caso tan grave, cayó en lo que podía ser, y volviéndose a don Diego le

dijo: «¿Cuánto hará eso que decís?» «Poco más de un
mes», replicó él, con lo cual doña Inés acabó de todo
punto de creer que el tiempo que el vestido estuvo prestado a la misma mujer le habían hecho algún engaño, y
por averiguarlo mejor dijo: «Ahora, señor, no es tiempo
de hablar más de esto; mi marido ha de partir mañana
a Sevilla a la cobranza de unos pesos que le han venido
de las Indias, de manera que estad a la tarde en mi calle,
que os haré llamar y hablaremos largo sobre esto que
me habéis dicho; y no digáis nada de esto a esa mujer,
que importa encubrirlo de ella.»

Con esto don Diego se fue muy gustoso por haber
negociado tan bien, cuanto doña Inés quedó triste y confusa. Finalmente su marido se fue al otro día, como ella
dijo, y luego doña Inés mandó llamar al Corregidor, y
venido le puso en parte donde pudiese oír lo que pasaba,
diciéndole que convenía a su honor que fuese testigo y
juez de un caso de mucha gravedad; y llamando a don
Diego, que no se había descuidado, le dijo estas razones:
«Cierto, señor don Diego, que me dejásteis ayer puesta
en rara confusión, que si no hubiera permitido Dios la
ausencia de mi esposo en esta ocasión, que con ella he
de averiguar la verdad y sacaros del engaño y error en
que estáis, pienso que hubiera perdido el juicio o yo
misma me hubiera quitado la vida; y así, os suplico me
digáis muy por entero y despacio lo que ayer me dijís-
teis, de paso en la iglesia.» Admirado don Diego de las
razones, le contó cuanto con aquella mujer le había pasado, las veces que había estado en su casa, las palabras
que le había dicho, las joyas que le había dado; a que
doña Inés satisfizo y contó cómo ese tiempo había estado
el vestido en poder de esa mujer y cómo le había dejado
en prenda una cadena, atestiguando con sus criadas la
verdad, y cómo ella no había faltado de su casa ni su
marido iba a ninguna casa de conversación, antes se recogía con el día, y que no conocía tal mujer sino de verla
a la puerta de su casa, ni la había hablado ni había entrado en ella en su vida. Con lo cual don Diego quedó
embelesado, como los que han visto visiones, y corrido

de la burla que se había hecho de él, y aun más enamorado de doña Inés que lo estaba antes. A esto salió el
Corregidor y juntos fueron a casa de la desdichada tercera, que al punto confesó la verdad de todo, entregando
algunas de las joyas que le habían tocado de la partición
y la cadena, lo cual se volvió a don Diego, granjeándose
de la burla doscientos azotes por infamadora de mujeres
principales y honradas y desterrada por seis años de la
ciudad, no declarándose más el caso por la opinión [2] de
doña Inés, con que la dama quedó satisfecha en parte y
don Diego más perdido que antes, volviendo de nuevo
a sus pretensiones, paseos, músicas, y todo esto con mayor confianza, pareciéndole que ya había menos que hacer,
supuesto que la dama sabía su amor, y no desesperando
de la conquista, pues tenía caminado lo más. Y lo que
más le debió de animar fue no creer que no había sido
doña Inés la que había gozado, pues aunque se averiguó
la verdad con tan fieles testigos y que la misma tercera
confesó, con todo debió de entender que había sido frau-
de y que, arrepentida doña Inés, lo había negado, y la
mujer, de miedo, se había sujetado a la pena. Con este
pensamiento, la galanteaba más atrevido, siguiéndola si
salía fuera, hablándola si hallaba ocasión, con lo que doña
Inés, aborrecida, no salía ni aun a misa ni se dejaba ver
del atrevido mozo, que con la ausencia de su marido se
tomaba más licencia que era menester; de suerte que la
perseguida señora ni aun la puerta consentía que se abrie-
se porque no llegase su descomedimiento a entrarse en
su casa. Mas ya desesperada y resuelta a vengarse por
este soneto que una noche cantó en su calle, sucedió lo
que luego se dirá:

> Dueño querido, si en el alma mía
> alguna parte libre se ha quedado,
> hoy de nuevo a tu imperio la he postrado,
> rendida a tu hermosura y gallardía.
>
> Dichoso soy desde aquel dulce día
> que con tantos favores quedé honrado,

instantes a mis ojos he juzgado
las horas que gocé en tu compañía.
   Oh si fueran verdad los fingimientos
de los encantos que en la edad primera
han dado tanta fuerza a los engaños;
       ya se vieran logrados mis intentos
si de los dioses merecer pudiera
encantado gozarte muchos años.

Sintió tanto doña Inés entender que aun no estaba
don Diego cierto de la burla que aquella engañosa mujer
le había hecho en desdoro de su honor, que al punto le
envió a decir con una criada que supuesto que ya sus
atrevimientos pasaban a desvergüenzas, que se fuese con
Dios, sin andar haciendo escándalos ni publicando locu-
ras, sino que le prometía, como quien era, de hacerle
matar. Sintió tanto el mal aconsejado mozo esto, que
como desesperado, con mortales bascas, fue a su casa,
donde estuvo muchos días en la cama con una enfermedad peligrosa, acompañada de tan cruel melancolía que
parecía querérsele acabar la vida; y viéndose morir de
pena, habiendo oído decir que en la ciudad había un
Moro, gran hechicero y nigromántico, le hizo buscar y
que se le trajesen para obligar con encantos y hechicerías
a que le quisiese doña Inés. Hallado el Moro y traído,
se encerró con él, dándole larga cuenta de sus amores,
tan desdichados como atrevidos, pidiéndole remedio contra el desamor y el desprecio que hacía de él su dama,
tan hermosa como ingrata. El nigromántico agareno le
prometió que dentro de tres días le daría con qué la
dama se le viniese a su poder, como lo hizo. Que como
ajenos de nuestra fe católica no les es dificultoso, con
premios que hacen al demonio, aun en cosas de más
calidad, lograr estas cosas, porque pasados tres días vino
v le trajo una imagen de la misma figura v rostro de doña
Inés, que por sus artes la había copiado del natural como
si la tuviera presente. Tenía en el remate del tocado una
vela de la medida y proporción de una bujía de un cuar-
terón [3] de cera verde; la figura de doña Inés estaba des-

nuda y las manos puestas sobre el corazón, que estaba
descubierto, clavado en él un alfiler grande, dorado, a
modo de saeta, porque en lugar de la cabeza tenía una
forma de plumas del mismo metal, y parecía que la dama
quería sacarle con las manos, que tenía encaminadas a él.
Díjole el Moro que, en estando solo, pusiese aquella figura sobre un bufete y que encendiese la vela que estaba
sobre la cabeza, que sin falta ninguna vendría luego la
dama y que estaría el tiempo que él quisiese mientras él
no le dijese que se fuese, y que cuando la enviase no
matase la vela, que en estando la dama en casa ella se
moriría por sí misma, que si la mataba antes de que ella
se apagase corría riesgo la vida de su dama; y asimismo
que no tuviese miedo de que la vela se acabase aunque
ardiese un año entero, porque estaba formada por tal arte
que duraría eternamente mientras que en la noche del
Bautista [4] no la echase en una hoguera bien encendida.
Don Diego, aunque no muy seguro de que fuera verdad
lo que el Moro le aseguraba, quedó contentísimo, cuando
no por las esperanzas que tenía, por ver en la figura el
natural retrato de su natural enemiga, con tanta perfección y tantos colores que, si como no era de más altor [5]
de media vara [6] fuera de la altura de una mujer, creo
que con ella olvidara el natural original de doña Inés, a
imitación del que se enamoró de otra pintura y de un
árbol. Pagóle al Moro a su gusto el trabajo, y despedido
de él aguardaba la noche como si esperara la vida; y todo
el tiempo que venía se dilató en tanto que se recogía la
gente, una hermana suya viuda que tenía en casa y le
asistía a su regalo [7], y se le hacía una eternidad. Tal era
el deseo que tenía de experimentar el encanto, pues recogida la gente, él se desnudó para acostarse, y dejando la
puerta de la sala nada más apretada, que así se lo advir-
tió el Moro, porque las de la calle nunca se cerraban por
haber en la casa más vecindad, encendió la vela y poniéndola sobre el bufete se acostó, contemplando a la luz que
daba la belleza del retrato. Y cuando la vela empezó a
arder, la descuidada doña Inés, que estaba ya costada y
su casa y gente recogida porque su marido aun no había

vuelto de Sevilla por haberse recrecido [8] a sus cobranzas
algunos pleitos, privada con la fuerza del encanto y de la
vela que ardía de su juicio y, en fin, forzada de algún
espíritu diabólico que gobernaba aquello, se levantó de
su cama y poniéndose unos zapatos que tenía junto a
ella y un faldellín que estaba con sus vestidos sobre un
taburete, tomó la llave que tenía debajo de su cabecera
y saliendo fuera abrió la puerta del cuarto y juntándola
en saliendo y mal torciendo [9] la llave se salió a la calle y
fue en casa de don Diego, que aunque ella no sabía quién
la guiaba la supo llevar; y como halló la puerta abierta
se entró y sin hablar palabra ni mirar en nada se puso
dentro de la cama donde estaba don Diego, que viendo
un caso tan maravilloso quedó fuera de sí; mas levantándose y cerrando la puerta se volvió a la cama, diciendo: «¿Cuándo, hermosa señora mía, merecí yo tal favor?
Ahora sí que doy mis penas por bien empleadas. Decid-
me, por Dios, si estoy durmiendo y sueño este bien o si
soy tan dichoso que despierto y en mi juicio os tengo en
mis brazos.» A esto y otras muchas cosas que don Diego
decía doña Inés no respondía palabra, y viendo esto el
amante, algo pesaroso por parecerle que doña Inés estaba
fuera de sus sentidos con el maldito encanto y que no
tenía facultad para hablar, teniendo aquello, aunque favores, por muertos, conociendo claro que si la dama estuviera en su juicio no se los hiciera, como era la verdad,
que antes que pasara por la muerte quiso gozar el tiempo y la ocasión remitiendo a las obras las palabras. De
esta suerte la tuvo gran parte de la noche, hasta que
viendo ser hora se levantó y abriendo la puerta la dijo:
«Mi señora, mirad que ya es hora de que os vayáis.» Y al
decir esto la dama se levantó y poniéndose su faldellín
y calzándose se salió por la puerta y volvió a su casa, y
llegando a ella abrió y volviendo a cerrar, sin haberla sentido nadie, o por estar vencidos del sueño o porque par-
ticiparon todos del encanto, se echó en su cama, y así
como estuvo en ella, la vela que estaba en casa de don
Diego se apagó como si con un soplo la mataran, dejando
a don Diego mucho más admirado, tanto que no acababa

de santiguarse aunque lo hacía muchas veces. Y si no es
que viera que todo aquello era violencia y no le templara
esto, se volviera loco de alegría.

Estése con ella lo que le durare y vamos a doña Inés,
que como estuvo en su cama y la vela se apagó, le pareció, cobrando el sentido perdido, que despertaba de un
profundo sueño, si bien acordándose de lo que le había
sucedido. Juzgaba que todo le había pasado soñando, y
muy agligida de tan descompuestos sueños se reprendía a
sí misma diciendo: «¿Qué es esto, desdichada de mí?
¿Cuándo he dado yo lugar a mi imaginación para que me
represente cosas tan ajenas de mí o qué pensamientos
ilícitos he tenido yo con ese hombre para que de ellos
hayan nacido tan enormes y deshonestos efectos? ¡Ay de
mí! ¿Qué es esto o qué remedio tendré para aliviar cosas semejantes?» Con esto y llorando con gran descon-
suelo pasó la noche y el día, y ya sobre tarde, se salió
a un balcón por divertir algo su enmarañada memoria,
al tiempo que don Diego, no creyendo aun que fuese verdad lo sucedido, pasó por la calle para ver si la veía, y
fue esto al tiempo que, como he dicho, estaba en la ventana; y como el galán la vio quebrada de color y triste,
conociendo de qué procedía el tal accidente, se persuadió
a dar crédito a lo sucedido. Mas doña Inés, en el punto
en que le vio, quitándose de la ventana, la cerró con mucho enojo, en cuya acción conoció don Diego que doña
Inés había ido a su casa privada de todo sentido, y que
su tristeza procedía si acaso como en sueños se acordaba
de lo que con él había pasado, si bien viéndola con la cólera que se había quitado de la ventana, se puede creer
que diría: «Cerrad, señora, que a la noche yo os obligaré
a que me busquéis.» De esta suerte pasó don Diego más
de un mes, llevando a la dama a su casa la noche que
le daba gusto, con lo que la pobre dama andaba tan triste
y casi asombrada de ver que no se podía librar de tan
descompuestos sueños, que tal creía que eran, ni por en-
comendarse a Dios, como lo hacía, ni por acudir a menudo a su confesor, que la consolaba cuanto era posible
y deseaba que viniese su marido por ver si con él podía

remediar su tristeza; y ya determinada a enviarle a llamar
o persuadirle le diese licencia para irse con él, le sucedió
lo que ahora oiréis. Y fue que una noche, por ser de las
calurosas del verano, muy serena y apacible y con la Luna
hermosa y clara, don Diego encendió su encantada vela,
y doña Inés, que por ser ya tarde estaba acostada, aunque dilataba el sujetarse al sueño por no rendirse a los
malignos efectos que ella creía ser lo que no era, sino la
pura verdad, cansada de desvelarse se adormeció, y obran-
do en ella el encanto despertó despavorida, y levantándose fue a buscar el faldellín y por no hallarle por haber
las criadas llevado los vestidos para limpiarlos, así en camisa, como estaba, se salió a la calle, y yendo encamina-
da a la casa de don Diego encontró con ella al Corregidor,
que con todos sus ministros de justicia venía de ronda,
y con él don Francisco, su hermano, que habiendo encontrado gusto de acompañarle por ser su amigo, como viesen
aquella mujer en camina, tan a paso tirado [10], la dieron
voces que se detuviese, mas ella callaba y andaba con toda
diligencia, como quien era llevada por un espíritu malig-
no. Tanto fue así que les obligó a ellos a alargar el paso
por diligenciar el alcanzarla, mas cuando lo hicieron fue
cuando doña Inés estaba ya en la sala, y en entrando los
unos y los otros, ella se fue a la cama donde estaba don
Diego, y ellos a la figura que estaba en la mesa con la
vela encendida en la cabeza.

Así como don Diego vio el fracaso y desdicha que ocu-
rría, temeroso de que si mataban la vela doña Inés pade-
cería el mismo riesgo, saltando de la cama les dio voces
de que no la matasen, que se quedaría muerta aquella
mujer, y vuelto a ella, le dijo: «Idos, señora, con Dios,
que ya tuvo fin este encanto, y vos y yo el castigo de
nuestro delito; por vos me pesa, que inocente padece-
réis.» Y esto lo decía por haber visto a su hermano al
lado del Corregidor. Levantóse dicho esto doña Inés. y
como había venido se volvió a ir, habiéndola todos reco-
nocido al salir, y también su hermano, que fue bien menester la autoridad y presencia del Corregidor para que
en ella y en don Diego no tomase la justa venganza que

a su parecer merecían. Mandó el Corregidor que fuesen
la mitad de sus ministros con doña Inés, y que viendo en
qué paraba su embelesamiento, no se apartasen de ella
hasta que él mandase otra cosa, volviendo uno de ellos a
darle cuenta de todo; y viendo que de allí a poco la vela
se mató repentinamente, le dijo al infeliz don Diego:
« ¡Ah, señor, y como pudiérades haber escarmentado en
la burla pasada y no poneros en tan costosas veras! » Con
esto aguardaron el aviso de los que habían ido con doña
Inés, que en cuanto llegó a su casa y abrió la puerta, que
no estaba más que apretada y entró, y todos con ella,
volvió a cerrar y se fue a la cama y echó en ella, y como
en este mismo punto se apagase la vela, despertó del embelesamiento, y dando un grande grito al verse cercada
de aquellos hombres y conociendo que eran ministros de
la justicia, les dijo que qué buscaban en su casa y por
dónde habían entrado, supuesto que ella tenía la llave.
« ¡Ay, desdichada señora, dijo uno de ellos, y cómo habéis estado sin sentido, pues esto preguntáis.» A esto y
al grito de doña Inés, habiendo salido las criadas albo-
rotadas, tanto de oír dar voces a su señora como de ver
allí a tanta gente. Prosiguiendo el que había empezado, le
contó a doña Inés cuanto había sucedido desde que la
habían encontrado hasta el punto en que estaba, y cómo
a todo se había hallado su hermano presente, lo que oído
por la triste y desdichada dama fue milagro que no la
hiciera perder la vida. En fin, para que no se desesperase,
según las cosas que hacía y decía y las hermosas lágrimas que derramaba, sacándose a manojos los cabellos, enviaron a avisar al Corregidor de todo, diciéndole ordenase
lo que se había de hacer, el cual habiendo tomado su confesión a don Diego, y él dicho la verdad del caso, decla-
rando cómo doña Inés era inocente, pues privado el entendimiento y sentido, con la fuerza del encanto la hacía
venir, como habían visto, su hermano pareció serenar su
pasión, aunque otra cosa le quedó en el pensamiento.

Con esto mandó el Corregidor poner a don Diego en
la cárcel a buen recaudo, y tomando la encantada figura

se fueron a casa de doña Inés, a la cual hallaron haciendo las lástimas dichas, sin que sus criados ni los demás fuesen parte para consolarla, que de haberse quedado sola se hubiera quitado la vida. Estaba ya vestida y arrojada sobre un estrado, alcanzándose un desmayo a otro, y una a otra congoja, y cuando vio al Corregidor y a su hermano, se arrojó a sus pies, pidiéndoles que la matasen, pues había sido tan mala que, aun sin su voluntad, había manchado su honor. Don Francisco, mostrando en su exterior piedad, si bien en su interior estaba vertiendo ponzoña y crueldad, la levantó y abrazó, teniéndoselo todos a nobleza, y el Corregidor le dijo: «Sosegaos, señora, que vuestro delito no merece la pena que vos pedís, pues no lo es, supuesto que vos no erais parte para no hacerle.» Con lo que, algo más aquietada la desdichada dama, mandó el Corregidor, sin que ella lo supiera, se saliesen fuera y encendiesen la vela, lo que apenas fue hecho cuando ella se levantó y salió donde estaba la vela encendida, y en diciéndola que ya era hora de irse, se volvía a su asiento y la vela se apagaba y ella volvía en sí como de un sueño. Esto hicieron muchas veces, mudándosela a diferentes partes, hasta volver con ella a casa de don Diego, encenderla allí, y luego doña Inés se iba allí de la manera que estaba, y aunque la hablaban no respondía; con lo que, averiguado el caso, asegurándola y acabando de aquietar a su hermano, que estaba más sin juicio que ella, pero que por entonces disimuló, ya que era el que más la disculpaba. Dejóla el Corregidor dos guardias, más por amparo que por prisión, pues ella no la merecía, y se fue cada uno a casa admirado del suceso.

Don Francisco se recogió a la suya, loco de pena, contando a su mujer lo que pasaba, que al fin, como cuñada, decía que doña Inés debía de mentir, fingiendo el embelesamiento por quedar libre de culpa; su marido, que había pensado lo mismo, fue de su parecer, y al punto despachó un criado a Sevilla, con una carta para su cuñado, diciéndole en ella dejase todas sus ocupaciones y se viniese al punto, que importaba al honor de entrambos, y que fuese tan secreto que no supiese nadie de su venida,

ni en su casa, hasta que se viese con él. El Corregidor,
al otro día, buscó al Moro que había hecho el hechizo,
mas no apareció. Divulgóse el caso por la ciudad, y sabido
por la Inquisición, pidió el preso, que le fue entregado
con el proceso ya sustanciado y puesto como había de
estar, fue llevado a la cárcel y de allí a la Suprema [11] y no
apareció más; y no fue pequeña piedad castigarle en secreto, pues al fin él había de morir a manos del marido
y hermano de doña Inés, supuesto que el delito cometido
no merecía menor castigo. Llegó el correo a Sevilla y dio
la carta a don Alonso, a quien conmovió lo que en ella se
le ordenaba, y bien confuso y temeroso de que serían fla-
quezas de doña Inés, se puso en camino, y a largas jornadas llegó a casa de su cuñado con tanto secreto que
nadie supo de su venida; y sabido todo el caso como
había sucedido, entre los tres había diferentes opiniones
sobre qué género de muerte darían a la inocente y desdichada Inés, que aun cuando de voluntad fuera culpada,
le bastara por pena de su delito la que tenía, cuanto y
más no habiéndole cometido, como estaba averiguado.
Pero de quien más pondero la crueldad es de la traidora
cuñada, que, siquiera por mujer, pudiera tener piedad de
ella. Acordado en fin el modo, don Alonso, disimulando
su dañada intención, se fue a su casa, y con caricias y
halagos la aseguró, haciendo él mismo de modo que la
triste doña Inés, ya más quieta viendo que su marido
había creído la verdad y estaba seguro de su inocencia,
porque haberlo encubierto era imposible, según era el
caso de público, se recobró de su pérdida, y si bien aver-
gonzada de su desdicha apenas osaba mirarle, se moderó
en sus sentimientos y lágrimas.

Pasaron con estos algunos días, cuando uno, con mucha
afabilidad, le dijo el cauteloso marido cómo su hermano
y él estaban determinados y resueltos a irse a vivir con
sus casas y sus familias a Sevilla, lo uno por quitarle de
los que habían sabido de aquella desdicha, que los señalaban con el dedo, y lo otro por asistir a sus pleitos, que
habían quedado empantanados; a lo cual doña Inés dijo
que en ella no había más gusto que el suyo. Puesta en

obra la determinación propuesta, vendiendo cuantas posesiones y haciendas allí tenían, como quien no pensaba
volver más a la ciudad, se partieron todos con mucho
gusto, y doña Inés más contenta que todos, porque vivía
afrentada de un suceso tan escandaloso. Llegados a Sevilla, tomaron casa a su acomodo, sin más vecindad que
ellos dos, y luego despidieron a todos los criados y criadas
que habían traído, para hacer sin testigos la crueldad que
ahora diré.

En un aposento, el último de toda la casa, donde aunque hubiese gente de servicio ninguno tuviese modo ni
ocasión de entrar en él, en el hueco de una chimenea que
allí había o ellos hicieron, porque para este caso no hubo
más oficiales que el hermano, marido y cuñada, habiendo
traído yeso y cascotes y lo demás que era menester, pusieron a la pobre y desdichada doña Inés, no dejándole
más lugar que cuanto pudiese estar de pies, porque si se
quería sentar, no podía, sino como ordinariamente se dice
en cuclillas, y la tabicaron dejando sólo una ventana como
medio pliego de papel por donde respirase y le pudiesen
dar una miserable comida para que no muriese tan presto,
sin que sus lágrimas ni protestas les enterneciesen. Hecho
esto, cerraron el aposento y la llave la tenía la mala y
cruel cuñada, y ella misma le iba a dar la comida y un
jarro de agua, de manera que aunque después recibieron
criados y criadas, ninguno sabía el secreto de aquel cerrado aposento. Aquí estuvo doña Inés seis años, que permitió la Divina Majestad en tanto tormento conservarle
la vida, o para castigo de los que se le daban, o para
mérito suyo, pasando lo que imaginarse puede supuesto
que he dicho de la manera que estaba, y que las inmun-
dicias y basura que de su cuerpo echaba le servían de
cama y estrado para sus pies; siempre llorando y pidiendo a Dios la aliviase de tanto martirio, sin que en todos
estos años viese luz ni recostase su triste cuerpo, ajena
y apartada de las gentes, tiranizada [12] a los Divinos Sacramentos y a oír misa, padeciendo más que los que mar-
tirizan los tiranos, y sin que ninguno de sus tres verdugos
tuviese piedad ni se enterneciese de ella; antes la traido-

ra cuñada, cada vez que le llevaba la comida, le decía
mil oprobios y afrentas, hasta que ya Nuestro Señor,
cansado de sufrir tales delitos, permitió que fuese sacada
esta triste mujer de tan desdichada vida, siquiera para
que no muriese desesperada. Y fue el caso que a espaldas
de esta casa en que estaba, había otra principal de un
caballero de mucha calidad, la mujer del que digo había
tenido una doncella que la había casado años hacía, la
cual enviudó, y quedando necesitada, la señora, por caridad y por haberla servido, porque no tuviese la pobreza
que tenía que pagar casa, le dio dos aposentos que estaban arrimados al emparedamiento [13] en que la cuitada
doña Inés estaba, que nunca habían sido habitados de
gente, porque no habían servido sino para guardar ceba-
da. Pasada a ellos esta buena viuda, acomodó su cama a
la parte que digo, donde estaba doña Inés, la cual como
siempre se estaba lamentando de su desdicha y llamando
a Dios que la socorriese, la otra que estaba en su cama,
como con el sosiego de la noche todo estaba en quietud,
oía los ayes y suspiros, y al principio es de creer que
entendió que era algún alma de la otra vida, y tuvo tanto
miedo como estaba sola que apenas se atrevía a estar allí;
tanto que la obligó a pedir a una hermana suya le diese
para que estuviese con ella una muchacha de unos diez
años, hija suya, con cuya compañía, más alentada asistía
más allí; y como se reparase más y viese que entre los
gemidos que doña Inés daba llamaba a Dios y a la Virgen
María Señora nuestra, juzgó sería alguna persona enferma, que los dolores que padecía la obligaban a quejarse
de esta forma. Y una noche que estuvo más atenta, arrimando el oído a la pared, pudo apercibir que decía quien
estaba de la otra parte estas razones: «¡Hasta cuándo,
poderoso, misericordioso Dios ha de durar esta triste
vida! ¡Cuándo, Señor, darás lugar a la airada muerte
para que ejecute en mí el golpe de su cruel guadaña, y
hasta cuándo estos crueles y carniceros verdugos de mi
inocencia les ha de durar el poder tratarme así! ¡Cómo,
Señor, permites que te usurpen tu justicia, castigando con
su crueldad lo que Tú, Señor, no castigaras! ¡Pues cuan-

do tú envías el castigo, es a quien tiene culpa, y aun entonces lo haces con piedad! Mas estos tiranos castigan
en mí lo que no hice, como tú sabes bien, que no fui
parte en el yerro porque padezco tan crueles tormentos;
y el mayor de todos y que más fiero es, es carecer de
vivir y de morir como cristiana, pues ha tanto tiempo
que no oigo misa, confieso mis pecados ni recibo tu Santísimo Cuerpo. ¿En qué tierra de moros pudiera estar
cautiva, que me trataran como me tratan? ¡Ay de mí,
que no deseo salir de aquí por vivir, sino sólo por morir
católica y cristianamente, que ya la vida la tengo tan aborrecida, que si como el triste sustento que me dan, no es
por vivir, sino por no morir desesperada.» Acabó estas
razones con tan doloroso llanto, que la que escuchaba,
movida a lástima, alzando la voz para que la oyese, dijo:
«Mujer, o quien seas, ¿qué tienes o por qué te lamentas
tan dolorosamente? Dímelo, por Dios, y si soy parte
para sacarte de donde estás, lo haré aunque aventure y
arriesgue la vida.» «¿Quién eres tú, respondió doña Inés,
que ha permitido Dios que me tengas lástima?» «Soy,
replicó la otra mujer, una vecina de esta otra parte que
ha poco vivo aquí, y en este corto tiempo me has oca-
sionado muchos temores, tantos como ahora compasiones;
así, dime qué podré hacer y no me ocultes nada, que yo
no excusaré ningún trabajo por sacarte del que padeces.»
«Pues si así es, señora mía, respondió doña Inés, que no
eres de la parte de mis crueles verdugos, no te puedo decir más por ahora, porque temo que me escuchen, sino
que soy una triste y desdichada mujer a quien la crueldad
de un hermano y un marido y una cuñada tienen puesta
en tal desventura que ni lugar tengo donde poder exten-
der este triste cuerpo, tan estrecho es aquel en que estoy,
que si no es de pie o mal sentada, no hay otro descanso,
sin hablar de otros dolores y desdichas que estoy padeciendo, pues aun cuando no los hubiera mayores, la oscuridad en que estoy bastara; y esto ocurre no hace un
día ni dos, porque aunque aquí no sé cuándo es de día
ni de noche, ni domingo ni sábado, ni Pascua ni año, bien
sé que hace una eternidad de tiempo. Y si esto lo pade-

ciera con culpa, ya me consolara, mas sabe Dios que no la
tengo, y lo que temo no es la muerte, que antes la deseo,
sino que perder el alma es mi mayor temor; muchas veces me da imaginación de con las manos hacer cuerda
para mi garganta para acabarme, mas luego considero que
es el demonio y pido ayuda a Dios para librarme de él.»
«¿Qué hicistes que les obligó a tal?», dijo la mujer. «Ya
te he dicho que no tengo culpa, respondió doña Inés,
mas son las cosas muy largas y no se pueden contar. Ahora lo que has de hacer, si es que deseas hacerme bien, es
irte al Arzobispo o al Asistente y contarle lo que te he
dicho y pedirles vengan a sacarme de aquí antes de que
muera, siquiera para que haga las obras de cristiana; que
te aseguro que está ya tal mi triste cuerpo que pienso
que no viviré mucho. Y pídote por Dios que sea luego,
que le importa mucho a mi alma.» «Ahora es de noche,
dijo la mujer, ten paciencia y ofrécele a Dios eso que padeces, que yo te prometo que en siendo de día haré lo
que pides.» «Dios te lo pague, replicó doña Inés, que
así lo haré. Reposa ahora, que yo procuraré, si puedo,
hacer lo mismo, con la esperanza de que has de ser mi
remedio después de Dios.» «Así lo creo», respondió la
buena mujer, y con esto callaron.

Venida la mañana, la viuda bajó donde su señora y
le contó todo lo que le había pasado, de lo cual la señora
se admiró y lastimó, y si bien quisiera aguardar a la noche para hablar ella misma a doña Inés, temiendo el
daño que podía recrecer si aquella pobre mujer se muriese, no lo dilató más, y poniendo un coche y porque
con su autoridad se diese más crédito al caso, se fue ella
con la viuda al Arzobispo, dándole cuenta de todo lo que
en esta parte se ha dicho, el cual admirado, avisó al Asistente y junto con todos sus ministros seglares y eclesiásticos se fueron a casa de don Francisco y don Alonso, y
cercándola por todas partes porque no se escapasen, entraron dentro y prendieron a los dichos y a la mujer de
don Francisco, sin reservar criados ni criadas, y tomadas
sus confesiones éstos no supieron decir nada, porque no
lo sabían, mas los traidores hermano y marido y la cruel

cuñada, al principio, negaron, pero viendo que era por
demás porque el Arzobispo y el Asistente venían bien
instruidos, confesaron la verdad, y recibiendo la llave de
la cuñada, subieron donde estaba la desdichada doña Inés,
que como sintió tropel de gente, imaginando lo que sería,
dio voces. En fin, derribaron el tabique y la sacaron. Aquí
entra la piedad, porque cuando la encerraron no tenía más
que veinte y cuatro años, y seis que había estado eran
treinta, que era la flor de la edad.

En primer lugar, aunque tenía los ojos claros, estaba
ciega, o de la oscuridad —porque es cosa sentada que una
persona, si estuviese mucho tiempo sin ver luz, cegaría—,
o fuese de esto, o de llorar, es el caso que no tenía vista.
Sus hermosos cabellos, que cuando entró allí eran como
hebras de oro, blancos como la misma nieve, enredados
y llenos de animalejos, que de no peinarlos se crían, en
tanta cantidad, que por encima hervoneaban; el color,
de la color de la muerte, y tan flaca y consumida que se
le señalaban los huesos, como si el pellejo que estaba encima fuera un delgado cendal. Desde los ojos hasta la barba, dos surcos cavados por las lágrimas que se podía esconder en ellos un bramante grueso; los vestidos hechos
ceniza, que se le veían las más partes de su cuerpo. Des-
calza de pie y pierna, que de los excrementos de su
cuerpo, como no tenía donde echarles, no sólo se habían
consumido, mas la propia carne comida hasta los muslos
de llagas y gusanos de que estaba lleno el hediondo lugar.
No hay más que decir sino que, causó a todos tanta lástima que lloraban como si fuera hija de cada uno. Así
como la sacaron, pidió que, si estaba allí el señor Arzobispo la llevasen a él, como fue hecho, habiéndola por la
indecencia de estar desnuda cubierto con una capa. En
fin, en brazos la llevaron junto a él, y ella, echada por el
suelo le besó los pies y pidió la bendición, contando en
sucintas razones toda su desdichada historia, de lo que se
indignó tanto el Asistente que inmediatamente los mandó
poner a todos tres en la cárcel con grillos y cadenas, de
suerte que no se viesen los unos a los otros, afeando a la
cuñada más que a los otros su crueldad, a lo que ella

respondió que sólo hacía lo que le mandaba su marido. La señora que dio el aviso, junto con la buena dueña que lo descubrió, que estaban presentes en todo, rompiendo la pared por la parte en que estaba doña Inés, por no poder sacarla a la calle, la llevaron a su casa, y haciendo la noble señora prevenir una regalada cama, puso a doña Inés en ella, llamando médicos y cirujanos para cuidarla y haciéndola tomar sustancias, porque era tanta su flaqueza que temían no se muriese. Mas doña Inés no quiso tomar nada hasta dar la Divina Sustancia a su alma, confesando y recibiendo el Santísimo, que le fue traído.

Ultimamente, con tanto cuidado miró la señora por ella que sanó, sólo de la vista quedó mal, que ésta no fue posible restaurársela. El Asistente sustanció el proceso a los reos, y averiguado todo, los condenó a todos tres a muerte, que fue ejecutado en un cadalso por ser nobles y caballeros, sin que les valiesen sus dineros para alcanzar perdón, por ser el delito de tal calidad. A doña Inés pusieron, ya sana y restituida en su hermosura, aunque ciega, en un convento, con dos criadas que cuidasen de su regalo, sustentándose de la gruesa hacienda de su hermano y marido y donde vive hoy, haciendo vida de una santa, afirmándome quien la vio cuando la sacaron de la pared y después, que es de las más hermosas mujeres que hay en el reino de Andalucía, porque aunque está ciega, como tiene los ojos claros y hermosos como ella los tenía, no se echa de ver que no tiene vista.

Todo este caso es tan verdadero como la misma verdad, que ya digo me le contó quien se halló presente. Ved ahora si puede servir de buen desengaño [14] a las damas, pues si a las inocentes les sucede esto ¿qué esperan las culpadas? En cuanto a la crueldad para con las desdichadas mujeres, no hay que fiar en hermanos ni maridos, que todos son hombres. Y como dijo el Rey don Alfonso el Sabio, que el corazón del hombre es bosque de espesura que nadie le puede hallar senda, donde la crueldad, bestia fiera e indomable, tiene su morada y habitación. Este suceso hará que pasó veinte años y vive hoy doña Inés y muchos de los que la vieron y se hallaron en él; que

quiso Dios darle sufrimiento y guardarle la vida, porque
no muriese allí desesperada y para que tan rabioso lobo
como su hermano y tan cruel basilisco como su marido y
tan rigurosa leona como su cuñada, ocasionasen ellos mismos su castigo.

Estando la Católica y Real Majestad de Felipe III, el año de 1619, en la ciudad de Lisboa, en el reino de Portugal, sucedió que un caballero, gentilhombre de su Real Cámara (a quien llamaremos don Gaspar, o que fuese así su nombre, o que le sea supuesto, que así lo oí a él mismo o a personas que le conocieron, que en esto de los nombres pocas veces se dice lo mismo), fue a esta jornada acompañando a su Majestad, galán, noble, rico y con todas las partes que se pueden desear, y más en un caballero, que como la mocedad trae consigo los accidentes del amor, mientras dura su flor no tratan los hombres de otros ministerios, y más cuando van a otras tierras extrañas de las suyas, que por ver si las damas de ellas se adelantan en gracias a las de su tierra, luego tratan de calificarlas con hacer empleo de su gusto en alguna que los saque de esta duda. Así, don Gaspar, que parece que iba sólo a eso, a muy pocos días que estuvo en Lisboa hizo elección de una dama, si no de lo más acendrado en calidad, por lo menos de lo más lindo que para sazonar

el gusto pudo hallar; y ésta fue la menor de ˜cuatro hermanas que, con recato, por ser en esto muy miradas las
portuguesas, trataban de entretenerse y aprovecharse;
que ya que las personas no sean castas, es gran virtud
ser cautas, que en lo que más pierden los de nuestra nación, tanto hombres como mujeres, es en la ostentación
que hacen de los vicios, y es el mal que, apenas hace
una mujer un yerro, cuando ya se sabe, y a muchas que
no lo hacen se les acumulan.

Estas cuatro hermanas que digo, vivían en un cuarto
tercero de una casa muy principal y en el que los demás
de ella estaban ocupados por gente muy principal, y ellas
no en muy mala opinión. Tanto que para que don Gaspar
no se la quitase no les visitaba de día, y para entrar de
noche tenía la llave de un postigo de la puerta trasera,
de forma que aguardando a que la gente se recogiese y
las puertas se cerrasen, que de día estaban entrambas
abiertas por mandarse los vecinos por la una y por la otra,
abría con su llave y entraba a ver a su prenda, sin nota
ni escándalo de la vecindad. Poco más de quince días
había gastado don Gaspar en este empleo, si no enamorado a lo menos agradado de la belleza de la lusitana, cuando una noche que por haber estado jugando fue algo más
tarde que las demás, le sucedió un portentoso caso que
parece que fue anuncio de los que en aquella ciudad le
sucedieron; y fue que habiendo despedido a un criado que
siempre le acompañaba por ser de quien fiaba entre todos
los que le asistían a las travesuras de sus amores, abrió
la puerta, y parándose a cerrarla por de dentro, como
hacía otras veces, en una cueva que en el mismo portal
estaba (no trampa en el suelo, sino puerta levantada en
arco, de unas verjas menudas, que siempre estaba sin
llave por ser para toda la vecindad que en aquel cabo de
la casa moraba), oyó unos ayes dentro, tan bajos y lastimosos que no dejaron de causarle por primera instancia
algún horror; si bien, ya más en sí, juzgó sería algún pobre que por no tener donde albergarse aquella noche, se
habría entrado allí, y que se lamentaba de algún dolor
que padecía. Acabó de cerrar la puerta, y subiendo arri-

ba, por satisfacerse de su pensamiento antes de hablar
palabra en razón de su amor, pidió una luz y con ella
tornó a la cueva, y con ánimo, al fin de como quien era,
bajó los escalones, que no eran muchos, y entrando en
ella vio que no era muy espaciosa, porque desde el fin de
los escalones se podía bien señorear lo que había en ella,
que no era más de las paredes; y espantado de verla desierta y que no estaba en ella el dueño de los penosos
gemidos que había oído, mirando por todas partes, como
si hubiera de estar escondido en algún agujero. Había a
una parte de ella mullida la tierra, como que había poco
tiempo que la habían cavado, y habiendo visto un garabato colgado de la mitad del techo, que debía servir de
colgar en él lo que se ponía a remediar del calor, tirando
de él le arrancó y empezó a arañar la tierra para ver si
acaso descubría alguna cosa; y a poco trabajo que puso,
por estar la tierra muy movediza, vio que uno de los
hierros del garabato había hecho presa y se resistía a salir. Puso más fuerza y levantando hacia arriba, asomó la
cara de un hombre por haberse clavado el hierro por
debajo de la barba, no porque estuviese apartada del cuerpo, que a estarlo la sacara de todo punto.

No hay duda sino que tuvo necesidad don Gaspar de
todo su valor para sosegar el susto y tornar la sangre a
su propio lugar, que había ido a dar favor al corazón,
que desalentado del horror de tal vista se había enflaquecido. Soltó la presa, que se volvió a sumir en la tierra,
y allegando con los pies la que había apartado se tornó
a subir arriba, dando cuenta a las damas de lo que pasaba, que cuidadosas de su tardanza le esperaban; de que
no se mostraron poco temerosas, tanto que aunque don
Gaspar quisiera irse luego, no se atrevió viendo su miedo
a dejarlas solas. Mas no pudieron acabar con él que se
acostase como otras noches, no de temor del muerto,
sino de empacho y respeto, que cuando nos alumbran de
nuestras ceguedades los sucesos ajenos, y más tan desas-
trados, demasiada desvergüenza es no atemorizarse de
ellos y de respeto del cielo, pues a la vista de los muertos
no es razón pecar los vivos. Finalmente pasaron la no-

che en buena conversación, dando y tomando opiniones
sobre el caso, pidiéndole las damas modo y remedio para
sacar de allí aquel cuerpo que estaba lamentándose como
si tuviera alma. Era don Gaspar noble, y temiendo no
les sucediese a aquellas mujeres algún riesgo, obligado
de la amistad que tenía con ellas, a la mañana cuando
se quiso ir, que fue luego que la aurora empezó a mostrar su belleza, les prometió que a la noche daría orden
para sacarlo de allí y que se le diese tierra sagrada, que
esto es lo que debía pedir con sus lastimosos gemidos.
Y como lo dispuso fue yéndose al convento más cercano,
y hablando con el mayor de todos los religiosos, en confesión le contó todo lo que había sucedido, que acreditó
con saber el religioso quién era, porque la nobleza trae
consigo el crédito. Y aquella misma noche del siguiente
día fueron con don Gaspar dos religiosos, y traída luz,
que la mayor de las cuatro hermanas trajo por ver al difunto, a poco que cavaron, pues apenas sería vara y media, descubrieron el triste cadáver, y sacándolo fuera
vieron que era un mozo que aún no llegaba a los veinticuatro años, vestido de terciopelo negro, ferreruelo [1]
de bayeta y que nada le faltaba del arreo, que hasta el
sombrero tenía allí, su daga y espada, y en las faltriqueras [2], en la una un lienzo, unas Horas [3] y el rosario, y
en la otra unos papeles entre los cuales estaba la Bula.
Mas por los papeles no pudieron saber quién fuese, por
ser letra de mujer y no contener otra cosa más que finezas amorosas, y la Bula aún no tenía asentado el nombre,
por parecer tomada aquel día o por descuido, que es lo
más cierto. No tenía herida ninguna ni parecía estar
muerto de más de doce o quince días. Admirados de
todo esto y más de oír a don Gaspar que le había oído
quejar, le entraron en una caja que para esto llevaba el
criado de don Gaspar, y habiéndose la dama vuelto a subir arriba, se le cargó al hombro uno de los religiosos,
que era lego, y caminaron con él al convento, haciéndoles
guardia don Gaspar y su confidente, donde le enterraron,
quitándole el vestido y lo demás, en una sepultura que
ya para el caso había sido abierta, supliendo don Gaspar

este trabajo de los religiosos con alguna cantidad en doblones para que se dijesen misas por el difunto, a quien había dado Dios lugar de quejarse para que la piedad de este caballero le hiciese este bien.

Bastó este suceso para apartar a don Gaspar de esta ocasión en que se había ocupado, no porque imaginase que tuviesen las hermanas culpa, sino porque juzgó que era aviso de Dios para que se apartase de casa donde tales riesgos había; y así no volvió más a ver a las hermanas, aunque ellas lo procuraron diciendo que se mudarían de casa. Y asimismo, atemorizado de este suceso algunos días, resistiéndose a los impulsos de la juventud, sin querer emplearse en lances amorosos donde tales peligros hay, y más con mujeres que tienen por renta el vicio y por caudal el deleite, que de éstas no se puede sacar sino el motivo que han tomado los hombres para no decir bien de ninguna y sentir mal de todas. Mas al fin, como la mocedad es caballo desenfrenado, rompió las ataduras de la virtud, sin que estuviese en las manos de don Gaspar dejar de perderse, si así puede decirse, pues a mi parecer, ¿qué mayor perdición que enamorarse?

Y fue el caso que en uno de los suntuosos templos que hay en aquella ciudad, un día que con más devoción y descuido de amar y ser amado estaba, vio la divina belleza de dos damas de las más nobles y ricas de la ciudad, que entraron a oír misa en el mismo templo donde don Gaspar estaba, tan hermosas y niñas que a su parecer no se llevaban año la una a la otra, y si bien había caudal de hermosura en las dos para amarlas entrambas, como el amor no quiere compañía, escogieron los ojos de nuestro caballero la que le pareció de más perfección, y no escogió mal, porque la otra era casada. Estuvo absorto, despeñándose más y más en su amor mientras oyeron la misa, la que acabada, viendo se querían ir, las aguardó a la puerta. Mas no se atrevía a decir nada, por verlas cercadas de criados, y porque en un coche que llegó a recibirlas venía un caballero portugués, galán y mozo, aunque robusto, y que parecía en él no ser hombre de burlas. La una de las damas se sentó al lado del caballero, y la que don Gaspar había elegido por dueña, a la otra parte, de lo que no se alegró poco en verla sola, y deseoso de saber quién era detuvo un paje, a quien preguntó lo que deseaba, y le respondió que el caballero era don Dionisio de Portugal, y la dama que iba a su lado su esposa, y que se llamaba doña Madalena, que había poco que se había casado, que la que se había sentado enfrente se llamaba doña Florentina y era hermana de doña Madalena. Despidióse con esto el paje, y don Gaspar, muy contento de que fuesen personas de tanto valor, ya determinado de amar y servir a Florentina y de diligenciarla para esposa, pues con tal rigor hace amor sus tiros cuando quiere herir de veras, mandó a su fiel criado y secretario que siguiese el coche para saber la casa de las dos bellísimas hermanas. Y en tanto que el criado fue a cumplir, o con su gusto o con la fuerza que en su pecho hacía la dorada saeta con que amor le había herido dulcemente, que ese tirano enemigo de nuestro sosiego tiene unos repentinos accidentes que si no matan, privan de juicio a los heridos de su dorado arpón, estaba don Gaspar entre sí haciendo muchos discursos; ya le parecía que no hallaba en sí méritos para ser admitido de doña Florentina, y con esto desmayaba su amor, de suerte que se determinaba dejarle morir en silencio; y ya, más animado, haciendo en él la esperanza las fuerzas que con sus engañosos gustos promete, le parecía que apenas la pediría por esposa cuando le fuese concedida, sabiendo quién era y cuán estimado vivía cerca de su rey. Y como este pensamiento le diese más gusto que lo demás, se determinó a seguirle, enlazándose más en el amoroso enredo, con verse tan valido de la más que mentirosa esperanza, que siempre promete más que da, y somos tan bárbaros que, conociéndola, vivimos de ella.

En estas quimeras estaba cuando llegó su confidente y le informó del cielo donde moraba la deidad que le tenía fuera de sí, y desde aquel mismo punto empezó a perder fruto y a gastar pasos tan sin fruto, porque,

aunque continuó muchos días la calle, era tal el recato
de la casa que en ninguno alcanzó a ver, no sólo a las
señoras, mas ni criada ninguna, con haber muchas, ni por
buscar las horas más dificultosas ni las más fáciles. La
casa era encantada, en las rejas había menudas y espesas
celosías y en las puertas fuertes y seguras cerraduras; y
apenas era una hora de noche cuando ya estaban cerradas y todos recogidos, de manera que, si no era cuando
salían a misa, no era posible verlas, y aun entonces pocas veces iban sino acompañadas de don Dionisio, con
lo que todos los intentos de don Gaspar se desvanecían.
Sólo con los ojos, en la iglesia, le daba a entender su
cuidado a su dama, mas ella no hacía caso o no miraba
en ellos. No dejó en este tiempo de ver si por medio
de algún criado podía conseguir algo de su pretensión,
procurando con oro asestar tiros a su fidelidad, mas
como era castellano no halló en él lo que deseaba, por
la antipatía que esta nación tiene con la nuestra, que
con vivir entre nosotros son nuestros enemigos. Y con
estos estorbos se enamoraba más don Gaspar, y más el
día que veía a doña Florentina, que no parecía sino que
los rayos de sus ojos hacían mayores suertes en su corazón, y le parecía que quien mereciese su belleza habría
llegado al *non plus ultra* de la dicha y que podría vivir
seguro de celosas ofensas. Andaba tan triste, no sabiendo qué hacerse ni qué medios poner en su cuñado para
que se la diese por esposa, temiendo la oposición que
hay entre portugueses y castellanos. Poco miraba doña
Florentina en don Gaspar, aunque había bien que mirar en él, porque aunque, como he dicho, en la iglesia
podía haber notado su asistencia, le debía parecer que
era deuda debida a su hermosura: que pagar el que debe
no merece agradecimiento. Más de dos meses duró a don
Gaspar esta pretensión, sin tener más esperanzas de salir
con ella que las desdichas, porque si la dama no sabía
la enfermedad del galán, ¿cómo podía aplicar el remedio? Y creo que aunque lo supiera, no se lo diera, porque llegó tarde.

Vamos al caso, que fue que, una noche, poco antes

de que amaneciera, venían don Gaspar y su criado de
una casa de conversación [4], que aunque pudiera con la
ostentación de señor traer coche y criados, como mozo
enamorado, picante en alentado, gustaba más de andar
así, procurando con algunos entretenimientos divertirse
de sus amorosos cuidados, pasando por la calle donde
vivía Florentina, que ya que no veía la perla se conten-
taba con ver la caja. Al entrar por la calle por ver la
casa, a la salida de ella, con el resplandor de la luna,
que aunque iba alta daba claridad, vio tendida en el
suelo una mujer, a quien el oro de los atavíos, cuyos
vislumbres con los de divina competían, la calificaba de
porte, que con desmayados alientos se quejaba, como si
ya quisiera despedirse de la vida. Más susto creo que
le dieron éstos a don Gaspar que los que oyó en la
cueva, no de pavor, sino de compasión, y llegándose
a ella para informarse de su necesidad, la vio toda bañada en sangre, de que todo el suelo estaba hecho un
lago, y el maciento y hermoso rostro, aunque desfigu-
rado, daba muestras de una divina belleza y también de
su cercana muerte. Tomóla don Gaspar por sus hermosas manos, que parecían de mármol en lo blanco y ele-
vado, y estremeciéndola [5] la dijo: «¿Qué tenéis, señora
mía, o quién ha sido el cruel que así os puso?» A cuya
pregunta respondió la desmayada señora abriendo los
ojos, y conociéndole castellano y alentándose más con
esto de lo que podía, en lengua portuguesa le dijo: «¡Ay
caballero, por la pasión de Cristo y por lo que debéis
a ser quien sois y a ser castellano, llevarme donde pro-
curéis antes que muera darme confesión, que ya que
pierdo la vida en la flor de mis años, no querría perder
el alma, que la tengo en gran peligro!» Y tornóse a des-
mayar dicho esto, lo cual visto por don Gaspar y que
la triste dama daba indicios mortales, entre él y el criado
la levantaron del suelo, y acomodándosela el criado en los
brazos de manera que la pudiese llevar con más alivio,
para quedar él desembarazado para si encontraban gente
o la Justicia, caminaron lo más aprisa que podían a su
posada, que no estaba muy lejos, donde llegados sin

ningún estorbo, fueron recibidos de los demás criados
y de una mujer que cuidaba de su regalo. Y poniendo
el desangrado cuerpo sobre la cama, envió uno por un
confesor y otro por un cirujano. Y hecho esto entró donde estaba la herida dama, que la tenían cercada los demás, y la criada con una bujía encendida en la mano,
que a este punto había tornado en sí y estaba pidiendo
confesión porque se moría. La criada la consolaba animándola a que tuviese valor, pues estaba en parte donde
cuidarían de darle remedio al cuerpo y al alma. Llegó,
pues, don Gaspar, y poniendo los ojos en el ya casi difunto rostro, quedó como los que ven visiones o fan-
tasmas, sin pestañear ni poder con la lengua articular
palabra ninguna, porque no vio menos que a su adorada
y hermosa Florentina; y no acabando de dar crédito a
sus mismos ojos, los cerraba y abría, y tornándolos a
cerrar los tornaba de nuevo a abrir, por ver si se engañaba, y viendo que no era engaño empezó a dar lugar
a las admiraciones, no sabiendo qué decir de tal suceso
ni qué causa podría haberla dado para que una señora
tan principal, recatada y honesta, estuviese del modo que
la veía y en la parte que la había hallado. Mas como
vio que por entonces no estaba para saber de ella lo que
tan admirado le tenía, porque la herida dama ya se desmayaba y ya tornaba en sí, se sufrió en su deseo, ca-
llando quién era por no advertir a los criados de ello.

Vino en esto el criado con dos religiosos, y de allí a
poco el que traía el cirujano, y para dar primero el remedio al alma se apartaron todos. Mas Florentina estaba tan desfallecida y desmayada de la sangre que había
perdido y perdía que no fue posible confesarse, y así
por mayor, y por el peligro en que estaba, haciendo el
confesor algunas prevenciones y prometiendo si a la mañana se hallase más aliviada confesarse, la absolvió; y
dando lugar al médico del cuerpo, acudiendo todos y los
religiosos, que no se quisieron ir hasta dejarla curada,
la desnudaron y la pusieron en la cama, y hallaron que
tenía una estocada entre los pechos, de la parte de arriba, que aunque no era penetrante mostraba ser peligro-

sa, y lo fuera más a no haberla defendido algunas balle-
nas del justillo que traía; y debajo de la garganta, casi
en el hombro derecho, otra, también peligrosa, y otras
dos más en la parte de las espaldas, dando señal que,
teniéndola asida del brazo se las habían dado; que lo
que la tenía tan sin aliento era la pérdida de sangre, que
era mucha, porque había tiempo que estaba herida. Hizo
el cirujano su oficio, y al revolverla para hacerlo, se quedó de todo punto sin sentido. En fin, habiéndola tomado[6] la sangre, y don Gaspar contentado al cirujano, y
avisándole que no diese cuenta del caso hasta ver si la
dama no moría, cómo había sucedido tal desdicha, contándole la manera que la había hallado, que por ser el
cirujano castellano, de los que habían ido en la tropa
de su Majestad, pudo conseguir lo que pedía, con orden
de que volviese en siendo de día, se fue a su posada y
los religiosos a su convento.

Recogiéronse todos y quedó don Gaspar, que no quiso cenar, habiéndole hecho una cama en la misma cuadra[7] en que estaba Florentina. Se fueron los criados a
acostar dejándole allí algunas conservas y bizcochos, agua
y vino, por si la dama cobraba el sentido darle algún so-
corro. Idos, como digo, todos, don Gaspar se sentó sobre la cama en que estaba Florentina, y teniendo cerca
de sí la luz se puso a contemplar la casi difunta hermosura, y viendo medio muerta la misma vida con que vivía, haciendo en su enamorado pecho los efectos que
amor y piedad suelen causar, con los ojos humedecidos
del amoroso sentimiento, tomándole las manos que sobre la cama tendidas tenía, ya la registraba los pulsos
para ver si acaso vivía; otras, tocándole el corazón, y
muchas, poniéndole los claveles de sus labios en los ne-
vados copos que tenía asidos con sus manos, decía: «¡Ay
hermosísima y malograda Florentina, que quiso mi desdichada suerte que cuando soy dueño de estas deshoja-
das azucenas sea cuando estoy tan cerca de perderlas!
Desdichado fue el día que vi tu hermosura y la amé, pues
después de haber vivido muriendo tan dilatado tiempo
sin valer mis penas nada ante ti, que lo que se ignora

pasa por cosa que no es, quiso mi desesperada y desdichada fortuna que cuando te hablé fuese cuando te tengo más perdida y estoy con menos esperanzas de ganarte, pues cuando me pudiera prevenir, con el bien de haberte hallado, algún descanso, te veo ser despojo de la airada muerte. ¡Qué podré hacer, infelice amante tuyo, en tal dolor, sino serlo también en el punto que tu alma desampare tu hermoso cuerpo, para acompañarte en esta eterna y última jornada! ¡Qué manos tan crueles fueron las que tuvieron ánimo para sacar de tu cristalino pecho, donde sólo amor merecía estar aposentado, tanta púrpura, como los arroyos que te he visto verter! Dímelo, señora mía, que como caballero te prometo de hacer en él la más rabiosa venganza que cuanto ha que Dios crió el mundo se haya visto. Mas, ¡ay de mí!, que ya parece que la airada Parca ha cortado el delicado estambre de tu vida, pues ya te admiro mármol helado, esperando el verte fuego y blanda cera derretida al calor de mi amor. Pues ten por cierto, ajado clavel y difunta belleza, que te he de seguir, cuando no acabado con la pena, muerto con mis propias manos con el puñal de mis iras.» Y diciendo esto tornaba a hacer experiencia de los pulsos y del corazón, y tornaba de nuevo y con más lastimosas quejas a llorar la malograda belleza. Así se pasó hasta las seis de la mañana, que a esta hora tornó en sí la desmayada dama con algo más de aliento, pues que como se le había restriñido la sangre, tuvo más fuerza su ánimo y desanimados espíritus, y abriendo los ojos miró como despavorida los que la tenían cercada, extrañando el lugar donde se veía, que ya estaban todos allí, y el cirujano y los dos piadosos frailes. Mas volviendo en sí y acordándose cómo la había traído un caballero y lo demás que había pasado por ella, con debilitada voz pidió le diesen alguna cosa para cobrar fuerzas, y la sirvieron con unos bizcochos mojados en oloroso vino, por ser alimento más blando y substancioso. Y habiéndolos comido, dijo que le señalasen el caballero a quien debía el no haber muerto como gentil bárbara; y hecho, le dio las gracias como mejor pudo y supo; y habiendo orde-

nádose la sacasen una substancia, la quisieron dejar un
rato sola para que, no teniendo con quien hablar, reposase y se previniese para confesarse; mas ella, sintiendo
algo más de aliento, dijo que no, sino que se quería confesar luego, por lo que pudiese suceder. Y antes de eso,
volviéndose a don Gaspar, le dijo: «Caballero, que aunque querría llamaros por vuestro nombre no lo sé, aunque me parece que os he visto antes de ahora, ¿acepta-
réis ir a la parte donde me hallasteis? Que, si es posible
acordaros, en la misma calle preguntad por las casas de
don Dionisio de Portugal, que son bien conocidas en
ella; y abriendo la puerta que no está más que con un
cerrojo poned en cobro lo que hay en ella, tanto de gente como de hacienda. Y porque no os culpen a vos de
las desventuras que hallaréis en ella, y por hacer bien os
venga mal, llevad con vos algún ministro de Justicia;
que ya es imposible, según el mal que hay en aquella
desdichada casa, por culpa mía, encubrirse, ni menos cau-
telarme yo, sino que sepan dónde estoy y si mereciere
más castigo del que tengo, me lo den.» «Señora, respondió don Gaspar diciéndole primero cómo era su nombre, bien sé vuestra casa y bien os conozco. Si no decís más que muchas veces me habéis visto, aunque no
me habéis mirado, yo a vos sí que os he mirado y visto;
mas no estáis en estado de saber, por ahora, dónde ni
menos para qué si de estas desdichas de que en vuestra
casa sois la causa andáis en lances de Justicia.» «No puede ser menos, respondió Florentina. Haced, señor don
Gaspar, lo que os suplico, que yo no temo más daño
del que tengo, demás que vuestra autoridad es bastante
para que por ella me guarden a mí alguna cortesía.»

Viendo, pues, don Gaspar que ésta era su voluntad,
no replicó más; antes mandando poner el coche, entró
en él y se fue a Palacio, y dando cuenta de lo sucedido
con aquella dama, sin decir que la conocía y amaba, a
un deudo suyo, también de la Cámara de su Majestad,
le rogó le acompañase para ir a dar cuenta al Gobernador, porque no le imaginasen cómplice en las heridas de
doña Florentina ni en los riesgos sucedidos en la casa.

Y juntos don Gaspar y don Miguel fueron a casa del
Gobernador, a quien dieron cuenta del estado en que
había hallado a la dama y lo que decía de su casa, y como
el Gobernador conocía muy bien a don Dionisio y vio
lo que aquellos señores le decían, al punto, entrándose
en el coche con ellos, haciendo admiraciones de tal suceso, se fueron, cercados de ministros de Justicia, a la
casa de don Dionisio, los que, llegados a ella, abrieron
los cerrojos que doña Florentina había dicho. Y entrando todos dentro, lo primero que hallaron fue, a la puerta de un aposento que estaba al pie de la escalera, dos
pajes en camisa, dados de puñaladas, y subiendo por la
escalera, una esclava blanca, herrada en el rostro, a la
misma entrada del corredor, de la misma suerte que los
pajes, y una doncella sentada en el corredor, atravesada
de una estocada hasta las espaldas, que, aunque estaba
muerta, no había tenido lugar de caer, como estaba arrimada a la pared. Junto a ésta estaba una hacha caída,
como que a ella misma se le había caído de la mano.
Más adelante, a la entrada de la antesala, estaba don
Dionisio atravesado en su misma espada, que toda ella
se le salía por las espaldas, y él caído boca abajo, pegado
el pecho con la guarnición, que bien se conocía haberse
arrojado sobre ella desesperado de la vida y aborrecido
de su misma alma. En un aposento que estaba en el mismo corredor, correspondiente a una cocina, estaban tres
esclavas, una blanca y dos negras, la blanca en el suelo,
en camisa, en la mitad del aposento, y las negras en la
cama, también muertas a estocadas. Entrando más adentro, en la puerta de una cuadra, medio cuerpo afuera y
medio adentro, estaba un mozo de hasta veinte años,
poco más o menos, de muy buena presencia y cara, tras-
pasado de una estocada; éste estaba en camisa, cubierto
de una capa, y en los descalzos pies unas chinelas. En
la misma cuadra, donde estaba la cama, echada en ella
doña Madalena, también muerta de crueles heridas, mas
con tanta hermosura que parecía una estatua de marfil
salpicada de rosicler. En otro aposento, detrás de esta

cuadra, otras dos doncellas, también muertas, como las demás.

Finalmente, en la casa no había cosa viva. Mirábanse los que veían esto, unos a otros, asombrados, que no sé cuál podía en ellos más, la lástima o la admiración, y bien juzgaron ser don Dionisio el autor de tal estrago, y que después de haberlo hecho había vuelto su furiosa rabia contra sí. Mas viendo que sólo doña Florentina, que era la que tenía vida, podía decir cómo había sucedido tan lastimosa tragedia, sabiendo de don Gaspar el peligro en que estaba su vida y que no era tiempo de averiguarla hasta ver si mejoraba, suspendieron la averiguación y dieron orden de enterrar los muertos con general lástima, y más doña Madalena, que como la conocían ser una señora de tanta virtud y tan honrada, la veían con tanta mocedad y belleza, se dolían más de su desastrado fin que del de los demás. Dada, pues, tierra a los lastimosos cadáveres y puesta por inventario la hacienda, depositada en personas abonadas, se vinieron todos juntos a casa de don Gaspar, donde hallaron reposando a Florentina, que después de haberse confesado y dádole una substancia, se había dormido, y que un médico de quien se acompañó el cirujano, que la asistían por orden de don Gaspar, decían que no era tiempo de desvanecerla por cuanto la confesión había sido larga y le había dado calentura; que aquel día no convenía que hablase más, porque temían, con la falta de tanta sangre como había perdido, no enloqueciese. La dejaron depositada en poder de don Gaspar y su primo, que siempre que se la pidiesen darían cuenta de ella. Se volvió el Gobernador a su casa, llevando bien que contar él y todos de la destrucción de la casa de don Dionisio, y bien deseosos de saber el motivo de tan lastimoso caso.

Más de quince días se pasaron que no estuvo Florentina para hacer declaración de tan lastimosa historia, llegando muchas veces a término de acabar la vida, tanto, que fue necesario darle todos los Sacramentos, en cuyo tiempo, por consejo de don Gaspar y de don Miguel, había hecho declaración, delante del Gobernador, de

cómo don Dionisio había hecho aquel lastimoso estrago,
celoso de doña Madalena y aquel criado, de quien in-
justamente sospechaba mal, que era el que estaba muerto en la puerta de la cuadra. Y que a ella había también
dado aquellas heridas, mas que no la acabó de matar
por haberse puesto de por medio aquella esclava que
estaba en la puerta del corredor, de donde pudo escaparse mientras la mató, y que se había salido a la calle y
cerrado tras sí la puerta, y con perder tanta sangre cayó
donde la halló don Gaspar. Que en cuanto a don Dionisio, que no sabía si se había muerto o no, mas que, pues
le habían hallado como decían, que él de rabia se habría
muerto. Con esta confesión o declaración que hizo, no
culpándose a sí por no ocasionarse el castigo, cesaron las
diligencias de la Justicia, y desembargando la hacienda y
poniéndola a ella en libertad le dieron la posesión de
ella, la parte de su hermana por herencia y la de don
Dionisio en pago de las heridas recibidas de su mano,
para que, si viviese, la gozase, y si muriese, pudiese tes-
tar a su voluntad. Conque pasado más de un mes que,
con verse quieta y rica, se consoló y mejoró (¡oh Dios,
que dispone las cosas conforme a su voluntad y a utili-
dad nuestra!), en poco más tiempo estaba ya fuera de
peligro y tan agradecida del agasajo de don Gaspar y re-
conocida del bien que de él había recibido, que no fuera
muy dificultoso amarle, pues fuera de esto lo merecía
por su gallardía y afable condición, además de su nobleza y muchos bienes de fortuna de que le había engrande-
cido el cielo de todas maneras; y aun estoy por decir
que le debía amar, mas como se hallaba inferior no en
la buena sangre, la riqueza y en la hermosura, que esa
sola bastaba, sino en la causa que originó el estar ella
en su casa, no se atrevía a darlo a entender; ni don Gaspar, más atento a su honor que a su gusto, aunque le
amaba como se ha dicho, y más como se sabe del trato,
que suele engendrar amor donde no le hay, no había
querido declararse con ella hasta saber en qué manera
había sido la causa de tan lastimoso suceso, porque más
quería morir amando con honor, que sin él vencer y

gozar, supuesto que Florentina para mujer, si había desmán en su pureza, era poca mujer, y para dama [8], mucha.

Deseoso de salir de este cuidado y determinar lo que había de hacer, porque la jornada de su Majestad para Castilla se acercaba y él había de asistir a ella, viéndola con su salud y muy cobrada en su hermosura, y que ya empezaba a levantarse, le suplicó le contase cómo habían sucedido tantas desdichas como por sus ojos había visto. Y Florentina, obligada y rogada de personas a quien tanto debía, estando presente don Miguel, que deseaba lo mismo y aun no estaba menos enamorado que su primo, aunque temiendo lo mismo no quería manifestar su amor, empezó a contar su historia prodigiosa de esta manera:

«Nací en esta ciudad (nunca naciera, para que no hubiera sido ocasión de tantos males), de padres nobles y ricos, siendo, desde el primer paso que di en este mundo, causa de desdichas, pues se las ocasioné a mi madre quitándole, en acabando de nacer, la vida, con tierno sentimiento de mi padre, por no haber gozado de su hermosura más de los nueve meses que me tuvo en su vientre, si bien se le moderó, como hace a todos, pues apenas tenía yo dos años se casó con una señora viuda y hermosa, con buena hacienda, que tenía asimismo una hija que le había quedado de su esposo, de edad de cuatro años, que ésta fue la desdichada doña Madalena. Hecho, pues, el matrimonio de mi padre y su madre, nos criamos juntas desde la infancia, tan amantes la una de la otra y tan amadas de nuestros padres, que todos entendían que éramos hermanas, porque mi padre, por obligar a su esposa, quería y regalaba a doña Madalena como si fuera hija suya, y su esposa, por tenerle a él grato y contento, me amaba a mí más que a su hija; que esto es lo que deben hacer los buenos casados y que quieren vivir con quietud, pues del poco agrado que tienen los maridos con los hijos de sus mujeres, y las mujeres con los de sus maridos, nacen mil rencillas y pesadumbres. En fin, digo que si no eran los que muy familiarmente nos trataban, que sabían lo contrario, todos los demás nos tenían por hermanas, y aun nosotras mismas lo creíamos así hasta que la muerte descubrió este secreto, que llegando mi padre al punto de hacer testamento para partir de esta vida, por ser el primero que la dejó, supe que no era hija de la que reverenciaba por madre, ni hermana de la que amaba por hermana, y por desdicha hubo de ser por mí por quien faltó esta amistad. Murió mi padre, dejándome muy encomendada a su esposa, mas no pudo mostrar mucho tiempo en mí el amor que a mi padre tenía, porque fue tan grande el sentimiento que tuvo de su muerte, que dentro de cuatro meses le siguió, dejándonos a doña Madalena y a mí bien desamparadas, aunque bien acomodadas de bienes de fortuna, que, acompañados con los de la naturaleza, nos prometíamos buenos casamientos, porque no hay diez y ocho años feos.

»Dejónos nuestra madre, que en tal lugar la tenía yo, debajo de la tutela de un hermano suyo, de más edad que ella, el cual nos llevó a su casa y nos tenía como hijas, no diferenciándonos, en razón de nuestro regalo y aderezo, a la una de la otra, porque era con tan grave extremo lo que las dos nos amábamos, que el tío de doña Madalena, pareciéndole que hacía lisonja a su sobrina, me quería y acariciaba de la misma suerte que a ella; y no hacía mucho, pues no estando él muy sobrado, con nuestra hacienda no le faltaba nada. Ya cuando nuestros padres murieron, andaba don Dionisio de Portugal, caballero rico y poderoso y de lo mejor de esta ciudad, muy enamorado de doña Madalena, deseándola para esposa, y se había dilatado el pedirla por su falta, paseándola y galanteándola de lo más tiernísimo y cuidadoso, como tiene fama nuestra nación. Y ella, como tan bien entendida, conociendo su logro, le correspondía con la misma voluntad en cuanto a dejarse servir y galantear de él con el decoro debido a su honestidad y fama, supuesto que admitía su voluntad y finezas con intento de casar con él. Llegó, pues, con estos honestos y recatados amores a determinarse doña Madalena de casarse sin la voluntad de su tío, conociendo en él la poca que mostraba a darle estado, temeroso de perder la comodidad con que con nuestra buena y lucida hacienda pasa-

ba; y así gustara más que fuéramos religiosas, y aun nos
lo proponía muchas veces. Mas viendo la poca inclinación que teníamos a este estado, o por desvanecidas por
la belleza o porque habíamos de ser desdichadas, no
apretaba en ello, mas diʹataba el casarnos; que todo esto
pueden los intereses para los que quieren vivir con descanso. Lo que visto por doña Madalena, determinada
como digo a elegir por dueño a don Dionisio, empezó
a engolfarse más en su voluntad, escribiendo el uno al
otro y hablándose muchas veces por una reja. Asistíala
yo muchas noches (¡oh, primero muriera, que tan cara
me cuesta esta asistencia!), al principio contenta de ver
a doña Madalena empleada en un caballero de tanto valor como don Dionisio, al medio, envidiosa de que fuese
suyo y no mío, y al fin enamorada y perdida por él.
Oíle tierno, escuchéle discreto, miréle galán y consideré-
le ajeno, y dejéme perder sin remedio, con tal precipicio
que vine a perder la salud. Donde conozco que acierta
quien dice que el amor es enfermedad, pues se pierde
el gusto y se huye el sueño y se apartan las ganas de comer. Pues si todos estos accidentes caen sobre el fuego
que amor enciende en el pecho, no me parece que es él
menos peligroso tabardillo, y más cuando da con la mo-
dorra de no poder alcanzar, y con el frenesí celoso de
ver lo que se ama empleado en otro cuidado. Y más
rabioso fue este mal en mí, porque no podía salir de
mí ni consentía ser comunicado, pues todo el mundo me
había de infamar de que amase yo lo que mi amiga o
hermana amaba; yo quería a quien no me quería, y éste
amaba a quien yo tenía obligación de no ofender. ¡Válgame Dios, y qué intrincado laberinto! Pues sólo mi
mal era para mí, y mis penas no para comunicadas.

»Bien notaba doña Madalena en mi melancolía y perdido color y demás accidentes, mas no imaginaba la causa, que creo, de lo que me amaba, que dejara la empresa
porque yo no padeciera, que cuando considero esto no
sé cómo mi propio dolor no me quita la vida; antes
juzgaba que mi tristeza debía ser porque no me había
llegado a mí la ocasión de tomar estado como ella, como

es éste el deseo de todas las mujeres de sus años y los míos. Y si bien algunas veces me persuadía a que le comunicase mi pena, yo la divertía dándole otras precisas causas, hasta llegándome a prometer que, casándose, me casaría con quien yo tuviese gusto. ¡Ay, malograda hermosura, y qué falsa y desdichadamente te pagué el amor que me tenías!

»Cierto, señor don Gaspar, que a no considerar que si dejase aquí mi lastimosa historia no cumpliría con lo que estoy obligada, os suplicara me diérades licencia para dejarla, porque no me sirve de más que de añadir nuevos tormentos a los que padezco en referirla. Mas pasemos con ella adelante, que justo es que padezca quien causó tantos males; y así, pasaré a referirlos. Las músicas, las finezas y los extremos con que don Dionisio servía a doña Madalena, ya lo podréis juzgar de la opinión de enamorados que nuestra nación tiene, y también las rabiosas bascas, los dolorosos suspiros y tiernas lágrimas de mi corazón y ojos el tiempo que duró este galanteo, pues lo podréis ver por lo que adelante sucedió. En fin, puestos los medios necesarios para que el tío de doña Madalena no lo negase viendo conformes las dos voluntades, aunque de mala gana por perder el interés que se le seguía en el gobierno y administración de la hacienda, doña Madalena y don Dionisio llegaron a gozar lo que tanto deseaban, tan contentos con el felicísimo y dichoso logro de su amor, como yo triste y desesperada, viéndome de todo punto desposeída del bien que adoraba mi alma. No sé cómo os diga mis desesperaciones y rabiosos celos; mas mejor es callarlo, porque así saldrán mejor pintados, porque no hallo colores como los de la imaginación. No digo más sino que a este tiempo hice un romance que si gustáis le diré, y si no, le pasaré en silencio.»

«Antes me agraviaréis, dijo don Gaspar, en no decirle, que sentimientos vuestros serán de mucha estima.»

Pues el romance es éste, dijo doña Florentina, que canté a una guitarra el día del desposorio, más que cantando, llorando:

Ya llega, Cupido, al ara,
ponme en los ojos el lienzo,
pues sólo por mis desdichas
ofrezco al cuchillo el cuello.

Ya no tengo más que darte,
que pues la vida te ofrezco,
niño cruel, ya conoces
el poco caudal que tengo.

Un cuerpo sin alma doy;
que es engaño, ya lo veo,
mas tiéneme Fabio el alma
y quitársela no puedo.

Que si guardaba la vida
era por gozarle, en premio
de mi amor; mas ya la doy
con gusto, pues hoy la pierdo.

No te obliguen las corrientes
que por estos ojos vierto,
que no son para obligarte,
sino por mi sentimiento.

Antes, si me has de hacer bien,
acaba, acábame presto,
para que el perder a Fabio
y el morir lleguen a un tiempo.

Mas es tanta tu crueldad
que, porque morir deseo,
el golpe suspenderás,
más que piadoso, severo.

Ejecuta el golpe, acaba,
o no me quites mi dueño;
déjame vivir con él
aunque viva padeciendo.

Bien sabes que sólo una hora
vivir sin Fabio no puedo;
pues si he de morir despacio
más alivio es morir presto.

Un año y algo más ha
que, sin decirlo, padezco,

amando sin esperanzas,
que es la pena del infierno.
    Ya su sol se va a otro Oriente,
y a mí, como a ocaso negro,
quedándome sin su luz,
¿para qué la vida quiero?
    Mas, si tengo de morir,
amor, ¿para qué me quejo?
Que pensarás que descanso
y no descanso, que muero.
    Ya me venda amor los ojos,
ya desenvaina el acero,
ya muero, Fabio, por ti,
ya por ti la vida dejo.
    Ya digo el último adiós,
¡oh, permita, Fabio, el cielo
que a ti te dé tantas dichas
como yo tengo tormentos!
    En esto decirte quiero
que muero, Fabio, pues que ya te pierdo,
y que por ti con gusto, Fabio, muero.

Casáronse, en fin, don Dionisio y doña Madalena, y como me lo había prometido me trajo, cuando se vino a su casa, en su compañía, con ánimo de darme estado, pensando que traía una hermana y verdadera amiga, que trató la destrucción de ella, pues ni el verlos ya casados, ni cuán tiernísimamente se amaban, ni lo que a doña Madalena de amor debía, ni su misma pérdida, nada bastó para que yo olvidase a don Dionisio; antes crecía en mí la desesperada envidia de verlos gozarse y amarse con tanta dulzura y gusto, con lo que yo vivía tan sin él, que, creyendo doña Madalena que nacía de que se dilataba darme estado, trató de emplearme en una persona que me estimase y mereciese, mas nunca, ni ella ni don Dionisio lo pudieron acabar conmigo; de que doña Madalena se admiraba mucho y me decía que me había hecho de una condición tan extraña que la traía fuera de sí, ni me la entendía.

Y a la cuenta debía de comunicar esto mismo con su esposo, porque un día que ella estaba en una visita y yo me había quedado en casa, como siempre hacía, y como andaba tan desabrida, a todo divertimiento me negaba, vino don Dionisio, y hallándome sola y los ojos bañados en lágrimas, que pocos ratos dejaba de llorar el mal empleo de mi amor, sentándose junto a mí, me dijo: «Cierto, hermosa Florentina, que a tu hermana y a mí nos traes cuidadosísimos con tu melancolía, haciendo varios discursos sobre de qué te puede proceder, y ninguno hallo más a propósito, ni que lleve color de verdadero, sino que quieres bien en parte imposible; que a ser posible, no creo que haya caballero en esta ciudad, aunque sea de jerarquía superior, que no estime ser amado de tu hermosura y se tuviera por muy dichoso en merecerla, aun cuando no fueras quien eres ni tuvieras la hacienda que tienes, sino que fueras una pobre aldeana, pues con ser dueño de tu sin igual belleza se pudiera tener por el mayor rey del mundo. Y si acaso fuera yo...» No dejándole pasar adelante, que tan precipitada me tenía la amorosa pasión, o, lo más seguro, dejada de la divina mano, le repliqué: «Que fuera así, que amara en alguna parte difícil de alcanzar correspondencia, ¿qué hiciérades vos por mí, señor don Dionisio, para remediar mi pena?» «Decírsela y solicitarla para que te amase», respondió don Dionisio. «Pues si es así —respondí yo—, dítela a ti mismo y solicítate a ti, y cumplirás lo que prometes; y mira cuán apurado está mi sufrimiento, que sin mirar lo que debo a mí misma, ni que profano la honestidad, joya de más valor que una mujer tiene, ni el agravio que hago a tu esposa, que aunque no es mi hermana la tengo en tal lugar, ni en el saber que voy a perder y no a ganar contigo, que es cierto que me has de desestimar y tener en menos por mi atrevimiento, y despreciarme por mirarme liviana, y de más a más por el amor que debes a tu esposa, tan merecedora de tu lealtad como yo de tu desprecio, nada de esto me obliga, porque he llegado a tiempo que es más mi pena que mi vergüenza; y así, tenme por libre, admí-

rame atrevida, ultrájame deshonesta, aborréceme liviana
o haz lo que fuera de tu gusto, que ya no puedo callar.
Y aun cuando no me sirva de más mi confesión, sino
de que sepas que eres la causa de mi tristeza y desabrimiento, me doy por contenta y pagada de haberme declarado; y supuesto esto, tan entendido que desde el día
que empezaste a amar a doña Madalena, te amo más
que a mí, pasando las penas que ves y no ves y de que
a ninguna persona del mundo he dado parte, resuelta
a no casarme jamás, porque si no fuera a ti, no he de
tener otro dueño.»

Acabé esta última razón con tantas lágrimas y ahogos,
suspiros y sollozos, que apenas la podía pronunciar. Lo
que resultó de esto fue que, levantándose don Dionisio,
creyendo que se iba huyendo por no responder a mi determinada desenvoltura, cerró la puerta de la sala y volvió donde yo estaba, diciendo: «No quiera amor, hermosa Florentina, que yo sea ingrato a tan divina belleza y
a sentimientos tan bien padecidos y tiernamente dichos.»
Y anudándome al cuello los brazos, me acarició de modo
que, ni yo tuve más que darle, ni él más que alcanzar
ni poseer. En fin, toda la tarde estuvimos juntos en amorosos deleites, y en el discurso de ella, no sé que fuese
verdad, que los amantes a peso de mentiras nos com-
pran, me dijo que desde el otro día de casado me amaba,
y que por no atreverse no me lo había dicho, y otras
cosas con que yo, creyéndole, me tuve por dichosa y me
juzgué no mal empleada, y que si se viera libre fuera
mi esposo.

Rogóme don Dionisio, con grandes encarecimientos,
que no descubriera a nadie nuestro amor, pues teníamos
tanto lugar de gozarle, y yo le pedí lo mismo, temerosa
de que doña Madalena no lo entendiese. En fin, de esta
forma hemos pasado cuatro años, estando yo desde aquel
día la mujer más alegre del mundo. Cobréme de mi perdida hermosura, restituíme en mi donaire, de manera que
ya era el regocijo y alegría de toda la casa, porque yo
mandaba en ella; lo que yo hacía era lo más acertado,
lo que mandaba, lo obedecido; era dueña de la hacienda

y de cuya [9] era; por mí se despedían y recibían los criados y las criadas, de manera que doña Madalena no servía más de hacer estorbo a mis empleos. Amábame tanto
don Dionisio, granjeándole yo la voluntad con mis caricias, que se vino a descuidar en las que solía y debía
hacer a su esposa, con lo que se trocaron las suertes: y
primero Madalena estaba alegre y Florentina triste; ya
Florentina era la alegre y Madalena la melancólica, llorosa, la desabrida y la desconsolada; y si bien entendía
que por andar su esposo en otros empleos se olvidaba
de ella; jamás sospechó en mí, lo uno por el recato con
que andábamos, y lo otro, por la gran confianza que tenía en mí, no pudiéndose persuadir a tal maldad, si bien
me decía que en mí las tristezas y alegrías eran extremos
que tocaban en locura.

¡Válgame el cielo! ¡Y qué ceguedad es la de los
amantes! ¡Nunca me alumbré de ella hasta que a costa
de tantas desdichas se me han abierto los ojos! Llegó
a tal extremo y remate la de mis maldades, que nos dimos palabras de esposos don Dionisio y yo, para cuando
muriera doña Madalena, como si estuviera en nuestra
voluntad el quitarle la vida, o tuviéramos las nuestras
más seguras que ella la suya.

Llegóse en este tiempo la Semana Santa, en que es
fuerza acudir al mandamiento de la Iglesia; y si bien
en el discurso de mi mal estado me había confesado,
algunas había sido de cumplimiento, y yo, que sabía bien
dorar mi yerro, no debía de haber encontrado confesor
tan escrupuloso como éste que digo, o yo debí de decla-
rarme mejor. ¡Oh, infinita Bondad, y lo que sufres! En
fin, tratando con él del estado de mi conciencia, me la
apuró tanto y me puso tantos temores de la perdición
de mi alma, no queriéndome absolver y diciéndome que
estaba como acá ardiendo en los infiernos, que volví a
casa bien desconsolada y, entrando en mi retraimiento,
empecé a llorar, de suerte que lo sintió una doncella mía
que se había criado conmigo desde niña; que es la que,
si os acordáis, señor don Gaspar, hallasteis en aquella
desdichada casa sentada en el corredor, arrimada a la

pared, pasada de parte a parte por los pechos; y con
grandes instancias y ruegos y sentimientos me persuadió
a que le dijese la causa de mi lastimoso llanto. Y yo, o
por descansar con ella, o porque ya la fatal ruina de
todo se acercaba, advirtiendo lo primero del secreto y
disimulación delante de don Dionisio, porque no supiese que ella lo sabía, por lo que importaba, le di cuenta
de todo sin faltar nada, contándole también lo que me
había pasado con el confesor. La doncella, haciendo grandes admiraciones y más de cómo había podido tenerlo
tanto tiempo encubierto sin que ninguno se enterase,
me dijo, viendo que yo la pedía consejo, estas razones:
«Cierto, señora mía, que son sucesos los que me has contado de tanta gravedad, que era menester, para dar salida a ellos, mayor entendimiento que el mío; porque
pensar que has de estar en este estado presente hasta
que doña Madalena se muera, es una cosa que sólo es-
perarla causa desesperación; porque, ¿cómo sabemos que
se ha de morir ella primero que tú, ni don Dionisio decir que te apartes de él, amándote? Es locura que ni
tú la has de hacer, ni él, si está tan enamorado como
dices, menos. Tú sin honor y amando, y aguardando milagros que las más de las veces en estos casos suceden
al revés, porque el cielo castiga estas intenciones, y a
morir primero los que agravian que el agraviado. acabar
el ofensor y vivir el ofendido. El remedio que hallo, cruel
es, mas ya es remedio, que llagas tan ulceradas como éstas quieren curas violentas.» Roguéle me le dijese, y res-
pondióme: «Que muera doña Madalena, que más vale
que lo padezca una inocente, que se irá a gozar de Dios
con la corona del martirio, que no que tú quedes perdida.» «¡Ay, amiga! ¿Y no será mayor horror que los
demás, dije yo, matar a quien no lo debe, y que Dios
me castigará a mí, pues haciendo yo el agravio le ha de
pagar el que lo recibe?» «David. me respondió mi doncella, se aprovechó de él matando a Urías. porque Ber-
sabé no padeciera ni peligrara en la vida ni en la fama;
y tú me parece que estás cerca de lo mismo, pues el día
en que doña Madalena se desengañe, ha de hacer de ti

lo que yo te digo que hagas de ella.» «Pues si con sólo
el deseo, respondí yo, me ha puesto el confesor tantos miedos, ¿qué será con la ejecución?» «Hacer lo que
dijo David, contestó la doncella: Matemos a Urías,
que después haremos penitencia. En casándote con tu
amante, restaurar con sacrificios el delito, que por la penitencia se perdona el pecado; y así lo hizo el santo rey.»

Tantas cosas me dijo, y tantos ejemplos me puso, y
tantas leyes me alegó, que como yo deseaba lo mismo
que ella me persuadía, reducida a su parecer dimos entre
las dos la sentencia contra la inocente y agraviada doña
Madalena, que siempre a un error sigue otro y a un delito muchos. Y dando y tomando pareceres de cómo se
ejecutaría, me respondió la atrevida mujer, en quien pienso que hablaba y obraba el demonio: «Lo que me parece más conveniente para que ninguna de nosotras pe-
ligre es que la mate su marido, y de esta suerte no cul-
parán a nadie.» «¿Cómo será eso?, dije yo, que doña
Madalena vive tan honesta y virtuosamente, que no hallará jamás su marido causa para hacerlo.» «Eso no es
del caso, dijo la doncella, que ahí ha de obrar mi industria. Calla y déjame hacer, sin darte por entendida de
nada, que si antes de un mes no te vieses desembarazada
de ella, me tengas por la más ruda y boba que hay en el
mundo.»

Dióme parte del modo, apartándonos las dos y hacer
oficio de demonio. Y yo a esperar el suceso, con lo que
cesó nuestra plática. Y la mal aconsejada moza, y yo
más que ella, que todas dos seguíamos lo que el demonio nos inspiraba, hallando ocasión, como ella la buscaba, dijo a don Dionisio que su esposa le quitaba el honor,
porque mientras él no estaba en casa tenía trato ilícito
con Fernandico. Este era un mozo de hasta edad de die-
ciocho o veinte años, que había nacido en casa y criádo-
se en ella, porque era hijo de una criada de sus padres
de don Dionisio, que había sido casada con un mayordomo suyo; y muertos ya los padres, el desdichado mozo
se había criado en casa, heredando el servir, mas no el
premio, pues fue muy diferente del que sus padres ha-

bían tenido, que éste era el que hallasteis muerto a la
puerta de la cuadra donde estaba doña Madalena. Era
galán y de buenas partes y muy virtuoso; con que a don
Dionisio no se le hizo muy dificultoso el creerlo, si bien
le preguntó que cómo lo había visto, a lo que ella respondió: «Que al ladrón de casa no hay nada oculto, y
que piensan las amas que las criadas son ignorantes.»
En fin, don Dionisio la preguntó cómo haría para saber
la verdad. «Haz que te vas fuera y vuelve al amanecer,
o ya pasado de media hora [10], y hazme una seña para
que yo sepa que estás en la calle —dijo la criada—, que
te abriré la puerta y los cogerás juntos.»

Quedó así concertado para de allí a dos días, y mi
criada me dio parte de lo hecho, de que yo, algo temerosa me alegré, aunque por otra parte me pesaba; mas
viendo que ya no había remedio, hube de pasar aguardando el suceso. Vamos al endemoniado enredo, que voy
abriendo por la pena que me da referir tan desdichado
suceso. Al otro día dijo don Dionisio que iba con unos
amigos a ver unos toros que se corrían en un lugar a
tres leguas de Lisboa, y apercibido su viaje, aunque Fernandico le acompañaba siempre, no quiso esta vez fuera
con él ni otro ni ningún criado, que para dos días los
criados de los otros le asistirían. Y con esto se partió
el día a quien siguió la triste noche en que me hallasteis.
En fin, él vino solo, pasado de medianoche, y hecha la
seña, mi doncella que estaba alerta le dijo se aguardase
un poco, y tomando una luz se fue al aposento del malogrado mozo, y entrando alborotada, le dijo: «Fernando,
mi señora te llama, que vayas allá muy aprisa.» «¿Qué
quiere ahora mi señora?», replicó Fernando. «No sé, dijo
ella, sino que me envía muy aprisa a llamarte.» Levantóse él y queriendo vestirse, le dijo ella: «No te vistas,
sino ponte esta capa y enchanclétate esos zapatos, y ve
a ver qué te quiere, que si después fuera necesario ves-
tirte lo harás.» Hízolo así Fernandico, y mientras él fue
donde su señora estaba, la cautelosa mujer abrió a su
señor. Llegó Fernando a la cama donde estaba doña Madalena durmiendo, y despertándola, la dijo: «¿Señora,

qué es lo que me queréis?» A lo que doña Madalena,
asustada como despertó y le vio en su cuadra, le dijo:
«Vete, vete, mozo, con Dios; ¿qué buscas aquí? Que
yo no te llamo.» Y así como Fernando lo oyó se fue a
salir de la cuadra, cuando llegó su amo al tiempo que
salía, que como le vio estaba desnudo y que salía del
aposento de su esposa, creyó que se salía de dormir con
ella, y dándole con la espada que traía desnuda dos estocadas, una tras otra, le tendió en el suelo, sin poder
decir más de *Jesus sea conmigo,* con tan doloroso acento
que yo, que estaba en mi aposento bien temerosa y so-
bresaltada, como era justo que estuviese quien era causa
de un mal tan grande y autora de un testimonio tan cruel,
y motivo de que se derramase aquella sangre inocente,
que ya empezaba a clamar delante del Tribunal Supremo
de Divina Justicia, me cubrí de un sudor frío, y queriéndome levantar para salir a estorbarlo, que mis fuerzas
estuviesen enflaquecidas, o que el demonio, que ya estaba señoreando de aquella casa me ató, de suerte que
no pude.

Entre tanto, don Dionisio, ya de todo punto ciego,
entró donde estaba su inocente esposa, que se había vuelto a quedar dormida con los brazos sobre la cabeza, y
llegando a su puro y casto lecho, a sus airados rayos y
engañada imaginación sucio, deshonesto y violado con la
mancha de su deshonor, le dijo: «¡Ah, traidora, y cómo
descansas en mi ofensa!» Y sacando la daga, le dio tantas puñaladas cuantas su indignada cólera pedía; y sin
que pudiese ni aun formar un ¡ay!, desamparó aquella
alma santa al más hermoso y honesto cuerpo que conoció el reino de Portugal.

A este tiempo había yo salido fuera de mi estancia y
estaba en parte en que podía ver lo que pasaba, bien perdida de ánimo y anegada de lágrimas, mas no me atreví
a salir, y vi que don Dionisio pasó adelante a un retrete [11] que estaba consecutivo a la cuadra de su esposa, y
hallando dos desdichadas doncellas que dormían en él,
las mató diciendo: «Así pagaréis, dormidas centinelas de
mi honor, vuestro descuido, dando lugar a vuestra ale-

vosa señora para que velase a quitármelo.» Y bajando
por una escalera excusada que salía a un patio, salió al
portal, y llamando a dos pajes que dormían en un aposento cerca de allí, que a su voz salieron despavoridos,
les pagó su puntualidad con quitarles la vida; y como
un león encarnizado y sediento de humana sangre, volvió a subir por la escalera principal, y entrando en la
cocina mató las tres esclavas que dormían en ella, que
la otra había ido a llamarme oyendo la revuelta y llanto
que hacía mi criada, que sentada en el corredor estaba,
que, o porque se arrepintió del mal que había hecho,
cuando no tenía remedio, o porque Dios quiso que le
pagase porque el honor de doña Madalena no quedase
manchado, sino que supiese el mundo que ella y cuantos
allí habían muerto iban sin culpa y que sólo ella y yo
la teníamos, que es lo más cierto, arrimando una hacha
que ella misma había encendido a la pared (que tan des-
caradamente siguió su maldad que, para ir a abrir la
puerta a su señor le pareció poca luz la de una vela, que
en dejándonos Dios de su divina mano pecamos como
si hiciéramos algunas virtudes, sin vergüenza de nada),
se sentó a llorar diciendo: « ¡Ay, desdichada de mí! ¡Qué
he hecho! ¡Ya no hay perdón para mí en el cielo ni
en la tierra, pues por apoyar un mal con tan grande y
falso testimonio, he sido causa de tantas desdichas! »
   A este mismo punto salía su amo de la cocina, y yo
por la otra parte, y la esclava que me había ido a llamar,
con una vela en la mano; y como la oí, me detuve y vi
que llegando don Dionisio a ella, le dijo: «¿Qué dices,
moza, de testimonio y de desdichas?» « ¡Ay, señor mío!
—respondió ella—. ¿Qué tengo que decir, sino que soy
la más mala hembra que ha nacido? Que mi señora doña
Madalena y Fernandico han muerto sin culpa, con todos
los demás a quienes has quitado la vida. Sólo yo soy la
culpable y la que no merezco vivir, que yo hice este enredo, llamando al triste Fernandico, que estaba en su
aposento dormido, diciéndole que mi señora le llamaba,
para que, viéndole tú salir de la forma que le viste, cre-
yeses lo que yo te había dicho y así, matando a mi se-

ñora doña Madalena, te casaras con doña Florentina, restituyéndole y satisfaciendo, con ser su esposo, el honor que le debes.»

« ¡Oh, falsa traidora! Si eso que dices es verdad, dijo don Dionisio, poca venganza es quitarte la vida que tienes, que mil son pocas y que a cada una se te diese un género de muerte.»

«Verdad es, señor, verdad es, y lo demás mentira. Yo soy la mala y mi señora la buena; la muerte merezco y el infierno también.» «Pues yo te daré lo uno y lo otro, respondió don Dionisio, y restauraré la muerte de tantos inocentes con la de la traidora.» Y dicho esto, la atravesó con la espada por los pechos contra la pared, dando la desdichada una grande voz diciendo: «Recibe, infierno, el alma de la más mala mujer que crió el cielo, que aun allá pienso que no hallaré lugar.» Y diciendo esto la rindió a quien la ofrecía.

A este punto salí yo con la criada negra, y fiada en el amor que me tenía, entendiendo amansarle y reportarle, le dije: «¿Qué es esto, don Dionisio? ¿Qué sucesos son estos? ¿Hasta cuándo ha de durar el rigor?» Y él, que ya a este punto estaba de la rabia y el dolor sin juicio, embistiendo conmigo, me dijo: «Hasta matarte y matarte, falsa, traidora, liviana, deshonesta, para que pagues el haber sido causa de tantos males; que no contenta con los agravios que con tu deshonesto apetito hacías a la que tenías por hermana, no has parado hasta quitarle la vida.» Y diciendo esto me dio las heridas que habéis visto, y acabárame de matar si la negra no acudiera a ponerse en medio, que como la vio don Dionisio, asió de ella, y mientras la mató tuve yo lugar de entrarme en un aposento y cerrar la puerta, toda bañada de sangre. Acabando, pues, don Dionisio con la vida de la esclava, y viendo que ya no quedaba nada vivo en la casa no siendo él, porque de mí bien creyó que iba de modo que no escaparía, e instigado por el demonio, puso el pomo de la espada en el suelo y la punta en su cruel corazón, diciendo: «No he de aguardar a que la Justicia humana castigue mis delitos, que más acertado es que sea yo el

verdugo de la Justicia Divina.» Y se dejó caer sobre la
espada, pasando la punta a las espaldas, llamando al demonio que le recibiese el alma.

Yo, viéndole ya muerto y que me desengraba, si bien
con el miedo que podéis imaginar de verme entre tanto
horror y cuerpos sin alma, que de mi sentimiento no hay
que decir, pues era tanto que no sé cómo no hice lo
mismo que don Dionisio; mas no lo debió de permitir
Dios porque se supiese un caso tan desdichado como
éste, con más ánimo del que en la ocasión que estaba
imaginé tener, abrí la puerta del aposento y tomando la
vela que estaba en el suelo me bajé por la escalera y
salí a la calle con ánimo de ir a buscar, viéndome en el
estado en que estaba, quien me confesase para que, ya
que perdiese la vida, no perdiese el alma. Con todo, tuve
advertencia de cerrar la puerta de la calle con aquel cerrojo que estaba, y caminando con pasos desmayados
por la calle, sin saber adónde iba, me faltaron con la falta
de la sangre las fuerzas y caí donde vos, señor don Gaspar, me hallasteis, donde estuve hasta que llegó aquella
hora y llegó vuestra piedad a socorrerme para que, de-
biéndoos la vida, la gaste el tiempo que me durare en
llorar, gemir y hacer penitencia de tantos males como he
causado, y también en pedir a Dios guarde la vuestra
muchos siglos.

Calló en esto la linda y hermosa Florentina, mas sus
ojos, con los copiosos raudales de lágrimas, no callaron,
que a hilos se desperdiciaban por sus más que hermosas
mejillas, en lo que mostraba bien la pasión que el alma
sentía, y forzada de ella se dejó caer con un profundo
desmayo, dejando a don Gaspar suspenso y espantado
de lo que había oído, y no sé si más desmayado que ella,
viendo que entre tantos muertos como el muerto honor
de Florentina había causado, también había muerto su
amor, porque ni Florentina era ya para su esposa ni
para dama era razón que la procurase, supuesto que la
veía con determinación grande de tomar más seguro estado que la librase de otras semejantes desdichas como
las que por ella habían pasado. Y se alababa a sí de muy

cuerdo en no haberle declarado su amor hasta saber lo que entonces sabía; y así, acudiendo a remediar el desmayo en que estaba, ya vuelta de él la consoló, esforzándola con algunos dulces y conservas, y diciéndola cariñosas razones la aconsejó que, en estando con más entera salud, el mejor modo para su reposo era entrarse en religión, donde viviría segura de nuevas calamidades. Que en lo que tocaba a allanar el riesgo de la Justicia, si hubiese alguno, él se obligaba al remedio, aunque diese cuenta a su Majestad del caso si fuese menester; a lo que la dama, agradeciéndole los beneficios que había recibido y recibía, con nuevas caricias le respondió que ése era su intento, y que cuanto antes se negociase y ejecutase le haría mayor merced, que ni sus desdichas ni el amor que al desdichado don Dionisio tenía le daba lugar a otra cosa.

Acabó don Gaspar, con esta última razón, de desarraigar y olvidar el amor que tenía, y en menos de dos meses que tardó Florentina en cobrar fuerzas, sanar de todo punto y negociarse todo presto, que fue necesario que se diese cuenta a su Majestad del caso, que dio, piadoso, el perdón de la culpa que Florentina tenía en ser culpada de lo referido, se consiguió su deseo, entrándose religiosa en uno de los suntuosos conventos de Lisboa, sirviéndola de castigo su propio dolor y las heridas que le dio don Dionisio, supliendo la dote y más gasto la gruesa hacienda que había de una parte y de otra, donde hoy vive santa y religiosísima vida, carteándose con don Gaspar, a quien siempre agradecida no olvida, que antes con muchos regalos que le envía agradece la deuda en que está; el cual, vuelto con su Majestad a Madrid, se casó en Toledo, donde hoy vive, y de él mismo supe este desengaño que habéis oído.

El desengañado amado
y premio de la virtud

En la imperial ciudad de Toledo, silla de reyes y corona de sus reinos, como lo publica su hermosa fundación, agradable sitio, nobles caballeros y hermosas damas, hubo no ha muchos años un caballero cuyo nombre será don Fernando. Nació de padres nobles y medianamente ricos, y él por sí tan galán, alentado y valiente, que si no desluciera estas gracias de naturaleza con ser mucho más inclinado a travesuras y vicios que a virtudes, pudiera ser adorno, alabanza y grandeza de su patria. Desde su tierna niñez procuraron sus padres criarle e instruirle en las costumbres que requieren los ilustres nacimientos para que lleven adelante la nobleza que heredaron de sus pasados; mas estos virtuosos estilos eran tan pesados para don Fernando como quien en todo seguía su traviesa inclinación sin vencerla en nada, y más que al mejor tiempo le faltó su padre; con que don Fernando tuvo lugar de dar más rienda a sus vicios. Gastó en esto alguna parte de su patrimonio, falta que se veía mucho como no era de los más abundantes de su tierra. En medio de estos vicios y distraimientos de nuestro caballero le sujetó amor a la hermosura, donaire y discreción de una dama que vivía en Toledo, medianamente rica y sin comparación hermosa, cuyo nombre será doña Juana. Sus padres, habiendo pasado de ésta a mejor vida, la habían dejado encomendada a sólo su valor, que en Toledo no tenía deudos por ser ellos forasteros. Era doña Juana de veinte años, edad peligrosa para la perdición de una mujer, por estar entonces la belleza, vanidad y locura, aconsejadas con la voluntad, causa para que, no escuchando a la razón ni al entendimiento, se deje cautivar de deseos livianos. Dejábase doña Juana servir y galantear de algunos caballeros mozos, pareciéndole tener por esta parte más seguro su casamiento. De esta dama se aficionó don Fernando con grandes veras, solicitándole la voluntad con papeles, músicas y presentes, balas que asestan luego los hombres para rendir la flaca voluntad de las mujeres. Miraba bien doña Juana a don Fernando y no le pesaba verse querida de un caballero tan galán y tan noble, pareciéndole que si le pudiese obligar a ser su marido, sería felicísimamente venturosa, puesto que no ignoraba sus travesuras, y decía como dicen algunas —y dicen mal— que eran cosas de mozos; porque el que no tiene asiento a los principios, poco queda que aguardar de él a los fines.

Era don Fernando astuto y conocía que no se había de rendir doña Juana menos que casándose, y así daba muestras de desearlo, diciéndolo a quien parecía que se lo diría, en particular a las criadas, las veces que hallaba ocasión de hablarlas. La dama era asimismo cuerda, y para amartelarle más se hacía de temer, obligándole con desdenes a enamorarse más, pareciéndole que no hay cebo para la voluntad como las asperezas, las cuales sentía don Fernando sobremanera, bien porque al principio empezó de burlas y ahora la quería de veras, o bien por haber puesto la mira en rendirla, pareciéndole que perdía de su punto si no vencía su desdén; y más conociendo de su talle ser poderoso para rendir cualquier belleza. Así, una noche de verano le trajo amor con otros amigos, como otras

veces, a su calle; y él les pidió que cantasen, y obede-
ciendo los músicos cantaron:

> De dos penas que ha querido
> dar amor a un desdichado,
> mayor que ser olvidado
> es el ser aborrecido:
> que el que olvida, aquel olvido
> en amor puede volver,
> mas quien llega a aborrecer,
> cuando se venga a acordar
> será para maltratar,
> que no para bien querer.
>
> El olvido es privación
> de la memoria importuna;
> consiste en mala fortuna,
> pero no es mala intención;
> mas quien ciego de pasión
> contra la ley natural
> aborrece en caso igual,
> más que olvido es el desdén,
> pues sobre no querer bien
> está deseando mal.
>
> Y si, en fin, aborrecer
> es agraviar, bien se infiere
> que el que ingrato aborreciere
> está cerca de ofender;
> y si hay quien quiera querer
> ser antes aborrecido,
> tome por suyo el partido,
> que si me han de maltratar
> por no verme despreciar,
> quiero anegarme en olvido.

No cantó don Fernando con tan poco acierto estas
décimas, si bien dichas sin propósito, pues hasta entonces no podía juzgar de la voluntad de su dama, si
se inclinaba a quererle, si a aborrecerle, que no halla-
sen lugar en su pecho sus gracias, que a caer sobre

menos travesuras, lucieran mucho. Mas ya determinada a favorecerle, se dejó ver, que hasta entonces había oído la música encubierta, y se dio a entender con palabras, o que había estimado sus versos, asistiendo al balcón mientras se cantaron.

Con el favor que doña Juana hizo a don Fernando aquella noche se partió éste el más contento que imaginarse puede, pareciéndole que para ser la primera no había negociado mal respecto del desdén con que siempre le había tratado; y continuando sus paseos y perseverando en su amor, acrecentando los regalos, vino a granjear de fuerte la voluntad de la dama, que ya era la enamorada y perdida, y don Fernando el que se dejaba amar —condición de hombre amado y ventura de mujer rendida—, porque aunque don Fernando quería bien a doña Juana, no la quería tanto que se rematase ni dejase por su amistad las otras ocasiones [1].

Venció don Fernando y rindióse doña Juana, y no es maravilla, pues se vio obligar con la palabra que le dio de ser su esposo, oro con el que los hombres disimulan la píldora amarga de sus engaños. Vivía la madre de don Fernando, y éste fue el inconveniente que puso para no casarse luego, diciendo que temía disgustarla, y que por no acabarla del todo a fuerza de disgustos era mejor disimular hasta mejor ocasión. Creyóle doña Juana, y de esta suerte sufría con gusto las excusas que le daba, pareciéndole que ya lo más estaba granjeado, que era la voluntad de don Fernando, con lo cual se aseguraba de cuantos temores se le ofrecían mientras la fortuna se inclinaba a favorecerla, o porque ya no podía vivir sin su amante, que era lo más cierto. En esta amistad pasaron seis meses, dándola don Fernando cuanto había menester, y sustentándole la casa como si fuera la de su mujer, porque con tal intento era admitido. En este tiempo que doña Juana amaba tan rendida y don Fernando amaba como poseedor y ya la posesión le daba enfado sucedió que una amiga de doña Juana, mujer de más de cuarenta y ocho años, si bien muy traída y gallarda y que aun no tenía perdida la belleza que en la mocedad había alcanzado de todo punto, animándolo todo con grandísima cantidad de hacienda que tenía y había granjeado en Roma, Italia y otras tierras que había corrido, siendo calificada en todas ellas por grandísima hechicera, si bien esta habilidad no era conocida de todos, porque jamás la ejercitaba en favor de nadie sino en el suyo, por cuya causa también doña Juana la ignoraba, si bien que por las semejanzas no tenía entera satisfacción de Lucrecia, que éste era el nombre de esta buena señora, porque era natural de Roma, mas tan ladina y españolada como si fuera nacida y criada en Castilla; sucedió, digo, que como era muy familiar en casa de doña Juana, con quien se daba por amiga, se enamoró de don Fernando tanto como puede considerar quien sabe lo que es la voluntad favorecida del trato, pues no era éste el primer lance que en este particular Lucrecia había tenido. Procuró que su amante supiese su amor, continuando las visitas a doña Juana y el mirar tierno a don Fernando, del cual no era entendida, porque le parecía que ya Lucrecia no estaba en edad para tratar de galantería ni amores. Ella, que ya amaba a rienda suelta, viendo el poco cuidado de don Fernando y el mucho de doña Juana, que sin sospecha de su traición era estorbo de su deseo, porque como amaba no se apartaba de la causa de su amor, se determinó la astuta Lucrecia a escribir un papel, del cual prevenida hasta hallar ocasión aguardó tiempo, lugar y ventura, que hallando se le dio, el cual decía así:

«Disparate fuera el mío, señor don Fernando, si pretendiera apaltaros del amor de doña Juana, entendiendo que no había de ser vuestra mujer; mas viendo en vuestras acciones y en los entretenimientos que traeis que no se extiende vuestra voluntad más que a gozar de su hermosura, he determinado descubriros mi afición. Yo os quiero desde el día en que os vi, que un amor tan determinado como el mío no es menester decirle con rodeos: hacienda tengo con que regalaros; de ésta y de mí seréis dueño, con lo que os digo cuanto sé y quiero.

Lucrecia»

Leyó don Fernando el papel, y como era vario de condición, aceptó el partido que se le hacía, acudiendo desde el mismo día a su casa, no dejando por esto de ir a la de doña Juana, disfrazando sus visitas para con Lucrecia, que le quisiera quitar de todo punto de ellas con sus obligaciones. Doña Juana, que por las faltas que hacía su amante y haber visto en Lucrecia acciones de serlo, y también en verla retirada en su casa, sospechaba de lo mismo que era, dio en seguirle y escudriñar la causa, y a pocos lances descubrió toda la celada y supo con la franqueza con que Lucrecia le daba hacienda para que gastase y destruyese, tuvo sobre esto con su ingrato dueño muchos disgustos; mas todos sirvieron de hacerse más pesada, más enfadosa y menos querida, porque don Fernando no dejaba de hacer su gusto ni la pobre señora de atormentarle; la cual, viendo que los enojos no servían más que para perderle, tomó por partido disimular hasta ver si conseguía su amor el fin que deseaba, que no vivía sin don Fernando, cuya tibieza la traía sin juicio. Pero Lucrecia se valía de más eficaces remedios, y acontecía que estando el pobre caballero en casa de doña Juana, le sacaba de ella, ya vestido ya desnudo, tal como le hallaba el engaño de sus hechizos. Viendo, en fin, doña Juana cuán de caída iban sus cosas, quiso hacerle la guerra con las mismas armas, pues las de su hermosura ya podían tan poco; y andando inquiriendo quién le ayudaría en esta ocasión, no faltó una amiga que le dio noticia de un estudiante que residía en la famosa villa de Alcalá, tan ladino en esta facultad que sólo en oirle se prometió dichoso fin. Y para que los terceros no dilatasen su muerte, quiso ser ella la mensajera de sí misma, para lo cual, fingiendo haber hecho una promesa, alcanzada la licencia de don Fernando, que no le fue muy dificultoso alcanzar, para hacer una novena al glorioso San Diego en su santo sepulcro, se metió en un coche y fue a buscar lo que le pareció sería su remedio, con cartas de la persona que le dio nuevas del estudiante, del cual, en cuanto llegó a Alcalá y a su casa, fue recibida con mucho agrado, porque con las cartas le puso en las manos veinte escudos.

Contóle sus penas la aflgida señora, pidiéndole su remedio, a lo cual respondió el estudiante que, en cuanto a lo primero, era menester saber si se casaría con ella, y que después entraría el apremiarle a que lo hiciese; y para esto le dio dos sortijas de unas piedras verdes y le dijo que se volviese a Toledo y que aquellos anillos los llevase guardados y que no los pusiese hasta que don Fernando la fuese a ver, y en viéndole entrar los pusiese en los dedos, las piedras contra las palmas, y tomándole las suyas le tratase de su casamiento. Y que advirtiese en la respuesta que le daba, que él sería con ella dentro de ocho días y le diría lo que había de hacer en esto; mas que le advertía que se quitase luego los anillos y los guardase como los ojos, porque los estimaba en más de un millón. Con esto, dejándole memoria de su casa y nombre, para que no errase cuando la fuese a buscar, la más contenta del mundo se volvió a Toledo. Y así como llegó avisó a don Fernando de su venida, el cual recibió esta nueva con más muestras de pesar que de gusto, si bien el estar cargado de obligaciones le obligó a disimular su tibieza; y así fue luego a verla para no darle ocasión para que tuviese quejas. Pues viendo doña Juana la ocasión que le ofrecía su fortuna y poniéndose luego los anillos conforme a la orden que tenía, tomó las manos de don Fernando y entre millares de caricias le empezó a decir que cuándo había de ser el día en que pudiese ella gozarle en servicio de Dios, a lo cual respondió don Fernando que, si pensara no dar disgusto a su madre, aquella misma noche la hiciera suya, mas que el tiempo haría lo que parecía que estaba tan imposible. Con esta respuesta y quedarse allí aquella noche le pareció a doña Juana que ya estaba la fortuna de su parte y que don Fernando era ya su marido; quitóse las sortijas y dióselas a la criada que las guardara, y la fregona las vio tan lindas y lucidas que se las puso en las manos, sacó agua del pozo, fregó y al otro día las llevó al río, dando pavonada [2] con ellas, y no sólo este día, mas todos los

otros que faltaban hasta venir el estudiante, quitándose-
las sólo para ir delante de su señora porque no las viera.
Al cabo de este tiempo vino el estudiante a Toledo; fue
recibido de doña Juana, la cual, después de haberle regalado, le devolvió las sortijas y le dijo lo que don Fernando le había respondido. El estudiante, agradecido a todo,
se partió al otro día, dejándole dicho que él miraría con
atención su negocio y le avisaría qué fin había de tener.
Mas apenas salió el miserable una legua de Toledo cuando los demonios que estaban en las sortijas se le pusieron delante, y derribándole de la mula le maltrataron,
dándole muchos golpes, tantos que poco le faltó para
rendir la vida. Y decíanle en medio de la fuga: «Bellaco,
traidor, que nos entregastes a una mujer que nos puso
en poder de su criada, que no ha dejado río ni plaza
donde no nos haya traído, sacando agua, fregando con
nosotros; de todo esto eres tú el que tienes la culpa, y
así serás el que la has de pagar. ¿Qué respuesta piensas
darle? ¿Piensas que se ha de casar con ella? No por cierto, porque juntos como están ahora están ardiendo en
los Infiernos y de esta suerte acabarán, sin que ni tú
ni ella cumpláis vuestro deseo.»

Y diciendo eso le dejaron ya por muerto, hasta otro
día por la mañana, que unos panaderos que venían a
Toledo le hallaron ya casi expirando, y movidos de compasión le pusieron en una mula y le trajeron a la ciudad
y pusieron en la plaza para ver si le conocía alguna persona, porque el pobre no estaba para decir quién era ni
dónde lo habían de llevar. Acertó en este tiempo la
criada de doña Juana a salir a comprar de comer, y al
punto le conoció, con cuyas nuevas fue luego a su señora,
que en oyendo esto tomó su manto y se fue a la plaza,
y como le conoció le mandó llevar a su casa para hacerle
algunos remedios. Hízolo así, y acostándole en su cama
y llamando los médicos, le hicieron tal cura que mediante
ella fue Dios servido que volviese en sí. El cual, en el
tiempo que duró su mal, contó a doña Juana la causa
de él y la respuesta que los demonios le habían dado de

su negocio. Causó en la dama tal temor el decirle que estaba en el Infierno, como en el mundo, que bastó para irla desapasionando de su amor, y desapasionada, miró su peligro y así procuró remediarle tomando otro camino diferente del que hasta allí había tomado. Sanó el estudiante de su enfermedad, y antes de partirse a su tierra le pidió doña Juana que pues su saber era tanto, la ayudase en su remedio. A lo cual el mozo, agradecido, le prometió hacer cuanto en su mano fuese. Es, pues, el caso que al tiempo que don Fernando se enamoró de ella, la servía y galanteaba un caballero genovés, hijo de un hombre muy rico que asistió en la Corte, que con sus trabajos y correspondencias en toda Italia había alcanzado con sus riquezas el título de caballero para sus hijos. Era segundo, y su padre tenía otro mayor y dos hijas, la una casada en Toledo y la otra monja. Pues este mancebo, cuyo nombre era Octavio, que por gozar de la vista de doña Juana lo más del tiempo asistía en la ciudad con sus hermanos, y su padre lo tenía por bien, respecto del gusto que ellas tenían con su vista. Como a los principios, por no haber entrado don Fernando en la pretensión de doña Juana se había visto más favorecido y después que cautivó su voluntad le empezase a dar de mano[3] y Octavio supiese cuál era la causa de no mirarle bien su dama, determinó quitarle de en medio; y así, una noche que don Fernando estaba en la calle de doña Juana, salió a ellos con otros que le ayudaron y tuvieron unas crueles cuchilladas, de las que salieron de la una y otra parte algunos heridos. Octavio desafió a don Fernando, el cual en este tiempo gozaba ya a doña Juana con palabra de esposo. Y como la dama supo del desafío, temerosa de perder a don Fernando, escribió un papel a Octavio diciéndole que el mayor extremo de amor que podía hacer con ella era guardar la vida de su esposo más que la suya misma, porque hiciese cuenta que la suya no se sustentaba sino con ella; y con ésta, otras razones tan discretas y sentidas de que el enamorado Octavio recibió tanta pasión que le costó muchos días de enfermedad. Y para guardar más enteramente el gusto y

orden de doña Juana, después de responder a su papel
mil ternezas y lástimas, le dio también palabra de guardarle, como vería por la obra, y esta misma tarde, vestido de camino, dijo a doña Juana viéndola en un balcón, casi con lágrimas en los ojos: «Ingrata mía, basilisco
hermoso de mi vida, adiós para siempre.» Y dejando
con esto Toledo, se fue a Génova, donde estuvo algunos
días, y de allí pasó a Nápoles, a servir a su rey. Pues
como doña Juana, dando crédito a lo que el estudiante
le decía y pareciéndole que si Octavio volviese a España
sería el que le estaría más a propósito para ser su marido, y así, dándole cuenta de esto al estudiante, le pidió,
obligándole con dádivas, a que le hiciese venir con sus
conjuros y enredos. El estudiante, escarmentado de la
pasada burla, le respondió que él no había de hacer en
eso más de decirle lo que había de hacer para que con-
siguiese su deseo, y que dentro de un mes volvería a
Toledo, y que conforme sucediese le pagaría. Diole con
esto un papel y ordenóle que todas las noches se ence-
rrase en su aposento e hiciese lo que decía, y con esto
se volvió a Alcalá, dejando a la dama instruida en lo
que había de hacer, la cual, para no perder tiempo, desde
esa misma noche empezó a ejercer su obra.

Tres serían pasados cuando —o que las palabras del
papel tuviesen la fuerza que el estudiante había dicho,
o que Dios, que es lo más cierto, quiso ganar con esta
ocasión para sí a doña Juana—, estando haciendo el conjuro con la mayor fuerza de sus deseos, sintiendo ruido
en la puerta, puso los ojos en la parte donde sonó el
rumor y vio entrar por ella, cargado de cadenas y cer-
cado de llamas de fuego, a Octavio, el cual le dijo con
espantosa voz: «¿Qué me quieres, doña Juana? ¿No
basta haber sido mi tormento en vida, sino en muerte
también? Cánsate de la mala vida en que estás. Teme a
Dios y la cuenta que has de dar de tus pecados y detrai-
mientos y déjame a mí, que estoy en las mayores penas
que puede pensar una miserable alma que aguarda en tan
grandes dolores la misericordia de Dios; porque quiero
que sepas que dentro de un año que salí de esta ciudad

fue mi muerte saliendo de una casa de juego, y quiso
Dios que no fuese eterna. Y no piensas que he venido a
decirte esto por la fuerza de tus conjuros, sino por particular providencia y voluntad de Dios, que me mandó
que viniese a avisarte que si no miras por ti, ¡ay de tu
alma!» Y diciendo esto volvió a sus gemidos y quejas
y se salió de la sala arrastrando sus cadenas y dejando
a doña Juana llena de temor y congojas, no ya de haber
visto a Octavio, sino de haberle oído tales razones, te-
niéndolas por avisos del cielo, pareciéndole no estaba
lejos su muerte, pues que tales cosas le sucedían. Considerando, pues, esto y dando voces a sus criadas se dejó
caer en el suelo, vencida de un cruel desmayo. Entraron
a los gritos no sólo las criadas, mas las vecinas, y apli-
cándola algunos remedios tornó en sí para de nuevo
volver al desmayo, porque apenas se le quitaba el uno
cuando le volvía el otro, y de esta suerte, ya sin juicio,
ya con él, pasó la noche, sin atreverse las que estaban
con ella a dejarla. Vino en estas confusiones el día, sin
que doña Juana tuviese más alivio, aunque a pura fuerza
la habían desnudado y metido en la cama, y como era de
día, vino don Fernando, tan admirado de su mal cuanto
lastimado de él, y sentándose sobre su cama le preguntó
la causa y asimismo qué era lo que sentía; a lo cual la
hermosa doña Juana, siendo mares de llanto sus ojos, le
contó cuanto le había sucedido, así con el estudiante
como con Octavio, sin que le faltase un punto en nada,
dando fin a su plática con estas razones: «Yo, señor don
Fernando, no tengo más que un alma, y está perdida,
no sé qué me queda más que perder; los avisos del
cielo ya pasan de uno, y no será razón aguardar a cuando
ya no haya remedio. Yo conozco de vuestras tibiezas, no
sólo que no os casaréis conmigo, mas que la palabra que
me disteis no fue más que por traerme a vuestra voluntad; dos años ha que me entretenéis con ella, sin que
haya más novedad mañana que hoy. Yo estoy determinada de acabar mi vida en religión, que según los prodi-
gios que tengo no durará mucho; y no penséis que por
estar defraudada de ser vuestra mujer escojo este estado,

que os doy mi palabra que, aunque con gusto vuestro y de vuestra madre quisiérades que lo fuera, no aceptara tal, porque desde el punto en que Octavio me dijo que mirase por mi alma, me propuse ser esposa de Dios y no vuestra, y así lo he prometido. Lo que sólo quiero de vos es que, atento a las obligaciones que me tenéis, supuesto que he querido, que mi hacienda es tan corta que no bastará a darme dote y lo demás que es necesario, me ayudéis con lo que faltare y negociéis mi entrada en el convento de la Concepción, que este sagrado elijo para librarme de los trabajos del mundo.» Calló doña Juana, dejando a los oyentes admirados y a don Fernando tan contento que diera la misma vida en albricias —tal le tenían los embustes de Lucrecia—, y abrazando a doña Juana y alabando su intento y prometiendo hacer en esto mil finezas, se partió a dar orden de su entrada en el convento, la cual se concertó en mil ducados, que los dio don Fernando con mucha liberalidad con los demás gastos de ajuar y propinas; porque otros mil que hizo doña Juana de su hacienda los puso en renta para sus niñerías, y pagando a sus criadas y dándoles sus vestidos y camisas, que repartió con ellas junto con las demás cosas de la casa, antes de ocho días se halló en el hábito de religiosa, la más contenta que en su vida estuvo, pareciéndole que había hallado refugio donde salvarse y que, escapada del Infierno, se hallaba en el cielo.

Libre ya don Fernando de esta carga, acudió a casa de Lucrecia con más puntualidad, y ella, viéndole tan suyo y que ya estaba libre de doña Juana, no apretaba tanto la fuerza de sus embustes, pareciéndole que bastaba lo hecho para tenerle asido con su amistad; con lo que don Fernando tuvo lugar de acudir a las casas de juego, donde jugaba largo. De esta suerte, se halló en poco tiempo con muchos ducados de deuda, pareciéndole que con la muerte de su madre se remediaría todo, creyendo que, según su edad, no duraría mucho. La cual, sabiendo que ya estaba libre de doña Juana, cuyos sucesos no se le encubrían, trató de casarle, creyendo que esto sería parte para sosegarle, y con el parecer de don Fernando, que

como he dicho no estaba tan apretado de los hechizos de
Lucrecia, viendo que ya no tenía a quien temer, puso la
mira en una dama de las hermosas que en aquella sazón
se hallaban en Toledo, cuyas virtudes corrían pareja con
su entendimiento y belleza.

Esta señora, cuyo nombre era doña Clara, era hija de
un mercader que con su trato calificaba su riqueza, por
llegar con él no sólo a toda España, sino pasar a Italia
y a las Indias. No tenía más hijos que a doña Clara, y
para ella, según decían, gran cantidad de dinero, si bien
en eso había más engaño que verdad, porque el tal mercader se había perdido, aunque para casar a su hija conforme su merecimiento disimulaba su pérdida. En esta
señora, como digo, puso la madre de don Fernando los
ojos, y en ella los tenía asimismo puestos un hijo de un
título, y no menos que el heredero y mayorazgo, no con
intento de casarse, sino perdido por su belleza, y ella le
favorecía; que ni en Toledo alcanzaba fama de liviana,
ni tampoco la tenía de cruel. Dejábase pasear y dar músicas, estimar y engrandecer su belleza, mas jamás dio lugar a otro atrevimiento, aunque el Marqués —que por
este título nos entenderemos— facilitara en más su virtud que su riqueza. Puso, en fin, la madre de don Fernando terceros nobles y muy cuerdos para el casamiento
de su hijo, y fue tal su suerte que no tuvo mucha difi-
cultad el alcanzarlo con su padre de la dama, y ella, como
no estimaba al Marqués en nada por conocer su intento,
dio luego el sí. Con lo que, hechos los conciertos y pre-
cediendo las necesarias diligencias, se desposó con don
Fernando, dándole luego el padre presente de seis mil
ducados en dineros, porque lo demás dijo estar empleado, y que pues no tenía más hijos que doña Clara sola,
forzoso era ser todo para ella. Contentóse don Fernando
con tapar con ese dinero sus trampas y trapacerías, entrando en poder del lobo la cordera, que así lo podemos
decir. Dentro de un mes casada doña Clara, vio su padre
que era imposible cumplir la promesa que había hecho
a su hija, y juntando lo más que pudo después de los
seis mil ducados que dio se ausentó de Toledo y se fue

a Sevilla, donde se embarcó para las Indias, dejando por
esta causa metida a su hija en dos mil millares de disgustos, porque como don Fernando se había casado con ella
sólo por el interés y los seis mil ducados se habían ido
en galas y cosas de su casa y pagar las deudas en que
sus vicios le habían puesto, a dos días sin dinero salió
a la plaza su poco amor, y se fue trocando el que había
mostrado, que era poco, en desabrimiento y odio declarado, pagando la pobre señora el engaño de su padre,
si bien la madre de don Fernando, viendo su inocencia
y su virtud, volvía por ella y la servía de escudo.

Supo Lucrecia el casamiento de don Fernando a tiempo que no le pudo estorbar, por estar ya hecho, y por
vengarse, usando de sus endiabladas artes, dio con él en
la cama, atormentándole de manera que siempre le hacía
estar en un ¡ay!, sin que en más de seis meses que le
duró la enfermedad se pudiese entender de dónde le procedía ni le sirviesen los continuos remedios que se le
hacían. Hasta que viendo esta Circe que el tenerle así
más servía de perderle que de vengarse, dejó de atormentarle, con lo que don Fernando empezó a mejorar. Mas
mudando la traidora de intento, encaminó sus cosas a que
aborreciese a su mujer, y fue de suerte que estando ya
bueno tornó a su acostumbrada vida, pasándola la más
del tiempo con Lucrecia. El Marqués, desesperado de ver
a doña Clara casada, también había pagado con su salud
su pena, y ya mejor de sus males, aunque no de su amor,
tornó de nuevo a servir y solicitar a doña Clara, y ella a
negarle de fuerte sus favores, que ni aun verla era posible, con cuyos desdenes se aumentaba más su fuego. En
este tiempo murió la madre de don Fernando, perdiendo
con ella doña Clara su escudo y defensa, y don Fernando
el freno que tenía para tratarla tan ásperamente como de
allí en adelante hizo, porque se pasaban los días y las
noches sin ir a su casa, ni aun a verla, lo cual sentía mucho la pobre señora, con tanto extremo que no había
consuelo para ella, y más cuando supo la causa que traía
a su marido sin juicio.

No ignoraba el Marqués lo que doña Clara pasaba, mas

era tanta su virtud y recogimiento que jamás podía alcanzar de ella ni que recibiese un papel ni una joya, con ser su necesidad bien grande, porque las deudas de don Fernando, los juegos y el poco acudir a granjear [4] su hacienda la fue acabando, de suerte que no había quedado nada, tanto que ya se atrevía a sus joyas y vestidos, sustentando dos niñas que en el discurso de cuatro años que se había casado tenía, y una criada, con el trabajo de sus manos, porque don Fernando no acudía a nada. Y con todo esto, no había acabar con ella, ni sus amigas ni su criada, que recibiese algunos regalos que el Marqués enviaba con ellas; antes, a cuanto acerca de esto le decían, daba por respuesta que la mujer que recibía, cerca estaba de pagar. Pasado todo este tiempo, la justicia de oficio, como era público el amancebamiento de don Fernando y Lucrecia, dio en buscarla, e iba siguiéndole los pasos. No faltó quien dio aviso de esto a Lucrecia, la cual no tuvo otro remedio sino poner tierra por medio; tomó su hacienda, y acompañada de su don Fernando, que ya había perdido de todo punto la memoria de su mujer e hijas, se fue a Sevilla, adonde vivían juntos, haciendo vida como si fueran marido y mujer.

Sintió doña Clara este trabajo tanto, como era de razón, que fue milagro no perder la vida si no la guardara Dios para mayores extremos de virtud. Sin saber de su marido estuvo más de año y medio, pasando tantas necesidades que llegó a no tener criada, sino que, puesta en trabajo humilde, demás de trabajar día y noche para sustentarse a sí y a sus dos hijas, a servirse su casa e ir ella misma a llevar la labor a una tienda. Sucedió en este tiempo hallarse velando una noche para acabar un poco de labor que se había de llevar a la mañana, forzada del amor, del dolor, de la tristeza y de la soledad, o, lo más cierto, por no dejarse vencer del sueño, que cantó así:

> Fugitivo pajarillo
> que por el aire te vas
> inconstante a mis finezas,
> ingrato a mi voluntad.

Si estuvieras por la tuya
prendado, no hay que dudar
que una prisión tan suave
pudiera cansar jamás.

Nunca presumí ignorancia,
porque de saber amar
supe conocer tu amor,
agradecido no más.

Jamás se engaña quien ama
aunque se deja engañar,
que amor también en su corte
razones de estado da.

¿Qué puede hacer el que adora,
aunque sepa que le dan
disimulando el veneno,
sino beber y callar?

Dejé engañar mis temores
aunque conocí mi mal,
pero como tú fingías,
te cansastes de engañar.

Tan remontado te miro,
tan tibio y tan desleal,
que aunque el reclamo te llama
no le quieres escuchar.

Escucha, pájaro libre,
las ternezas con que está
llamándote en tono triste;
oye las voces que da.

Pajarillo lisonjero,
vuelve, vuelve, ¿cómo vas?
A la jaula de mi pecho
ten de mis penas piedad.

Cuando me miras cautivo
pretendes tu libertad,
paga prisión con prisión
y así perfecto serás.

En lágrimas de mis ojos,
que son por tu culpa un mar,

hallarás tierna bebida
sin que te pueda faltar.
  Mi corazón por comida,
por cárcel mi libertad,
y por lazos estos brazos
que ya aguardando te están.
  Huyes sin oír mis quejas,
plega a Dios que donde vas
como me tratas te traten,
sin que te quieran jamás.
  Que yo, llorando mi engaño,
la vida pienso acabar
sintiendo en tus sinrazones
mi muerte y tu libertad.
  Esto dijo a un pajarillo
que de su prisión se va,
un pecho de amor herido,
una firmeza leal.
  Y el fin de sus tristes quejas,
instrumento sin templar,
cantó a su pájaro libre
que fugitivo se va.
  Pájaro libre, tú te perderás,
que el regalo que dejas no lo hallarás.

Era la sala en que estaba doña Clara, y correspondía
por una reja a la calle, en la cual estaba escuchando
don Sancho, que es el nombre del Marqués, su amante;
y como oyese las quejas, y en un corazón que ama es
aumentar su pena el escuchar la pena de otros, tan enternecido, como amante, porque le pesaban en el alma los
pesares de doña Clara, llamó a la reja, a cuyo ruido la
dama, alterada, preguntó quién era. «Yo soy, hermosa
Clara, respondió don Sancho; yo soy. Escúchame una
palabra.» Y siguió: «¿Quién quieres que sea o quién
te parece que podría ser sino el que adora tu hermosura? El que estimando tus desdenes por regalados favores anima con esperanzas su vida.» «No sé de qué
las podéis tener, señor don Sancho —dijo doña Clara—

ni quién os las da, pues después que me casé no he dado
lugar ni a vuestros deseos ni a quien los ha solicitado
para que vivan animados; y si os fiais en la cortesía con
que antes de tener marido me dejé servir de vos, advertid que aquello fue galantería de doncella, que sin ofensa de su honor pudo, ya que no amar, dejarse amar. Ya
tengo dueño; justo o injusto, el cielo me lo dio, y mientras no que lo quitare, le he de guardar la fe que pro-
metí. Supuesto esto, si me queréis, la mayor prueba que
haré de este amor será que me excuséis lo que la vecindad puede decir de un hombre poderoso y galán como
vos pasear las puertas de una mujer moza y sin marido,
y más no ignorando la ciudad mi necesidad, pues cree-
rán que habéis comprado con ella mi honor.» «Ésta quiero yo remediar, hermosa Clara —dijo don Sancho—, sin
otro interés sino haber sido el remedio de vuestros trabajos. Servíos de recibir mil escudos y no me hagáis otro
favor, que yo os doy palabra como quien soy de no
cansaros más.» «No hay deudas, señor don Sancho, que
mejor se paguen que las de la voluntad; efecto de ella
es vuestra largueza; yo no me tengo que fiar de mí
misma, ni obligarme a lo que nunca he de poder pagar.
Yo tengo marido; él mirará por mí y por mis hijos, y si
no lo hiciere, con morir, ni yo puedo hacer más ni él pe-
dirme más fineza.» Y con esto cerró la ventana, dejando
a don Sancho más amante y más perdido, sin que por ello
dejase de perseverar en su amor, ni ella en su virtud.

Año y medio había pasado desde que don Fernando
se ausentó de Toledo sin que se supiese dónde estaba,
hasta que viniendo a Toledo unos caballeros que se habían ido a Sevilla a ciertos negocios, dijeron a doña
Clara cómo le habían visto en aquella ciudad. Nuevas
de tanta estima para doña Clara no hay ponderación que
lo diga, y desde este punto se determinó a ir a ponér-
sele delante y ver si le podía obligar a que volviese a su
casa. Y andando a buscar donde dejar sus niñas mientras hacía este camino, doña Juana, que ya profesa
y con muy buena renta, la más contenta del mundo, no
ignoraba estos sucesos, dando las gracias a Dios por no

haber sido ella la desdichada; y estaba en su convento
haciendo vida de una santa, supo la necesidad de doña
Clara y cómo buscaba dónde dejar las niñas, que en
aquel tiempo tenían la una cuatro años y la otra cinco,
la envió a llamar, y después de decirle quién era por si
no lo sabía, y las mercedes que Dios le había hecho en
traerla a tal estado y lo que le pesaba de sus trabajos
y en lo que estimaba su virtud y prudencia con que los
llevaba, le dijo que estaba informada de que quería ir
a Sevilla y buscaba quien la tuviese sus hijas, que se las
trajese, que ella las recibiría por suyas y como a tales,
en siendo de edad, las daría el dote para que fuesen religiosas en su compañía; y que creyese que esto no lo
hacía por amor que tuviese a su padre, sino por lástima
que la tenía. Agradeció doña Clara la merced que le
hacía, y por no dilatar más su camino, el poco aparato de
casa que le había quedado, como era una cama y otras
cosillas, llevó con sus hijas a doña Juana, la cual tenía
ya licencia del arzobispo para recibirlas, y al tiempo que
abría la puerta para que entrasen, apretando entre los
brazos a doña Clara con los ojos llenos de lágrimas, la
metió en las manos un bolsillo con cuatrocientos reales
en plata. Y despidiéndose de ella esta misma tarde, se
puso en camino en un carro que iba a Sevilla, dejando
a doña Juana muy contenta con sus nuevas hijas.

Llegó doña Clara a Sevilla, y como iba a ciegas, sin
saber en qué parte había de hallar a don Fernando, y
siendo la ciudad tan grande y teniendo tanta gente, fue
de suerte que en tres meses que estuvo en ella no pudo
saber nuevas de tal hombre. Y en este tiempo se le acabó el dinero que llevaba, porque pagó en Toledo algunas
deudas que tenía y no le quedaron sino cien reales. Pues
viéndose morir, como dicen, de hambre, y desahuciada
de no hallar remedio, y que volver a Toledo era lo mismo, determinó quedarse en Sevilla hasta ver si hallaba
a don Fernando, y para esto se procuró una casa donde
servir. Encomendándose a algunas personas, particular-
mente en la iglesia, le dijo una señora que ella le daría
una donde se hallaría muy bien, para acompañar a una

señora, ya mujer mayor, si bien temía que por ser el
marido mozo y ella de tan buena cara no se habían de
concertar. Doña Clara, con una vergüenza honesta, le
pidió que le dijese la casa, que probaría suerte. Dióle la
señora las señas y un recado para la tal señora, que era
su amiga, con las cuales se fue Clara a la casa, que era
junto a la iglesia Mayor. Y entrando en ella, la vio toda
muy bien aderezada —señal clara de ser ricos los dueños—, y como hallase la puerta abierta, se entró sin llamar hasta la sala del estrado [5], donde en uno muy rico
vio sentada a Lucrecia, la amiga de su marido, que luego
la conoció por haberla visto una vez en Toledo, y junto
a ella a don Fernando, desnudo por ser verano, con una
guitarra, cantando este romance, que por no impedirle [6]
no quiso dar su recado, admirada de lo que había y más
de ver que no la habían conocido:

> Ya por el balcón de Oriente
> el alba muestra sus rizos,
> vertiendo la copia hermosa
> sobre los campos floridos.
> Ya borda las bellas flores
> de aljofarado rocío,
> de cuya envidia las fuentes
> vierten sus cristales limpios.
> Ya llama al querido hermano
> que está alumbrando a los Indios,
> y en la carroza dorada
> siembra claveles y lirios.
> Ya retozan por las peñas
> los pequeños corderillos,
> y la música divina
> que entonan los pajarillos.
> Ya mirándose los cielos
> en los bulliciosos ríos,
> vuelven los blancos cristales
> en turquesados zafiros.
> Ya es el invierno, verano;
> la primavera, el estío;

hermosos cielos los valles
y los campos paraísos.

Porque su frescura pisan
de Anarda los pies divinos,
dulce prisión de las almas,
de la villa basilisco.

Siguiendo viene sus pasos
un gallardo pastorcillo
que por ser Narciso en gala
será su nombre Narciso [7].

Por quien Venus, olvidada
ya de su Adonis [8] querido,
sólo por verle bajaba
de sus estrados divinos.

Y por quien Salmacis [9] bella
tomara por buen partido
en su amada compañía
ser eterno hermafrodito.

Engañando los recelos
de un sospechoso marido,
salió Anarda de su aldea
a verse con su Narciso.

Llegando a una clara fuente
que adornan sauces y mirtos,
agradables se reciben,
amándose agradecidos.

Enternecidos se sientan
junto a aquel árbol divino,
triunfo del señor de Delos [10]
y de su Dafne [11] castigo.

Y sedientos de favores,
en este agradable sitio
beben de su aliento el néctar
en conchas de coral fino.

Al campo cerró las puertas
el rapaz, de Venus hijo,
que poner puertas al campo
sólo pudiera Cupido.

Lo demás que sucedió

vieron los altos alisos,
haciendo sus ojos hojas
y sus cogollos oídos.

Como acabó de cantar don Fernando, Lucrecia preguntó a doña Clara si buscaba alguna cosa, a lo cual respondió ésta que la señora doña Lorenza, su amiga, le enviaba para que viese su merced si valía algo para el efecto que buscaba de criada. A esto puso don Fernando los ojos en ella, que ya Lucrecia la había mandado sentar enfrente de él, mas aunque hizo esta acción, no la conoció más que si no la hubiera visto nunca, de lo cual doña Clara estaba admirada y daba entre sí gracias de haber por tal modo hallado lo que tan caro le costaba el buscarlo, sintiendo en el alma el verle tan desacordado y fuera de sí, conociendo como discreta de la causa que procedía tal efecto, que eran los hechizos de aquella Circe [12] que tenía delante. Preguntóle Lucrecia, agradada de su cara y honestidad, que de dónde era. «De Toledo soy», respondió doña Clara. «Pues ¿quién os trajo a esta tierra?», replicó doña Lucrecia. «Señora, aunque soy de Toledo, dijo doña Clara, no vivía en él, sino en Madrid; vine con unos señores que iban a las Indias, y al tiempo de embarcarse caí muy mala y no pude menos de quedarme, con harto sentimiento suyo, en cuya enfermedad, que me ha durado tres meses, me he gastado todo cuanto tenía y me dejaron, y viéndome con tan poco remedio, pregunté hoy a la señora doña Lorenza, que por suerte la vi en la iglesia, si quería una criada para acompañar, como en esta tierra se usa, y su merced me encaminó aquí; y así, si vuestra merced no ha recibido ya quien la sirva, crea de mí que sabré dar gusto, porque soy mujer noble y honrada y me he visto en mi casa con algún descanso.»

Agradóse Lucrecia con tanto extremo de Clara, viendo su honestidad y cordura, que sin reparar la una ni la otra en el concierto, ni más demandas ni respuestas, se quedó en casa, contentas por una parte y la otra, como era razón que estuviese quien veía lo mismo que venía

a buscar tan fuera de sí, que sin conocerla hacía delante
de sus ojos regalos y favores a una mujer que no los merecía. Entrególe Lucrecia a su nueva criada las llaves de
todo, dándole el cargo del regalo de su señor y el gobierno de las dos esclavas que tenía. Sólo un aposento
que estaba en el desván no le dejó ver, porque reservó
sólo a su persona la entrada en él, guardando la llave, sin
que ninguna persona entrase en ella, e iba a él con tanto
cuidado que aunque Clara procuraba ver lo que había
en él, no le fue posible. Bien es verdad que estaba con
sospecha de que aquel aposento era la oficina de los embustes [13] con que tenía a don Fernando tan ciego que no
sabía de sí ni cuidaba de más que de querer y regalar a
su Lucrecia, haciendo con ella muy buen casado, tanto
que con la mitad se diera Clara por muy contenta y
pagada. En esta vida pasó más de un año, siendo muy
querida de sus amos, escribiendo cada ordinario a doña
Juana los sucesos de su vida y ella animándola con sus
cartas y consuelos para que no desmayase ni la dejase
hasta ver el fin. Al cabo de este tiempo cayó Lucrecia
en la cama de una grave enfermedad, con tanto sentimiento de don Fernando que parecía que perdía el juicio. Pues como las calenturas fuesen tan fuertes que no
la diesen lugar a levantarse poco ni mucho, al cabo de
tres o cuatro días que estaba en la cama llamó a Clara
y con mucha terneza le dijo estas palabras: «Amiga Clara, un año ha que estás conmigo; el tratamiento que te
he dado más ha sido de hija que de criada, y si yo vivo,
de hoy en adelante será mejor, y en caso que muera,
yo te dejaré con que vivas. Estas son obligaciones, y más
en ti, que eres agradecida, y bien serán parte para que
me guardes un secreto que te quiero decir. Toma, hija,
esta llave, y ve al desván, donde está un aposento que
ya le habrás visto; entrando hallarás dentro un arcaz [14]
grande de estos antiguos; en él está un gallo; échale de
comer, porque allí, en el mismo aposento, hallarás trigo.
Y mira, hija mía, que no le quites los anteojos que tiene
puestos, porque me va en ello la vida. Antes te pido
que si de este mal muriere, antes que tu señor ni nadie

lo viere hagas un hoyo en el corral y como está, con sus anteojos y la cadena con que está atado, le entierres, y con él el costal de trigo que está en el mismo aposento. que éste es el bien que me has de hacer y pagar.» Oyó Clara con atención las razones de su ama, y en un punto revolvió su imaginación mil pensamientos, y todos paraban en un mismo intento. Y porque Lucrecia no concibiese alguna malicia de su silencio, le respondió agradeciéndole la merced que le hacía en fiar de ella un secreto tan importante y de tanto peso, prometiéndole de hacer con puntualidad lo que le mandaba; y tomando la llave y con todo cuidado y con toda diligencia se fue a ver su gallo.

Subió al desván y abriendo el aposento entró en él, y llegando cerca del arcaz, como considerase a lo que iba y la fama que Lucrecia tenía en Toledo, la cubrió un sudor frío y un miedo tan grande y tan temeroso que casi estuvo por volverse, mas cobrando ánimo y esforzándose lo mejor que pudo abrió el arcaz, y así como le abrió vio a un gallo con una cadena asida de una argolla que tenía a la garganta y en otra que estaba asida el arcaz y asimismo preso, y a los pies tenía unos grillos y luego tenía puestos unos anteojos, al modo de los de un caballo, que le tenían privada la vista. Quedóse Clara viendo todas estas cosas tan absorta y embelesada que no sabía lo que le había sucedido; por una parte se reía y por otra se hacía cruces; y sospechando si acaso en aquel gallo estaban los hechizos de su marido, a cuya causa estaba tan ciego que no la conocía, y siendo lo más cierto desear las mujeres lo mismo que les privan, le dio a Clara deseo de quitarle los anteojos, y apenas lo pensó cuando lo hizo, y habiéndoselos quitado, le puso la comida, y cerrando como estaba de primero se volvió a donde su ama la aguardaba, que en cuanto la vio le dijo: «Amiga mía, ¿distes de comer al gallo? ¿Quitástele los anteojos?» «No, señora —respondió Clara—. ¿Quién me metía a mí a hacer lo que vuesa merced no me mandó?» Añadiendo a esto que creyese que la servía con mucho gusto, y que así hacía lo que le mandaba con el mismo.

Llegóse en esto la hora de comer, y vino don Fernando a su casa, y después de haber preguntado a Lucrecia cómo se sentía se sentó a la mesa que estaba cerca de la cama. Metieron las esclavas la comida, porque Clara estaba en la cocina poniéndola en orden y enviando los platos a la mesa, hasta que al fin de ella salió a donde estaban sus amos, y apenas puso don Fernando los ojos en ella cuando la conoció, y con admiración la dijo: «¿Qué haces aquí, doña Clara? ¿Cómo viniste? ¿Quién te dijo dónde estaba? ¿Qué hábito es ése? ¿Dónde están mis hijas? Porque o yo sueño o tú eres mi mujer, a quien por ser yo desordenado dejé en Toledo pobre y desventurada.» A esto respondió doña Clara: «Buen descuido es el tuyo, esposo mío, pues al cabo de un año que estoy en tu casa, sirviéndote como una miserable esclava, merced a los engaños de esta Circe que está en esta cama, sales con preguntarme que qué hago aquí.» «Ay, traidora, dijo a esta sazón doña Lucrecia, ¡y cómo le quitastes los anteojos al gallo! Pues no pienses que has de gozar de don Fernando ni te han de valer de nada tus sutilezas.» Y diciendo esto saltó de la cama con más ánimo que parecía tener cuando estaba en ella, y sacando del escritorio una figura de hombre hecha de cera, con un alfiler grande que tenía en el mismo escritorio se le pasó por la cabeza abajo hasta escondérsele en el cuerpo y se fue a la chimenea y la echó en medio del fuego, y luego se llegó a la mesa y tomando un cuchillo, con la mayor crueldad que se puede pensar se lo metió a sí misma en el corazón, cayendo junto a la mesa muerta. Fue todo esto hecho con tanta presteza, que ni don Fernando ni doña Clara ni las esclavas la pudieron socorrer. Alzaron todos las voces dando gritos, a cuyo rumor llegó mucha gente, entre todos la justicia, y asiendo a don Fernando y a los demás empezaron a hacer una información, tomando su confesión a las esclavas, las cuales declaron lo que habían visto y oído a don Fernando, diciendo cómo Lucrecia era su amiga y lo que con ella le había pasado desde el día

que la conocía hasta aquel punto. Al decir doña Clara
su dicho, dijo que no había de decir palabra si no era
delante del Asistente [15], y que importaba para la declara-
ración de aquel caso no ir ella a su presencia, sino que
viniese él a aquella casa. Fueron a darle cuenta de todo
y decirle lo que aquella mujer decía, y cuando lo supo
vino acompañado de los más principales señores de Sevilla, que sabiendo el caso, todos le seguían, en presencia
de los cuales dijo doña Clara quién era y lo que le había
sucedido con don Fernando y con la maldita Lucrecia,
sin dejarse palabra por decir. Y haciendo traer allí el
arca donde estaba el gallo, abrió ella misma con la llave
que estaba debajo de la almohada de Lucrecia, donde
todos pudieron ver el pobre gallo con sus grillos y cadena
y los anteojos que doña Clara le había quitado allí, junto
a él. El Asistente, admirado, tomó él mismo los anteojos
y se los puso al gallo, y al punto don Fernando quedó
como primero, sin conocer a doña Clara más que en su
vida la hubiera visto, antes viendo en el suelo a Lucrecia
bañada en sangre y el cuchillo atravesado por el corazón,
se fue a ella, y tomándola en sus brazos decía y hacía mil
lástimas, pidiendo justicia de quien tal crueldad había
hecho. Tornó el Asistente a quitar los anteojos al gallo,
y luego don Fernando tornó a cobrar su entero juicio.
Tres o cuatro veces se hizo esta prueba, y otras tantas
sucedió lo mismo, con que el Asistente acabó de caer
en la cuenta y creyó ser verdad lo que le decían. Mandó
echar fuera a la gente, cerró la puerta de la casa, y mirando cofres y escritorios hasta los más apartados rinco-
nes y agujeros, hallaron en el escritorio de Lucrecia mil
invenciones y empleos que causaron temor y admiración,
con que Lucrecia parecía a los ojos de don Fernando gallarda y hermosa. En fin, satisfecho de la verdad, si bien
por ver si las esclavas eran parte de aquellas cosas, las
puso en la cárcel [16], dieron a don Fernando y a doña Clara por libres, confiscando la hacienda para el Rey, y públicamente quemaron todas aquellas cosas, el gallo y lo
demás, con el cuerpo de la miserable Lucrecia, cuya alma
pagaba ya en el Infierno sus delitos y mala vida, siendo

la muerte muy parecida a ella. Acabados de quemar los hechizos, enfermó don Fernando, yéndose poco a poco consumiendo y acabando. Vendió doña Clara un vestido y algunas cosillas que se había granjeado en casa de doña Lucrecia, y con esto y lo que por orden de la justicia se le dio en pago de lo que había servido se metieron en un coche ella y don Fernando, que ya estaba muy enfermo, y dieron la vuelta a Toledo, creyendo que por ser su natural, con los aires en que había nacido cobraría salud, según decían los médicos; mas fue cosa sin remedio, porque como llegó a Toledo, cayó en la cama, donde a pocos días murió, habiendo dado muchas muestras de arrepentimiento.

Sintió doña Clara su pérdida con tanto extremo que casi no había consuelo para ella, y estuvo bien poco de seguir el mismo camino, porque aunque le tenía enfermo y estaba con tanta necesidad, quisiera que viviera muchos años, ayudándola a este sentimiento el ver que don Fernando la quería el poco tiempo que le duró la vida. Hallóse sobre todo esto sin remedio, sino de sólo Dios, para enterrarle, pues no se atrevía a ir con esta necesidad a doña Juana, considerando que harto hacía con tenerle y sustentarle sus hijas. Determinóse, pues, a vender su pobre cama, aunque no tuviese después en qué dormir; mas no estaba este tiempo Dios olvidado de la virtud y sufrimiento de doña Clara, y así ordenó que don Sancho, que todo el tiempo que ella había estado fuera de Toledo había estado en su estado —que ya lo había heredado por muerte de su padre—, sin quererse casar aunque le habían dado muchas ocasiones, conforme a quien era, supiese por cartas de un criado que en Toledo estaba casado lo que pasaba. Y deseoso de volver a ver al querido dueño de su alma, amante firme y no fundado en apetito, vino a la ciudad y entró en ella el día que estaba doña Clara en esta desdicha, y como supiese lo que pasaba, no pudo sufrir el enamorado mozo tal cosa, y así se entró por las puertas de la dama y, después de haberle dado el pésame breve y amorosamente, ordenó el entierro de don Fernando con la mayor grandeza que pudo, llevándole con

tanto acompañamiento como si fuera su padre, acompa-
ñándole él mismo y, a imitación suya, los caballeros de
Toledo.

Dada sepultura al cuerpo y vuelto con toda aquella
ilustre compañía a la pobre casa de doña Clara, en presencia de todos le dijo estas palabras: «Hermosa Clara,
yo he cumplido con lo que a caridad debo dando sepultura al cuerpo del tu difunto esposo; la voluntad con
que lo he hecho, bien sabes tú y sabe esta ciudad que no
ha sido fomentada más que con mis deseos por no haberte
jamás los tuyos alargado a más que a un agradecimiento
honesto, y esto fue antes que tuvieses dueño, que en
teniéndole, ni aun tu vista merecí, no habiéndome faltado
a mí por diligencias, todas sin provecho, respecto de tu
virtud, de la cual, si antes me enamoré de tu hermosura,
hoy me hallo más enamorado. Ya no tengo padre que
me impida, ni tú ocasión para que no seas mía; justo es
que pagues este amor y deudas en que estás a mi firmeza
con un sólo sí que te pido; y yo a ti, y no sólo yo, sino
todos los hombres del mundo, lo que deben a las mujeres
que a fuerza de virtudes se granjean las voluntades de
los que las desean. No dilates mi gloria ni te quites a ti
el premio que mereces. Tus hijas tendrán padre en mí,
y un esclavo tú que toda la vida adore tu hermosura.»

No tuvo otra respuesta doña Clara que dar a don Sancho sino echarse a sus pies diciendo que era su esclava
y que por tal la tuviese. Con esto, los que habían venido
a dar los pésames dieron las norabuenas. Siguiéronse
las órdenes de la Iglesia en amonestaciones y lo demás,
estando doña Clara mientras pasaban en casa del Corregidor [17], que era deudo de don Sancho, donde cumplido
el tiempo se desposaron, alcanzando don Sancho licencia
del Rey para hacer su casamiento, que todo sucedió como
quien tenía al cielo de su parte, deseoso de premiar la
virtud de doña Clara. Hiciéronse, en fin, las bodas, do-
tando don Sancho a las hijas de doña Clara, que quisieron
quedarse monjas con doña Juana, cuya discreta elección
dio motivo a esta maravilla para darle nombre de *Desen-*

gañado amado, que no es poca cordura que quien ama se desengañe.

Doña Clara vivió muchos años con su don Sancho, de quien tuvo hermosos hijos que sucedieron en el estado a su padre, siendo por su virtud la más querida y regalada que se puede dar e imaginar, que de esta suerte premia el cielo la virtud.

El castigo de la miseria

[1] Canjilón de noria.

[2] Desperdicios de carne.

[3] Prestamistas. Se llamaba así durante los siglos XVI y XVII a los banqueros.

[4] Galante, que se aplica a la mujer que es amante de los galanteos o a la que tiene costumbres licenciosas. Es seguramente la segunda acepción la que debe aplicarse en este caso, ya que, aunque no lo dice claramente hasta casi el final de la novela, doña Isidora es dueña de una casa de trato.

[5] La tercianela era una tela de seda sin brillo, de cordoncillo muy grueso.

[6] Conjunto de muebles con que se adornaba el salón donde las señoras recibían sus visitas.

[7] Seguramente sangría, helada «a fuerza de brazos». Sólo el vino puede calificarse, entre las bebidas alcohólicas, de «santo remedio de los pobres».

[8] Bailes del siglo XVII; el soltillo parece que era una especie de *saltarello*, baile parecido a la gallarda.

[9] Baile del siglo XVII.

[10] Salvilla es una pieza a modo de bandeja, de loza o de madera, en la que se sirven copas, vasos o jícaras, que van encajados en unas encajaduras que para este menester posee la pieza.

[11] Sala grande o habitación para dormir.

¹² El juego del hombre era un juego de naipes que se practicaba entre varias personas, con elección del palo que había de ser triunfo. Existen muchas variedades. Juego de naipes en el que se trataba de hacer 15 puntos y en el que, como en las actuales «siete y media», ganaba aquel que tenía más puntos sin pasar de 15.

¹³ Higa, acción que se ejecuta con la mano, cerrando el puño y sacando el pulgar entre los dedos índice y cordial; gesto con que se señalaba a las personas infames o se mostraba desprecio.

¹⁴ Seda muy delgada y transparente.

¹⁵ Dar tártago, chasquear.

¹⁶ Cuarto pequeño o habitación destinada para retirarse.

¹⁷ Que demuestra enojo, enfado o pesadumbre en el semblante.

¹⁸ Arriero, trajinero.

¹⁹ Moneda de plata de un valor de ocho reales de plata.

²⁰ Plato compuesto de pechugas de gallina cocidas, deshechas y mezcladas con azúcar, leche y harina de arroz. Puede ser también harina de arroz con leche, azúcar y almendras.

²¹ Medida de unos siete pies, aproximadamente la altura de un hombre.

²² De industria, de intento, de propósito.

²³ Puesta, por concertada.

²⁴ Tela de hilo, de color, más basta que la holandilla.

²⁵ Sahumerio.

La fuerza del amor

¹ Opinión, fama, honra.

² Ariadna, hija de Minos, rey de Creta, que enamorada de Teseo le proporcionó el hilo que le permitió salir del Laberinto después de matar a Minotauro.

³ ¿Prometeo?

⁴ Ixión, rey de los lapitas, que engendró a Centauro con la diosa Hera, y por vanagloriarse de ello fue condenado en el Infierno a girar eternamente atado a una rueda de fuego.

⁵ Tántalo, hijo de Zeus y de una ninfa, que robó la ambrosía a los dioses y les sirvió carne de su hijo Pélope y fue castigado a estar rodeado de agua que nunca podía alcanzar con su boca.

⁶ Midas, rey de Frigia, que convertía en oro cuanto tocaban sus manos.

⁷ Estado y medio de alto, unos diez u once pies.

El prevenido engañado

¹ Opinión, por fama.

² Curada.

³ Discretas, por inteligentes, cultivadas.

⁴ Nembrot por Nemrod, personaje bíblico que intervino, según algunos historiadores, en la construcción de la Torre de Babel.

⁵ Hijo de Helios (el Sol), que guiando el carro de su padre se

acercó tanto a la Tierra que, para que no la abrasara, Zeus le fulminó con uno de sus rayos.

[6] Se refiere al signo del Zodíaco.

[7] Sala, habitación.

[8] Apolo, el Sol.

[9] Aquí serranas, por serranías.

[10] Tabí, tela de seda con labores ondeadas y formando aguas.

[11] Mantilla o toca corta.

[12] Vasija de plata en forma de góndola.

[13] La seda de bocací solía ser seda basta de color negro intenso.

[14] Desflaquecido por enflaquecido.

[15] Famas, honras.

[16] Zahareña, voz familiar que significa salvaje, intratable. Antiguamente se decía en cetrería del ave brava, difícil de domesticar.

[17] El arte del retrato no renace hasta el siglo xv en Italia y sólo alcanza su apogeo como género en el siglo xviii.

[18] Apretador, cintilla o banda que servía a las mujeres para recoger el pelo y ceñirse la frente.

[19] Viras, saetas.

[20] ¿Afrodita?

[21] Paso, silenciosa.

[22] Seguramente don Pedro (1574-1624), llamado el Gran Duque, que fue amigo de Quevedo, y en general gente de letras.

[23] «Paso, señor, paso...»: despacio, señor, despacio.

[24] Deprenderé por aprenderé.

[25] Piezas de la armadura: peto, parte delantera; espaldar, parte que cubre la espalda; brazaletes, piezas que cubrían los antebrazos; gola, pieza que iba sobre el peto para defender la garganta; manoplas, piezas que cubrían las manos.

[26] Pieza de la armadura que cubría la cabeza a manera de casco empenachado.

[27] Regidor del Ayuntamiento en algunas ciudades de Andalucía.

[28] Alcahueta, celestina.

La inocencia castigada

[1] En el siglo xvii, casino o círculo de recreo.

[2] Opinión por fama u honra.

[3] Cuarta parte de una libra, unos 120 ó 125 gramos.

[4] La noche de San Juan y fiesta de las hogueras.

[5] Altor por altura.

[6] Poco menos de 45 centímetros, si es vara castellana, que medía 83,95 centímetros.

[7] Asistir a su regalo, cuidarse de su arreglo y limpieza.

[8] Recrecido por añadido.

[9] Maltorciendo la llave, o sea dejándola atravesada para que no se pudiese meter otra y abrir.

[10] A paso largo.

[11] La Suprema, refiriéndose a la Inquisición.

[12] Tiranizada a los Divinos Sacramentos, negada a ellos.
[13] En el original, *emperamiento*.
[14] Las novelas de la segunda parte recibieron el nombre de *Desengaños*.

Estragos que causa el vicio

[1] Capa corta, sólo con cuello y sin capilla.
[2] En este caso, bolsillos de los vestidos.
[3] Libro de Horas, que contiene las canónicas.
[4] En el siglo XVII, casino o círculo de recreo.
[5] Sacudiéndola.
[6] O sea, contenida la hemorragia.
[7] Habitación, en este caso dormitorio.
[8] Amante, querida.
[9] Quien.
[10] ¿Medianoche?
[11] Habitación pequeña, para retirarse.

El desengañado amado y premio de la virtud

[1] En el sentido de amores o galanteos.
[2] De pavonear, azular o dar añil a la ropa lavada.
[3] Dar de mano, dejarle de lado.
[4] Cuidar, trabajar.
[5] Salón amueblado donde las señoras recibían sus visitas.
[6] Impedirle por interrumpirle.
[7] Narciso se prendó de sí mismo al ver su imagen reflejada en el agua, y al ir a abrazarla se ahogó en ella.
[8] Adonis, hijo de Ciniro, rey de Chipre, y de Mirra, su hija. Afrodita (Venus) se enamoró de él, y cuando murió destrozado por un jabalí, la diosa convirtió su sangre en anémonas.
[9] Salmacis, ninfa que, enamorada de Hermafrodito, obtuvo de los dioses el que ambos quedaran unidos en un solo cuerpo.
[10] Isla griega donde estaba el famoso oráculo del mismo nombre. Patria de Apolo y Diana.
[11] Hija del río Peneo; perseguida por Apolo, los dioses la convirtieron en laurel.
[12] Ninfa que convertía a los hombres en animales. Convirtió a los compañeros de Ulises en cerdos.
[13] Hechicerías.
[14] Arcón.
[15] Funcionario público que, en algunas villas y ciudades, tenía las mismas atribuciones que el Corregidor.
[16] Es curioso cómo en esta frase se trasluce un poco el tratamiento que aun recibían las esclavas; posesiones del amo, un poco como si fueran objetos, sufrían las vicisitudes de éste como tales, sin compartir, naturalmente, méritos ni beneficios.
[17] Corregidor, magistrado o alcalde, según los sitios, que ejercía funciones gubernativas por orden real y castigaba los delitos.

Datos sobre la edición de Melchor Sánchez, de Madrid, que ha servido para la presente edición

Censura del doctor Francisco Ginovés, cura de la iglesia parroquial de San Pablo, de la ciudad de Zaragoza, dada el 28 de octubre de 1646.

Censura del doctor Francisco Andrés, cronista del reino de Aragón, dada el 11 de noviembre de 1646.

Licencia que tiene Mateo Bastida, mercader de libros, para imprimir éste, titulado *Primera y segunda parte de las novelas amorosas y ejemplares de doña María de Zayas y Sotomayor,* dada en Madrid por don Luis Vázquez de Vargas a 7 de marzo de 1659.

Una fe de erratas que dice: «Este libro, intitulado *Novelas ejemplares, primera y segunda parte,* compuesto por doña María de Zayas, corresponde con su original...» Dada en Madrid a 10 de octubre de 1659, y firmada por el licenciado don Carlos Murcia de la Llama.

(No damos cuenta de las licencias anteriores, que son ya conocidas.)

La obra contiene los siguientes títulos:

Primera parte:

Aventurarse perdiendo.
La burlada Aminta

El castigo de la miseria.
El prevenido engañado.
La fuerza del amor.
El desengañado amado y premio de la virtud.
Al fin se paga todo.
El imposible vencido.
El juez de su causa.
El jardín engañoso.

Segunda parte:

Desengaño primero: La esclava de su amante.
Desengaño segundo: La más infame venganza.
Desengaño tercero: La inocencia castigada.
Desengaño cuarto: El verdugo de su esposa.
Desengaño quinto: Tarde llega el desengaño.
Desengaño sexto: Amar sólo por vencer.
Desengaño séptimo: Mal presagio casar lejos.
Desengaño octavo: El traidor contra su sangre.
Desengaño noveno: La perseguida triunfante.
Desengaño décimo: Estragos que causa el vicio.

Cuadro cronológico

Vida y obra	Literatura/Arte/Cultura	Historia
1566 Nace Fernando de Zayas y Sotomayor, padre de María de Zayas.	—Muere Louise Labbé. Muere el músico Antonio de Cabezón. Guerrero publica su *Liber Primus Misarum*.	—Aparecen las bolsas de comercio. Los turcos penetran en Hungría.
1590 Nace María de Zayas, en Madrid.	—Shakespeare, *Enrique V*. Muere el músico español Salinas.	—Farnesio obliga a Enrique IV a levantar el sitio de París.
1601 Estancia en Valladolid (?) hasta 1606.	—Mariana, *Historia de España*. Caccini, *Nuevas músicas*. En 1605 se publica la primera parte del *Quijote*.	—Los holandeses destruyen la flota española en Gibraltar.
1616 Estancia en Nápoles, donde parece ser su padre estuvo al servicio del duque de Lemos.	—La Iglesia declara que la doctrina heliocéntrica es contraria a las Sagradas Escrituras. Muere Cervantes. Muere Shakespeare.	—Los Países Bajos juran fidelidad a Felipe III. Los españoles son expulsados del Japón. Richelieu es nombrado consejero de Luis XIII.
1622 *Décimas*, de María de Zayas, en el libro *Prosas y versos*, de Botello.	—Tassomi, *El cubo robado*. Hieronimus Praetorius, *Opus musicum*.	—Continúa la guerra que Felipe IV realiza contra las provincias unidas y la guerra entre Suecia y Polonia.
1624 Publica *Liras*, en el *Orfeo* de Pérez de Montalbán.	—Ruiz de Alarcón, *La verdad sospechosa*. Bernini, tabernáculo de bronce de San Pedro de Roma.	—Richelieu en el Consejo de Francia. Cristian IV de Dinamarca, aliado de los protestantes.
1625 Publica *Canción de elogio*, en el libro de Francisco de las Cuevas *Experiencias de amor y fortuna*.	—Grocio, *De jure bellis ac pacis*. Primeras observaciones microscópicas con fines científicos.	—Carlos I, rey de Inglaterra. Wallenstein es nombrado comandante de las fuerzas imperiales.
1632 Publica *Décima* en el *Adonis* de Antonio del Cas-tillo	—Lope publica *La Dorotea*. Corneille, *La galerie du Palais*. Rembrandt, *Lección de Anatomía*.	—Muere Gustavo Adolfo, y es nombrada reina de Suecia Cristina. Derrota de Wallenstein en Lützen.

Vida y obra	Literatura/Arte/Cultura	Historia
Melchor Sánchez que ha servido para la presente edición.	*La cascada nórdica.* Poussin, *Orfeo y Eurídice.*	España. Carlos X ataca Copenhague.
1661 Fecha probable de la muerte de María de Zayas.	—Le Vau comienza la construcción del castillo de Versalles.	—Luis XIV se proclama rey absoluto de Francia. Paz entre Rusia y Suecia.

¿Qué más desengaño aguardáis que el desdoro de vuestra fama en boca de los hombres? ¿Cuándo os desengañaréis de que no procuran más de derribaros y destruiros, y luego decirnos aún más de lo que con nosotras sucede? ¿Es posible que con tantas cosas como habéis visto y oído no reconozcáis que en los hombres no dura más la voluntad que mientras dura el apetito, y en acabándose, se acabó?

Reflexiones de Lisis al finalizar las *Novelas*.

Indice

El Libro de Bolsillo   Alianza Editorial   Madrid

Libros en venta